La memoria

931

DELLO STESSO AUTORE

Il ragazzo che leggeva Maigret
La casa di ringhiera
Gli scheletri nell'armadio

nella collana «Il contesto»

L'errore di Platini
Il correttore di bozze
Il superstizioso
Prenditi cura di me

Francesco Recami

Il segreto di Angela

Sellerio editore
Palermo

Questo volume è stato stampato su carta Palatina prodotta dalle Cartiere Miliani di Fabriano con materie prime provenienti da gestione forestale sostenibile.

Recami, Francesco <1956>

Il segreto di Angela / Francesco Recami. - Palermo: Sellerio, 2013.
(La memoria ; 931)
EAN 978-88-389-3065-2
853.914 CDD–22 SBN Pal0257344

CIP – *Biblioteca centrale della Regione siciliana «Alberto Bombace»*

Il segreto di Angela

Fatti, persone, luoghi, date, nomi e circostanze presenti in questo libro sono di pura invenzione. Persino il sottinteso e il non detto non hanno alcun riferimento con la realtà.

Prologo

Il garzone della cartolibreria-edicola La Nuova Era entrò nell'androne della casa di ringhiera, gli usciva dalla bocca una nuvola di vapore non perché stesse fumando una sigaretta ma a causa del freddo e dell'umidità. Si affacciò nella corte e controllò l'indirizzo che era scritto sul pacco che doveva consegnare. C'erano il nominativo e il numero civico della casa di ringhiera, ma non il numero dell'appartamento.

«E ora come cazz...».

In mezzo alla corte un signore anziano stava lucidando con un panno di camoscio la carrozzeria di una BMW roadster argentata.

«Mi scusi... sa mica dove abita la signora... Matt-Matte-Matti... qualcosa? Qui non si legge bene...».

«Eh? Come? Chi?» fece Luigi De Angelis, il proprietario della BMW, uscendo dalla trance che gli provocava il lavoro di lucidatura di fino cui si era dedicato.

«Cerco la signora Mattio-, Mattai- non si legge bene... e non c'è scritto il numero...».

«Signora Mattioli, appartamento numero 2. Ma-ttio-li. Lì di fronte».

«Grazie...».

Angela Mattioli aprì la porta e ritirò il pesante pacco che le consegnò il ragazzo.

«Buongiorno, cosa c'è? Un pacco? Per me?».

«Sì, ecco qua».

«E di che cosa si tratta?».

«Boh... questo non lo so, mi hanno detto di consegnarlo a lei».

«Va bene, le devo qualcosa?».

«No, grazie, arrivederci».

«Arrivederci».

Angela non aspettava nessun pacco. Lo soppesò, sembrava contenere stampati. Lo aprì e si stupì.

Dentro c'erano molti numeri di varie riviste specializzate come «Chi?», «Vero», «Eva 3000», «Novella 2000», «Oggi», «Diva e donna» e altre. Insomma, riviste di gossip.

«Ma che roba è questa?».

Estrasse le riviste dal pacco con due dita, come se fossero infette, e le dispose sul tavolo da pranzo. Ma che cos'è questa porcheria? Chi è che mi ha fatto questo scherzo, quello scemo dell'Amedeo?

Prese a sfogliare qualcuno di quei rotocalchi. In realtà della loro esistenza ne aveva sentito parlare, ne aveva anche viste delle copie in certe sale d'attesa, ma di persona non li aveva mai frequentati veramente. Pensava che si trattasse di una fra le tante stranezze dell'umanità.

Le sembrava impossibile che tanta gente si appassionasse ai pettegolezzi di presunte Persone Molto Importanti, che poi, curiosamente, pur cambiando la testata, erano sempre le stesse.

Perlopiù personaggi televisivi, che si fidanzavano e si lasciavano, Valeria Marini, Alessia Marcuzzi, Elenoire Casalegno, spesso ritratte nelle loro lussuose case, che probabilmente assomigliavano ai sogni delle casalinghe che si nutrono di quella roba.

Con curiosità sfogliava le riviste, nell'intimità del suo appartamento poteva farlo tranquillamente senza remore, nessuno la osservava. In una sala d'aspetto, quella del dentista o quella del dermatologo, beh, lì si sarebbe vergognata. Invece in quel momento osservava pagina dopo pagina, talvolta commentando l'abbigliamento delle signore o il fisico di certi maschi.

Si trattava di un universo del tutto nuovo. La maggior parte delle persone di cui si narravano i fatti privati le erano sconosciute.

Ma non proprio tutte. Alcune, in un modo o nell'altro, quelle sì che le aveva sentite nominare. Angela dovette interrompere il modo di sfogliare distratto, e soffermarsi su certe pagine. Per esempio c'erano dei servizi su Luisa Kakoiannis-Sforza, proprio lei, fotografata con la figlia dopo che quella era fuggita di casa e poi se ne era ritornata. Le due erano ritratte nella loro villa di Lugano, e il titolo del servizio era «Non ci lasceremo mai più». Ah, pensò Angela, madre e figlia non si lasceranno mai più? In realtà la faccenda era che la figlia, dopo una fuga d'amore, era tornata dalla madre.

Lesse l'intero articolo, anzi, gli articoli, perché le riviste che se ne occupavano erano più di una. Le foto sembravano scattate dallo stesso fotografo, pur se pubblicate su testate diverse. Ma come, proprio la Kakoiannis-Sforza?

Angela pensò che non potesse trattarsi di una coincidenza.

E poi, sfogliando, quale altro personaggio famoso non ti andava a incontrare? E chi se non la scrittrice Innocenti-Laudadio, la quale dichiarava che a cinquantatré anni si sentiva pronta per la maternità?

Ma possibile? Proprio la Innocenti-Laudadio, la regina del rosa-avventuroso post-femminista?

Che fosse stato davvero quello scemo dell'Amedeo, per farle dispetto, oppure per farle capire qualche cosa?

La maggior parte dei servizi tuttavia riguardava l'ex calciatore Goffi, il quale aveva dichiarato che erano imminenti le sue nozze con la signora Olga Ventura, la ricchissima imprenditrice. No, quello non lo aveva mai sentito nominare, almeno negli ultimi tempi e da persone vicine a lei.

Ma la goccia che fece traboccare il vaso fu che si parlava anche della famiglia Reperti. Sì, una famiglia eminente della Milano bene. Il rampollo della famiglia, Ranieri Reperti, dopo l'oscuro episodio del suo rapimento, alcuni anni prima, era tornato alla ribalta, avendo deciso di partecipare all'Isola dei Famosi.

Tutti questi nomi nella mente di Angela fecero corto circuito.

Chiuse a chiave la porta, cercando di capire.

Cos'era, un ricatto? Chi è che mi manda questo messaggio? Mi hanno scoperto?

Proprio adesso! Proprio adesso! pensava. Ma chi è stato? Lanciò uno sguardo fuori della finestra, nella corte della casa di ringhiera. Poteva vedere solo il De Angelis, che lucidava la sua BMW col panno di camoscio. Mi stanno controllando? Qualcuno vuole farmi sapere che sa?

Angela prese la busta che conteneva le riviste, la squadrò cercando di trarne qualche indizio, qualche indicazione. Si focalizzò sull'indirizzo che c'era scritto sopra. Per vedere meglio inforcò gli occhiali da vicino, da 2,5 diottrie.

Sull'etichetta non c'era scritto Mattioli, ma Mattei. Signorina Mattei-Ferri, solo che si leggeva malissimo. Il pacco non era per lei, era per l'inquilina dell'appartamento 12, invalida e divoratrice di pubblicazioni di gossip.

Ah, ora tutto si spiega, così cercò di rassicurarsi Angela. Ma quelle persone... possibile che si trattasse veramente di un caso?

La Innocenti-Laudadio... la famiglia Reperti... e poi, ciliegina sulla torta, la Kakoiannis-Sforza?

Certo erano VIP che comparivano ogni settimana sulle riviste di pettegolezzi, che ci si poteva fare? Solo che...

Ma era proprio una bella coincidenza. Angela stentava a convincersene.

Rimise insieme il pacco e andò a suonare alla porta della Mattei-Ferri. Le assicurò che era stato consegnato a lei per errore, si scusava di averlo aperto, ma lì per lì al fatto che non fosse per lei non ci aveva proprio pensato.

La Mattei-Ferri la guardò con sospetto. Cosa c'era sotto? E perché quella donna aveva aperto un plico non suo? Erano un paio di giorni che lo stava aspettando, e ora quella lì lo aveva aperto.

E dire che si era raccomandata con l'edicolante, la cartolibreria La Nuova Era, che gliele faceva avere a prezzo scontatissimo, anziché restituirle come carta straccia.

La signorina, dopo aver tirato fuori dal pacco le sue riviste, fu molto scontenta del fatto che alcune di esse fossero già state private dell'involucro di cellophane, aperte e addirittura sfogliate, così che in un certo senso avevano perso la loro verginità.

Ma torniamo un pochino indietro.

La signora Angela Mattioli abitava in un appartamento di una casa di ringhiera, per la precisione il numero 8, lato ovest. In passato aveva insegnato Italiano in diverse scuole superiori di Milano, ma da alcuni anni aveva abbandonato tale professione, se fosse riuscita a maturare la pensione è a noi ignoto. Questa incertezza è da mettersi in relazione con l'età della ex professoressa, anch'essa a noi ignota, ma sicuramente più vicina ai cinquanta che ai quaranta – il che si può dire anche di chi di anni ne ha sessanta – e quindi comunque non ancora sufficiente al maturare del diritto alla pensione.

Ma non sarebbe gentile investigare troppo sull'età di una signora e così si era sempre comportato Amedeo Consonni, altro inquilino della medesima casa di ringhiera, in qualche maniera legato sentimentalmente alla Mattioli Angela. L'Amedeo, del quale l'età è dato non nascosto, essendo nato nel 1945, si vedeva con una certa regolarità con la ex professoressa, condividendo con lei una parte della giornata, molto spesso i pasti principali, a intervalli regolari il letto matrimoniale, più spesso quello dell'appartamento del Consonni, meno spesso quello dell'appartamento dell'Angela, ma questo per evidenti ragioni di comodità, disponendo lei di un letto da 140 cm, mentre l'Amedeo di un 180 cm.

Raramente nelle occasioni in cui i due condividevano il letto, che approssimativamente avevano una cadenza bisettimanale, ciò avveniva per tutta la notte. Erano persone di una certa età e di una certa esperienza, pertanto nella maggior parte dei casi verso una cert'ora uno dei due, l'ospitato, toglieva il disturbo e se ne tornava nel proprio appartamento e alle proprie comodità.

Insomma fra i due c'era del tenero, anche se la relazione non era suffragata dal crisma dell'ufficialità, per una serie di motivi. Non perché ci fossero obblighi di dovuta clandestinità: il Consonni era vedovo già da più di un lustro, mentre l'Angela era regolarmente e legalmente separata dal suo ex marito, Gianni.

Il principale di questi motivi era la posizione della figlia del Consonni, Consonni Caterina, di anni 37 circa, la quale si opponeva recisamente anche soltanto all'idea che il padre potesse avere una relazione sentimentale. A suo dire lo faceva per rispetto alla madre Luigina, morta svariati anni prima, ma, secondo la signorina Mattei-Ferri – ovvero colei che dei fatti del condominio della casa di ringhiera sapeva assolutamente tutto, sì, la stessa persona appassionata di gossip a livello più alto –, c'era dell'altro. Ovvero la Caterina viveva nel terrore, nel terrore che suo padre si risposasse e che quindi rivoluzionasse il suo intero asse patrimoniale, in favore dell'eventuale nuova moglie e a sfavore della figlia. Non che il Consonni disponesse di immense sostanze, ma era proprietario del suo appartamento della casa di ringhiera, e si sa che oggi un appartamento di ringhiera vale una bella cifra, sono molto richiesti, peraltro il suo era molto bello e molto curato, sicuramente il più curato e meglio arredato dell'intero edificio. Oltre a ciò il Consonni disponeva di un po' di risparmi, in buoni del tesoro e titoli assicurativi. Erano il risultato di oltre quarant'anni di lavoro come tappezziere, compresa la liquidazione che Consonni non aveva mai intaccato, bastandogli la pensione per vivere. Conduceva una vita frugale e senza alcun vizio o compulsione, tranne forse una che più che una compulsione era, come l'avrebbe chiamato Karl Marx, un hobby, un passatempo, che consisteva nel collezionare tutte le notizie di cronaca nera che riportavano i giornali. Insomma un archivio sui crimini d'Italia. Un collezionismo come un altro, fatto di ritagli, di per sé del tutto innocente e privo dei soliti risvolti sadici e voyeuristici, ma che però aveva portato Consonni a forti ripensamenti, avendolo questa sua passione condotto in situazioni a dir poco imbarazzanti. Di questo hobby, se sarà il caso, capiterà di riparlarne.

Insomma la figlia di Consonni era terrorizzata che dalla sera alla mattina tali valori e risparmi li dovesse condividere – almeno nel pensiero, visto che Consonni godeva di ottima salute – con una estranea, che ai suoi occhi appariva senz'altro come una persona che disponeva di pochi mezzi e pertanto come una cacciatrice di eredità.

Anche l'Angela aveva una figlia, assai più giovane di quella del Consonni, fra i venti e i trenta, ma quella stava all'estero e della situazione sentimentale della madre se ne sbatteva altamente.

Quindi la relazione fra il Consonni e Angela non veniva ostentata più di tanto, ma la signorina Mattei-Ferri avrebbe potuto redigere un rapporto dettagliato sull'agenda del loro ménage, meglio che se i due avessero predisposto un cartellino da timbrare.

Peraltro, con enorme dispetto della signorina Mattei-Ferri, la vita dell'Angela era piuttosto specchiata. Non lavorava, è vero, però si dedicava con impegno a mille attività di volontariato, con la Croce Rossa, con il gruppo di Autoaiuto, con il Centro anziani, con la scuola serale. Metteva gratuitamente a disposizione le sue competenze, le sue letture, il suo entusiasmo, e questo senza chiedere un soldo. Ecco – si chiedeva la Mattei-Ferri – ma come faceva? Di che campava? Aveva vinto alla lotteria? O semplicemente spremeva il Consonni, in segreto?

L'Angela aveva una grande passione per la lettura, la sua casa era piena di libri. Ogni tanto andava all'estero in visita alla figlia e trovava anche il modo di programmare qualche viaggio turistico di piacere in città d'arte.

Domanda: ma qual era la sua situazione economica?

La Mattei-Ferri era riuscita a ricostruire qualche lembo del passato della ex professoressa: com'è che nel giro di pochi mesi aveva lasciato il marito, la famiglia, il lavoro? Come si manteneva? Nonostante facesse una vita del tutto normale e morigerata, non si faceva mancare niente e inoltre custodiva in casa sua una collezione di un certo valore, probabilmente di un grande valore, di tazzine da caffè di porcellana, delle migliori case d'Europa, e forse anche del mondo intero.

All'inquilino medio della casa di ringhiera, compreso il Consonni che era uno che sapeva farsi i fatti suoi, della situazione economica della Mattioli non importava niente, ma alla signorina Mattei-Ferri sì: per esempio, quanto pagava di affitto? Non è che oggi come oggi ti affittano un appartamento in una casa di ringhiera per due lire.

Tuttavia – a dispetto delle illazioni della signorina Mattei-Ferri – Angela un segreto ce lo aveva, e anche il Consonni nel corso del tempo lo aveva intuito, ma non si era mai azzardato a chiedere delucidazioni. Spettava a lei, se ne avesse avuto voglia, raccontare ad Amedeo quello che si sentiva di raccontare.

Ed Angela avrebbe avuto voglia di raccontare, eccome. Aveva un rospo da sputare, rospo che negli ultimi cinque anni si era dovuta tenere soltanto per sé e che a questo punto voleva cacciar fuori. Scheletri nell'armadio? Non esattamente, e comunque sarebbe stato meglio non utilizzare questa espressione col Consonni, per motivi che Angela non conosceva. Comunque la signorina Mattei-Ferri poteva pensare quello che le pareva, ma effettivamente c'era una parte della vita di Angela che aveva rivoluzionato tutto ciò che le era successo in precedenza, e di quella parte rivoluzionaria non aveva mai raccontato niente a nessuno, per ragioni che in seguito diverranno ovvie.

In ogni caso Angela aveva capito che ormai i tempi e la confidenza intima che aveva con Amedeo erano maturi.

Così a un certo punto si era decisa. Aveva capito che era venuto il momento e che la persona non poteva essere che lui. Ma come affrontare l'argomento?

L'occasione era venuta qualche settimana prima, quando l'Amedeo, da un minuto all'altro, era diventato diverso. A parte che non sembrava affatto avere una buona cera, si era fatto reticente, silenzioso, cupo.

Che gli era successo? Angela glielo aveva chiesto, ma Consonni le aveva risposto che al momento opportuno le avrebbe raccontato tutto: per il momento non se la sentiva. E dunque qual era il suo segreto?

Lei fu chiara con Amedeo: tu mi racconti quello che è successo a te e io racconto a te quello che è successo a me, ma prima comincio io.

Fu così che Angela iniziò a raccontare ad Amedeo la sua storia. Ma non fu così facile come poteva sembrare. Innanzitutto l'Amedeo non era un grande ascoltatore: al primo tentativo, mentre lei si sentiva nel pieno trasporto della trasmissione delle sue emozioni e delle sue vicissitudini, quello lì si era addormentato.

Poi altre volte pareva non capire, oppure altre ancora sollevava delle obiezioni, per esempio sull'ordine della narrazione... e poi non stava attento... non stava attento... Per una professoressa il fatto di non stare attenti è gravissimo: però mica poteva mettergli un quattro!

Ma soprattutto, soprattutto, di certe parti della sua narrazione Angela un po' si vergognava. Non era facile aprirsi così tanto, in un racconto orale, faccia a faccia. Con che coraggio avrebbe rivelato quello che le era capitato quando... proprio all'uomo con cui intratteneva un rapporto diciamo amoroso?

Lei, effettivamente, non sapeva se sarebbe stata capace di spingersi fino a tanto.

Senza contare che aveva fatto la sua comparsa nientepopodimeno che la signora Kakoiannis-Sforza – sì, quella di cui si parlava spesso nelle riviste di gossip – una ricchissima sciura milanese, appartenente a quello che una volta si chiamava jet-set, sempre al centro delle cronache mondane. Ormai un po' passata, aveva pensato Angela quando l'aveva vista uscire dall'appartamento di Consonni, ma sempre in forma, chissà grazie a quali costosissime creme e chirurgie plastiche. E che cosa volesse la Kakoiannis-Sforza dal Consonni non era risultato affatto chiaro, l'Amedeo era stato piuttosto confuso, sosteneva che la Kakoiannis era una sua vecchia cliente e che adesso gli aveva chiesto un favore, ma quale fosse questo favore non si sapeva, e dunque Angela era non poco indispettita. Si può comprendere il suo sconcerto quando aveva ricevuto le riviste scandalistiche che ne parlavano.

Fu così, per motivi sia interni che esterni, che Angela decise di mettere l'intera faccenda per iscritto, tutto ciò che le era capitato nel periodo decisivo della sua vita, quello che aveva cambiato le carte in tavola. Scrisse di getto le sue memorie, e dopo aver finito dedicò al manoscritto solo una revisione o due.

Quello che segue è il frutto del suo lavoro, il manoscritto che Angela aveva consegnato a Consonni e che costui, dopo alcune vicissitudini che ritardarono la lettura e altre ritrosie personali nei confronti della narrazione in sé, si dispose ad affrontare.

Occorre a questo punto aggiungere una nota. La versione del manoscritto che qui viene riportata non è esattamente la stessa che è finita nelle mani di Consonni. Diciamo che questa è la versione integrale, mentre il Consonni ne leggerà quella purgata, purgata dalla stessa Angela per questioni di opportunità che non sarà difficile capire. Per questo qui troverete delle parti che sul manoscritto affidato all'Amedeo non ci sono, riconoscibili perché poste fra parentesi quadra.

Il segreto

Meravigliosamente

Che cosa può capire un gatto, un bel gatto rosso, dei tuoi problemi? Eppure io ho sempre pensato che il gatto mi capisse e che fosse l'unico in grado di farlo. Mi guardava con intensità, in posizione da sfinge, ronfando per testimoniarmi che stava bene. Chi altri lo faceva con me? Nessuno, direi. Tutti mi usavano per farmi capire che non stavano affatto bene e che in certi casi la responsabilità era mia.

Se non ci fosse stato il gatto mi sarei sentita disperatamente sola. Erano le una e mezza di notte ed ero a pezzi. Avevo appena finito di correggere i compiti della quarta, un ammasso di schifezze. Avevo dovuto correggerli dopo mezzanotte, quando io e mio marito eravamo tornati dalla cena dai Mencatti, certi suoi amici, ignoranti e grezzi.

Era stata una giornata massacrante, quindi alle una e mezza di notte ero un po' fusa, ma non volevo andare a letto, però, perché in fondo quello lì era il primo momento di tranquillità della giornata. Gianni stava dormendo da un bel pezzo, e russava forte, perché alla cena dai Mencatti aveva bevuto e a quel punto russava. Il suo russare si confondeva con le fusa del gatto.

La cosa carina era stata che quando era tornato a casa, alle sette, mi aveva subito ricordato con un certo nervosismo che avevamo la cena dai Mencatti e che non sarebbe stato male se mi fossi messa «un po' bene», togliendomi di dosso la solita uniforme da insegnante, con la gonna stropicciata verde, le Birkenstock e il borsone. Mi voleva «messa bene», o «decentemente», come diceva lui, pezzo di stronzo, ancora mi ribolle il sangue, mi voleva «messa bene», sottintendendo che di solito ero «messa male», mal vestita, poco curata, e che soprattutto avevo questo aspetto inequivocabile da insegnante, sciatto e trasandato, come tutte le insegnanti della mia età e pure delle altre. Anche perché il novanta per cento delle insegnanti ha la mia età. L'idea del cretino su come fosse stata la mia giornata stava a mezzo fra la più pallida e la benché minima, perché quel giorno, ma anche quello prima, la mia vita era stata un inferno, dove un furioso alternarsi di ruoli mi rovinava l'esistenza. Questo perché allora io facevo l'insegnante di Lettere, cioè lavoravo come un'imbecille. Anche se molti pensano che questo sia un lavoro per modo di dire. Io, naturalmente sono contro la pena di morte, assolutamente, ma qualche lieve eccezione la farei pure per chi dice bestialità del genere, che gli insegnanti non fanno niente e che hanno quattro mesi di ferie e che si lamentano perché lavorano 17 ore la settimana...

Io vorrei solo che chi dice queste cose... lasciamo perdere, lasciamo perdere, prima che perda la pazienza, ero lì che carezzavo il mio gatto rosso e avrei voluto che quell'istante durasse in eterno.

A quell'epoca nel corso della giornata saltabeccavo fra i miei infiniti doveri, oltre a quello di lavorare. Primo fra tutti quello di madre, perché quel cretino di mio marito figuriamoci se di Giulia se ne occupava, che fra l'altro... per l'appunto in mattinata mi era toccato andare in Prefettura, ma lui, lui non era potuto venire, chi ci era andato in Prefettura? Io, e chi altri? E perché? Perché lei... Dovetti chiedere un permesso di un'ora... ma a parte la grana in sé di andare fin là, però sta di fatto... se ci avevano chiamati a causa di Giulia, che all'epoca era minorenne, aveva diciassette anni, non era per un motivo da ridere. Indovinate un po' perché eravamo stati convocati? In fondo la quantità di hashish che le avevano trovato addosso era veramente minima, un puro caso, aveva detto lei, lo teneva per un suo amico – ma come si chiama questo amico? Non te lo posso dire. Ah... – e allora in Prefettura a sorbirmi la paternale dell'incaricata ci devo andare io. Mio marito si era limitato a recitare un discorso di tre minuti a mia figlia, molto autoritario, molto severo, ridicolo, per poi dire a me: «Bisogna starle più dietro a quella bambina, bisogna occuparsi più di lei». Benissimo, a chi stai parlando, pezzo di idiota, a me? Tu non sai neanche come tua figlia passi la giornata, non ci parli, quando esce di casa la sera tu già dormi, e pontifichi che «Bisogna starle più dietro»?

Non sono una totale imbecille, lo so che non è facile il rapporto con una figlia diciassettenne, di questi tempi e forse mai. Ma tu, emerito idiota, che non sai neanche quanti piercing abbia la tua «bambina», mi vieni a dire che «Bisogna starle più dietro»?

E con questo ho accennato al capitolo madre, ma si dà il caso che io fossi anche figlia e chi si occupava di mia madre se non me? Badate bene che non sono figlia unica, ho un fratello, minore, e una sorella, maggiore. Proprio quel giorno, appena uscita da scuola ero dovuta correre a casa di mia madre perché a quanto pareva aveva fatto una piazzata alla donna di servizio offendendola aspramente... allora a chi era toccato andare là a cercare di mettere una pezza alla situazione? Non certo a quel presuntuoso di mio fratello, l'uomo impegnato, quello che non c'era mai, era sempre via, però quando si trattava di rompere i coglioni, di richiamare qualcuno a un comportamento corretto, ecco... per questo genere di rimproveri c'era sempre e ovviamente aveva trovato il modo di farmi telefonare perché sapessi che doveva parlarmi, per dirmi... che cavolo, mi ha beccato non a caso quando ero dalla mamma e stavo cercando di convincerla che la signora non era affatto una ladra. Ecco, mio fratello non ha pensato di meglio che farmi una paternale dicendomi che non dovevo stare sempre dalla parte della servitù. «Dalla parte della servitù»? La servitù, vi rendete conto? L'imbecille mi viene a parlare della servitù e dei rapporti che bisogna tenere con questa, io che guadagno 100 euro al mese più della «servitù» e che me la devo tenere stretta, la signora che aiuta mia madre. (Fra l'altro dei 1.480 euro al mese che guadagno 250 sono il mio contributo per il pagamento della «signora», lo stesso fa mia sorella, che non lavora, ma suo marito, a mille chilometri di distanza, guadagna dieci volte quello che guadagno io. Lo stesso fa mio fratello che dalla Regione Lombardia, per collaudare gli impianti di risalita, prende cinque volte il mio stipendio, lui che è sempre stato un pirla).

Ma sei scemo, gli avevo detto io, e non l'avessi mai fatto, perché lui attaccò dicendo che ero isterica, che ero stanca e che se avevo dei problemi dovevo farmi vedere da qualcuno. Ma certo che ho dei problemi, deficiente, uscita da scuola alle 13 e trentacinque mi ero fiondata dalla mamma perché avevo ricevuto quattro messaggini e sette telefonate, ed ero riuscita a tornare a casa, senza aver mangiato, alle tre e un quarto del pomeriggio, quando poi alle quattro avevo il ricevimento dei genitori, cioè qualcosa che assomiglia più che altro a una fucilazione... Il tutto dopo la piacevole oretta in Prefettura, a sorbirmi la paternale dell'assistente, con mia figlia che muoveva la gambetta e dava segni di nervosismo e io che pregavo, pregavo, che quella non sbottasse con l'assistente, che non le dicesse le parolacce, che allora sì, se quella si incazzava... E poi il Gianni mi aveva telefonato, premuroso, per sapere com'era andato l'incontro in Prefettura... sai, a quella bambina bisogna starle più dietro...

Non molto tempo prima a scuola un rappresentante di libri scolastici mi aveva sottoposto una nuova antologia per il biennio, fatta per grandi temi. Uno di questi temi era «Donne» e si divideva in quattro capitoli: «Figlia», «Madre», «Sorella», «Seduttrice». Il rappresentante mostrandomi quell'indice pensava di farmi cosa gradita, come se io dovessi approvare l'approccio parafemminista e dovessi condividere: «Ecco finalmente qualcuno che parla di temi seri e veri». Invece su di me una simile impostazione ebbe l'effetto contrario. Ma me lo vieni a dire a me, pezzo di un cretino di rappresentante, che nel corso della giornata devo fare tutte queste cose? Vuoi che ti racconti come funziona la mia vita? Vuoi che ti racconti che mia sorella abita a mille chilometri dalla città dove sto io e dove sta nostra madre e che lei della mamma non se ne occupa per niente, salvo poi, quando viene una volta ogni sei mesi, produrre commenti sul fatto che la mamma è un po' abbandonata a se stessa, che, insomma, certe cose sarebbe meglio non farle, bisognerebbe avere un po' più di cura, che a volte una carezza, un bacio, sono più importanti di mille rimproveri, di mille ansie. Ma vaffanculo, Antonietta, vaffanculo, pensavo quelle volte che ero l'oggetto di queste ramanzine, io che ero l'unica che di mia madre, pace all'anima sua, a quel tempo si prendesse cura veramente.

Insomma a queste cose pensavo mentre sfogliavo distrattamente quella antologia. Il rappresentante deve aver pensato che mi stavo interessando, intravedeva una nuova adozione, una bella classe di 25 studenti in un importante liceo della città. Ah, avesse saputo che quell'antologia, che mi ricordava che ero sorella, moglie e figlia, l'avrei bruciata seduta stante...

Mettetela come vi pare, moglie, madre, figlia, sorella e lavoratrice, io non ne potevo più.

Per non parlare della suocera. Chi si occupava della suocera? Ma di questo dovrò dire molte cose più approfonditamente in seguito. Comunque in quella antologia imbecille non c'era il capitolo: «Nuora». E perché? Ce ne vogliamo dimenticare?

Tornando a quel giorno, alle sette di sera il marito ti dice che non devi essere sciatta, devi essere presentabile, devi essere «messa bene», cosa avrei dovuto essere, seduttrice?

E allora alle sette e un quarto ero lì che mi guardavo, con i miei colpi di sole risalenti ormai a un paio di mesi prima e una ricrescita eccessivamente visibile... e un paio di chili di troppo, sulle cosce e sulla pancia, come diavolo mi vesto per essere presentabile?

In qualche maniera risolsi il problema, con dei larghissimi pantaloni alla turca, una specie di sciarpa marocchina fucsia e una pettinatura improbabile un po' sparata verso l'alto. Quando Gianni mi vide pronta per uscire mi chiese se volevo andare a fare la crocerossina o a bere il tè a Casablanca, sembravo una turista americana che ha visto «Il tè nel deserto»... Maledetto figlio di puttana.

Sulla cena sarebbe meglio stendere un velo pietoso, il lato ironico è che quando siamo tornati a casa Gianni, ironia o non ironia, aveva delle velleità erotiche, assai sbrigative, nei confronti delle quali comunque mi convenne non sollevare obiezioni.

Dopo quegli squallidi tre minuti lui era già lì che russava e io, a quel punto, dovevo rialzarmi dal letto e mettermi a correggere i compiti... e poi, che compiti... bisognerebbe i compiti in classe renderli di dominio pubblico, farli leggere...

Una giornata così pesante era per me assolutamente normale, ma sentivo che stavo per scoppiare.

Calma, calma, respirare, abbassare il diaframma, dormirò una mezz'ora di meno, ma godiamoci questa pace. Carezzavo il gatto e riflettevo. Ripensavo.

Per esempio ripensavo a quando alla prima ora avevo interrogato Ervis Montaguto su *Meravigliosamente*, che non è altro che una canzonetta di Jacopo da Lentini. È difficile? Dico io, non è facilissima, è bella, parla d'amore, per i ragazzi va benissimo, la potrebbe aver scritta Moccia, per quello che dice.

Meravigliosa-mente
un amor mi distringe,
e mi tene ad ogn'ora.
Com'om, che pone mente
in altro exemplo pinge
la simile pintura,
così, bella, facc'eo,
che 'nfra lo core meo
porto la tua figura.

In cor par ch'eo vi porti,
pinta come parete,
e non pare difore.

Che meraviglia…

Ma Montaguto non solo non aveva capito niente, tentava disperatamente di farsi aiutare dalle note, gli avevo chiesto di eseguire la parafrasi. Già, la maledetta parafrasi… ecco la sua.

«Meravigliosamente un amore mi stringe e… mi tiene ad ogni ora. Come uomo… che pone la mente in un altro esemplo e dipinge la simile pittura». Che genio, eh? Ma quando arrivò al «pinta come parete», dopo essersi guardato intorno terrorizzato alla ricerca di qualche suggerimento, «dipinta come una parete» disse.

Bello, bravo, ah sì, la bella è dipinta come una parete da un imbianchino. «Ma ti pare, Montaguto, dipinta come una parete? Parete, voi, sembrate, apparite, ma sei scemo?».

La classe si era messa a ridere, tranne cinque o sei che non avevano neanche capito di che si stava parlando.

«Ma scusi», mi fa Montaguto, «ma allora perché prima gli dà del tu e poi del voi?».

Io avevo dato fuori di matto e Montaguto mi aveva detto di farmi vedere da qualcuno, perché ero troppo stressata.

Dunque, dopo una giornata simile, andai a letto, con quell'atteggiamento tipico dei depressi, che vorrebbero che la notte durasse all'infinito e che la mattina successiva non arrivasse mai. Pensavo e ripensavo, ma non volevo dormire.

Una giornata piena di merda. Nel pomeriggio fra l'altro c'era stato quello che per me normalmente è un incubo, vale a dire il *ricevimento dei genitori*.

È difficile immaginarsi che cosa siano oggi i ricevimenti con i genitori... una specie di guerra di trincea dove i genitori si comportano come i sindacalisti dei propri figli... qualsiasi sia il loro profilo scolastico o disciplinare. È una battaglia... e a te insegnante ti trattano come una merda sotto scacco. Soprattutto se madre e padre sono persone che si sentono qualcuno, è una vera resa dei conti... e noi, insegnanti, bisognava essere preparati...

In quarta B avevo un allievo, Reperti, che in assoluto se fosse dipeso da me avrei bocciato a priori. Ranieri, si chiamava, un nome da arricchiti che fanno finta di avere i soldi da generazioni. Un classico figlio di papà, di quelle famiglie che contano e che se ne fregano di qualsiasi cosa possa dire l'insegnante, normale, ma quel giorno stesso... quel ragazzo, quando gli avevo detto che faceva troppe assenze, che cosa aveva avuto il coraggio di dirmi, il Reperti? Mi aveva detto: «Lei non si preoccupi, delle mie assenze, passate, presenti e future».

Per l'appunto nel pomeriggio erano arrivati entrambi – entrambi! – i genitori del Reperti, quel ragazzo antipatico, col quale, tanto era stronzo e montatello, qualche piccola soddisfazione me la sono presa. Non dico di averlo umiliato, ma qualche stoccatina gliel'ho data, a questo fighetto. Sì, era un bel ragazzo, polo Fred Perry, pantalone a tubino e scarpa di Gucci, proprio il mio genere. A quanto avevo capito, l'avevo capito perché lui non faceva altro che parlarne, i suoi erano ricchi, avevano due o tre concessionarie di automobili, Volkswagen, credo, e lui citava il suo cognome come se tutti lo dovessero conoscere. Qualche giorno prima l'avevo interrogato, un po' incattivita, devo riconoscerlo, su Manzoni, sul brano dell'Adda. Non sapeva niente, faceva anche un po' il cretino e il superiore, come sempre. Insomma gli avevo dato un quattro e mezzo, per incoraggiamento. Lui aveva cominciato con la solita manfrina... però non ce l'aveva detto che interrogava, però non è giusto...

Non è che volessi vendicarmi delle mie sfighe professionali e non del fatto che guadagnavo 1.480 euro al mese, però anche lui... insomma, aveva fatto scena muta, cercando anche di passare per furbo. Ma perché questi ragazzetti bene non li mandano, come usava una volta, alle scuole private, poi escono, fanno Economia e commercio, se gli riesce, e vanno per la loro strada, cioè continuano la luminosa carriera dei loro ricchi genitori e non vengono da me a fare i cazzoni? pensavo.

Dunque gli avevo smollato un quattro e mezzo, ma non per ripicca e punizione, perché se lo meritava.

Ed ecco che al ricevimento mi vidi arrivare padre e madre, insieme. Ahia, pensai, ora questi mi metteranno in croce, ora li sento. Cominceranno con la solita storia della professoressa che va per antipatie – ah, lo avessero saputo!, io andavo sempre per antipatie... – bastardi che non sono altro. Ero pronta ad un attacco frontale...

La coppia andava vista. Lui cinquantenne brizzolato, non proprio il tipo da palestra ma uno ben tenuto, abbastanza abbronzato ma non troppo, con una barba ben curata, un completo grigio abbinato a scarpe di pelle da ginnastica, non so come altro definirle. Lei giovanile, asciuttissima, con addosso tre o quattromila euro fra abbigliamento e accessori, in particolare delle scarpe Miu Miu devo dire belle, anche se un po' esagerate, e la borsa... Ovviamente una Louis Vuitton, ma di quelle vere, quelle con i disegni di Murakami.

Mi aspettavo che dopo qualche salamelecco mi cominciassero a dire che «... non è per difendere a tutti i costi i nostri ragazzi... però quando c'è questo tipo di accanimento... Ranieri passa il pomeriggio a studiare, tanto che non ha tempo per fare sport o per vedere gli amici... certi rigorismi sono anacronistici...». Insomma mi attendevo questo tipo di coglionate ed ero già pronta con le mie solite argomentazioni lodoliane, sulla responsabilità, sulla cultura, ecc. ecc...

E invece... invece i due si presentarono con un'aria mortificata e dimessa, del fatto che il loro figlio avesse preso quattro e mezzo non sembravano farne una questione. Quello che premeva loro raccontarmi era che il ragazzo si sarebbe assentato per alcuni giorni e loro sembravano costernati per questo fatto, tanto che mi raccontarono per filo e per segno qual era il programma che lo avrebbe portato lontano per il lasso di tempo che si era detto: «Deve andare in Sardegna a casa della nonna, la nonna Ughetta Mantellassi-Reperti – come per farmi capire che si trattava di un personaggio importante –

per una serie di questioni familiari assai consistenti... sa, dopo la morte della bisnonna...» ecc. ecc.

Ma perché me lo erano venuti a raccontare a me?

Mi chiesero con umiltà e contrizione quale sarebbe stato il programma di quella settimana, quali erano i compiti che doveva svolgere, le pagine del libro. Ci ero rimasta di sale... Però...

«Ma quanto starà assente il ragazzo?».

«Mah, non più di cinque o sei giorni...».

Ma che persone oneste, che brave persone, avevo pensato.

Mi sentivo veramente sollevata e quando fu il momento di parlare del profitto mi dovetti quasi scusare per il quattro e mezzo che avevo affibbiato a Ranieri. «Sapete, ai ragazzi va data una scossa... altrimenti...». Loro annuivano rispettosi. Io mi sentivo addirittura in colpa...

Per fortuna subito dopo mi avrebbe riportato sulla terra la madre del Bottecchia, che aveva da protestare perché il figlio era stato, da me, mandato dalla preside perché giocava a calcio con gli zaini dei compagni.

«Questi ragazzi non fanno sport, in qualche modo devono pur sfogare le loro energie fisiche...».

Ditemi che giornata... Alle tre di notte finalmente presi sonno, la sveglia sarebbe suonata quattro ore dopo.

Il giorno dopo in effetti in classe Reperti non c'era, lo segnai assente, beh, in fondo i suoi genitori erano stati onesti, erano venuti a dirmi che non poteva venire per degli importanti impegni familiari – chi sa, andava a riscuotere la sua parte di eredità? Ma essendo minorenne, magari la cosa aveva bisogno di un sacco di carte e di bolli – via, meglio così che la classica giustificazione per sindrome influenzale, con tanto di certificato medico, poi i ragazzi ti tornano dalla settimana bianca belli abbronzati e tu ti senti proprio presa per il culo.

Però in classe gli studenti sono maligni, forse anche un po' invidiosi. Quando nel corridoio mi venne da dire che sapevo perché il Reperti era assente, per motivi familiari, alla Marinetti e alla Carrà, quelle due cretine, gli scappava da ridere.

«Beh, che c'è da ridere?».

«No, no, niente profe, è che siamo cretine, ridiamo sempre...». Quelle due mi confermavano una tesi alla quale ho sempre creduto e cioè che si può essere furbi e cretini, anzi, molto spesso se uno è furbo sotto sotto è necessariamente un cretino.

Senza farmi notare avvicinai il Mordetti, uno che non riuscirebbe a mentire neanche se volesse, e girando intorno all'argomento gli chiesi se sapeva perché Reperti era assente.

Lui, che durante l'intervallo rimaneva in classe perché gli altri lo mettevano sempre in mezzo, mi disse candidamente che Ranieri era andato a fare una regata, in Costa Smeralda, perché lui era un velista molto molto forte, frequentava i circoli velici da quando aveva quattro anni.

«Ah» dissi io «e lo sanno tutti?».

«Certo che lo sanno tutti, sono settimane che ce la smena con questa regata internazionale».

La cosa cominciava a farmi girare le balle. Che stronzi, quello va in Sardegna per una regata internazionale e a me vengono a parlare di problemi di successione.

Quando torna lo sistemo io... a quello lì il debito nelle mie materie non glielo leva nessuno, io gli spezzo le gambe.

Dopo l'intervallo interrogai senza preavviso in Latino le due cretine.

«Ma profe, non ce l'aveva detto... ma profe, aveva promesso che oggi spiegava... ma profe, io ieri pomeriggio ho dovuto portare il cane dal veterinario...».

Tanto che io fossi una stronza lo pensavano lo stesso, così le interrogai tutte e due e assegnai un quattro e un quattro più.

Quando tornai a casa alle una e mezza c'era Gianni che leggeva il giornale.

«Che si mangia oggi?».

«Spezzatino con patate».

«Ma è pronto?».

«Tre minuti».

Per fortuna avevo cucinato lo spezzatino (due giorni prima) con la pentola a pressione, ora si trattava solo di scaldarlo, con un po' d'acqua, mentre apparecchiavo.

Misi in tavola e Gianni ebbe da commentare che sua madre lo spezzatino nella pentola a pressione non si sarebbe neanche sognata di pensarlo.

Alle due e mezza arrivò Giulia, assai incazzata.

«Beh, che abbiamo oggi...?» chiese Gianni.

«Vaffanculo» gli rispose senza mezzi termini Giulia.

«Ah, se la metti su questo piano» disse Gianni, che tornò in salotto a leggere il giornale.

Giulia mangiò un po' di spezzatino, col culo di traverso.

«Quella è una stronza, una stronza, se potessi l'ammazzerei».

«Chi è una stronza?» chiesi timidamente, più o meno sapendo dove si andava a parare.

«Chi? Secondo te?».

«Boh? Lo dovrei sapere?».

«Certo che lo sai, mi ha messo tre al compito di Italiano».

«Tre? Ma non si dà tre al compito di Italiano».

«Ecco, vaglielo a dire, alla tua amica».

«Ma chi, la Maria Chiara?».

«Sì, quella merda, mi ha messo tre perché dice che ho copiato tutto da internet».

«Ma come, in classe?».

«Certo che no, l'ho fatto a casa».

«E tu l'avevi veramente copiato?».

So benissimo come fanno. Vanno su Google e non si prendono la briga nemmeno di andare oltre la seconda o terza voce.

«Non c'erano errori. Non mi puoi dare tre senza errori. Che stronza. E lo fa solo perché ci sei tu di mezzo, per vendetta».

«Ma che dici? Vendetta? Ma contro chi?».

«Per farti rabbia, vuoi che non lo sappia? È tutta colpa tua, perché sei una sua collega...».

«Mah...».

Non sapevo che dire, anche perché ero sicura che Giulia avesse ragione. Non in quanto i propri figli hanno sempre ragione, ma perché so come funzionano le cose fra insegnanti. Ci avrei messo le mani sul fuoco che quella stronza aveva dato tre a Giulia, in Italiano poi..., solo per farmi rabbia. Lo sapevo perfettamente che non dovevamo iscrivere Giulia nella stessa scuola dove insegnavo io. E quella merda non mi metteva a disposizione figli su cui io potessi vendicarmi, perché la furba il suo bambino, che peraltro è un cretino, l'aveva iscritto al Linguistico... Che stronza...

Gianni si affacciò in cucina per salutare, tornava al lavoro.

«Beh, qui che succede?».

«Niente, non ti preoccupare, è l'età» dissi, a che valeva comunicargli il problema?

La giornata continuò secondo il solito copione. Dopo aver tentato di consolare Giulia, cercando di convincerla che un debito non è la morte di nessuno, dovetti ripassare da mia madre, che aveva ancora dato di matto, questa volta non ce l'aveva con la «serva», come la chiamava lei, ma con i vicini di casa del piano superiore, che a suo dire le avevano colato dell'acqua rugginosa sulla biancheria stesa ad asciugare. I vicini le avevano telefonato dicendo che se la mamma continuava a picchiare di sotto con la scopa chiamavano i carabinieri.

Ero riuscita a mettere un'altra pezza, a calmare la mamma e i vicini, ma poi me ne ero dovuta scappare, perché avevo il collegio dei docenti straordinario, per decidere se tornare dall'ora di cinquanta minuti a quella di sessanta minuti. Ma che se ne discuteva a fare? Ovviamente il 95% dei docenti fu per restare sull'ora di cinquanta minuti, solo che la preside comunicò che i dieci minuti dovevano essere considerati come ore da recuperare. Ci fu una sorta di insurrezione, ma io pensavo ad altro. Pensavo a quella stronza della Maria Chiara, c'era anche lei, e ogni tanto le lanciavo uno sguardo di fuoco. Ma non le dissi niente, resistetti, la vendetta è un piatto che si serve freddo.

Tornai a casa che era tardi: «Ma come, ancora spezzatino?».

Dopo cena Gianni mi comunicò che aveva fissato, come tutti gli anni, i soliti quindici giorni di vacanza a Milano Marittima.

«Ma non si era detto che quest'anno andavamo da un'altra parte, sul Tirreno, perché no, a Bolgheri, in un posto un po' più bello?».

Gianni neanche ne volle parlare, anche perché aveva saputo del tre a Italiano di Giulia. Le aveva sottratto l'alimentatore del computer e le aveva sospeso la paghetta per i successivi quattro mesi, per punizione, sostenendo che con questa bambina bisognava smetterla di essere troppo accondiscendenti. E poi, possibile che una ragazza intelligente, la cui madre fa la professoressa di Italiano, prenda tre a un tema? Ma dove siamo? Infine naturalmente aggiunse: «Perché non la segui tu un po' di più? Io faccio tutto un altro lavoro, guarda, se potessi, mi ci impegnerei, mi metterei lì ad aiutarla, ma che ne so io di Italiano? Però, tu, se non lo fai tu... ma cos'è, sei troppo impegnata?».

Sparecchiai e disposi posate e stoviglie nella lavapiatti. Mentre davo una spruzzata di prodotto detergente sulla tavola e poi passavo lo straccetto pensavo che l'indomani sarebbe stata una giornata faticosa, perché mia suocera partiva per Montecatini.

In effetti non dovevo andare a scuola perché era il mio giorno libero. Mi ero scritta la lista delle cose da fare, che mi pare inutile elencare, ma avevo da passare in tintoria, da andare al supermercato, da passare all'ufficio postale per ritirare una raccomandata, ovviamente per una riunione di condominio, alla quale peraltro sarei dovuta andare io, e altre cose di questo genere, fra le quali preparare il ragù, il mio giorno libero di solito preparavo una vagonata di ragù, poi avevo da dedicarmi alle varianti del POF, ovvero al Piano dell'Offerta Formativa, e ad altre amenità.

Nel pomeriggio volevo passare da mia madre per vedere se la questione con i vicini si era risolta, prima che si venisse alle mani. Inoltre, se trovavo il tempo, avrei sperato di poter andare dalla parrucchiera, i miei capelli facevano schifo...

Fra l'altro Gianni mi aveva intimato di fermarmi dal gommista a far rimettere il treno di gomme normali, perché quelle termiche ormai non servivano più a niente e si consumavano e basta, così poi con la neve e il ghiaccio non erano più buone e ti facevano anche la multa.

Fui di ritorno a casa alle due e mezzo e mentre mi stavo per mangiare un'insalata col tonno mi chiamò mio marito. «Dove sei?» domandava come al solito. «Sono a casa, sono appena arrivata». «Ah, dunque sei a casa, meglio così... volevo chiederti un favore». Ah, ci siamo – pensai io – qui c'è di mezzo la mammina, cioè mia suocera. Gianni arrivò al dunque e mi disse che la mamma era in partenza per Montecatini – e che non lo sapevo? L'avevo dovuta aiutare a preparare i bagagli, una enormità di bagagli per stare via una settimana – ma che lui non riusciva ad accompagnarla alla stazione, perché aveva avuto un contrattempo, insomma rischiava di fare tardi, allora voleva sapere se potevo accompagnarla io, bastava che la andassi a prendere nel giro di un'oretta, il treno partiva alle 18. «Me lo faresti il favore? Io sono messo malissimo». Eh, già, perché io come ero messa? Fra l'altro me l'ero fatto giurare che l'avrebbe accompagnata lui, giorni prima, quando mi aveva chiesto un altro favore, solo qualche spesetta per la mamma, cose di cui avrebbe avuto bisogno a Montecatini. E quella stronza non chiamava mai me quando doveva comunicare le sue listine, fossero la spesa corrente o altre cose. Che ipocrisia, la spesa gliela facevo sempre io, non poteva chiederlo direttamente a me? No, lei parlava solo con suo figlio, come se solo lui fosse tanto gentile e caro da occuparsi di lei. E lui invariabilmente poi telefonava a me e mi passava la listina. In venti anni mai che si sia mosso lui, la spesa gliela facevo sempre io, quella grossa, una volta la settimana, al supermercato, e gliela consegnavo a domicilio, la portavo su per le scale e gliela dovevo anche sistemare nel frigorifero e nella dispensa. Perché lei, non si sa come, quando arrivavo con la spesa aveva sempre i dolori. E tutte le volte dovevo sbrigarle anche qualche faccenda, portare via l'immondizia, metterle su un tè, ecc. Stavo per dire a mio marito che avevo da fare una caterva di cose, ma tanto sapevo che era inutile. Lui avrebbe detto: «Ma che cosa ci avrai mai da fare? Che ti costa, è l'ultimo favore che ti chiedo, sono qui a farmi il culo». Così andai a prendere la suocera. È da notare che mia suocera, almeno ai tempi, stava benissimo, era piena di energia, addirittura spaccona nel modo in cui portava i suoi settantacinque anni suonati. Ma quando vedeva me invariabilmente assumeva un atteggiamento fra il depresso e l'irritato. Anche quella volta lì, quando capì che ero io quella che era venuta a prenderla, fece una faccia delusa e rassegnata, si chiuse in un mutismo interrotto solo da qualche lamentela e raccomandazione: «Guida prudente, non facciamo come al solito, eh?». È vero, io non sono mai stata una grande guidatrice, per esempio con i parcheggi sono molto approssimativa e freno sempre all'ultimo minuto, ma questo è solo per i problemi di vista (ora risolti). Ma quella stronza ci godeva a umiliarmi, potendo contare sul fatto che io ero sempre a disposizione.

La sera per cena avevo preparato il risotto. Gianni mi chiese se con la mamma (la sua) era andato tutto bene e io gli risposi di sì, anche se lui stava guardando il telegiornale, cosa alla quale in linea di principio io sarei contraria, cenare con la televisione accesa..., ma ormai...

Sta di fatto che a un certo punto sentii fare un nome che conoscevo. La notizia veniva dalla Sardegna, da Porto Cervo. A quanto pareva un ragazzo milanese, che si trovava in Costa Smeralda per partecipare a una regata velica, era scomparso.

Il ragazzo si chiamava Ranieri Reperti ed apparteneva ad una facoltosa famiglia milanese. Avrebbe dovuto unirsi ai suoi compagni di regata alle sette di sera, ma non si era fatto vivo e lo scooter che aveva noleggiato era stato ritrovato in una zona isolata, lungo la strada che conduceva dalla casa della nonna (la nota signora Ughetta Mantellassi) al porto turistico.

Ancora non erano noti i particolari sull'accaduto, ma già circolavano voci che l'Anonima sequestri, dopo anni di tregua, fosse tornata in azione.

«Reperti? Ranieri Reperti? Ma è lui?».

«Lui chi?» chiese Gianni distratto, perché mentre guardava la televisione leggeva anche il giornale.

«Ma è Ranieri, è un mio allievo... in quarta B».

«Reperti, Reperti... quelli della Volkswagen?».

La mattina dopo a scuola non si parlava d'altro. Tutti gli studenti, in un anelito di protagonismo, sembravano essere amicissimi di Ranieri... e quando Ranieri è venuto a casa mia vestito da Bossi... e quando Ranieri stava con la Lory... e quando Ranieri...

Naturalmente fecero la loro comparsa anche i giornalisti e addirittura un paio di troupe televisive a caccia di notizie scandalistiche. Ormai pareva che l'ipotesi del rapimento fosse una certezza.

Non si sa come ma erano informati del fatto che io fossi la prof. di Italiano di Ranieri e sapevano anche che recentemente gli avevo dato un quattro e mezzo.

Mi fermarono mentre stavo uscendo da scuola, con i registri sotto braccio.

«Che tipo era Ranieri? (era?) Come si comportava in classe? Aveva amici? Chi era a conoscenza del fatto che sarebbe andato in Sardegna?».

Io non sapevo che dire, mi uscì dalla bocca la prima insulsaggine che mi venne in mente, tipo «è un bravo ragazzo, uno come gli altri, un ragazzo sveglio, anche se non molto studioso...».

Ecco, questa mia scemenza divenne molto popolare, fu trasmessa e ritrasmessa in tutto il paese.

In che mondo siamo, glossava il giornalista, qui abbiamo a che vedere con un caso umano terribile, un ragazzo bello come il sole, felice, solare (ecco, «solare» era la parola che ricorreva più spesso nei commenti), così, di fronte a un dramma del genere, un ragazzo bello, ricco, solare, strappato alla sua vita e alla famiglia, a rischio di subire chi sa quali atroci maltrattamenti se non addirittura a rischio della vita, e la professoressa, sicuramente infarcita di ideologie sorpassate e morte, a cosa ti va a pensare? Che non era molto studioso.

Fui messa alla berlina, ma io... che dovevo dire? Che era uno stronzetto? Un montatello presuntuoso che probabilmente si era fatto beccare senza difficoltà in quanto, essenzialmente, era un coglione?

Ci fu in merito addirittura un dibattito televisivo sulla scuola italiana dal titolo: «Destinati al successo: e la scuola che fa?».

Al lavoro fui messa all'indice, la preside mi convocò sostenendo che avrei dovuto essere più accorta nelle mie dichiarazioni pubbliche, anzi, sarebbe stato meglio se non ne avessi rilasciate affatto. Se mi fosse dovuto ricapitare sarebbe stato meglio mantenere il silenzio, perché, nella situazione che si era venuta a creare, ogni parola poteva essere fraintesa o di troppo.

Intanto il rapimento era al centro degli interessi di tutti gli italiani. Il ragazzo era ancora vivo?

Due giorni dopo i quotidiani diffusero la notizia che era stato chiesto il riscatto: quattro milioni di euro. Una bella cifra, ma non impossibile per i signori Reperti. Soltanto la loro villa ne valeva almeno il doppio, oppure l'appartamento di Milano e chissà quanti altri beni immobili e mobili possedevano. A quanto annunciato, però, i conti bancari erano stati congelati e qualsiasi operazione di ipoteca, vendita ecc. bloccata.

Sui giornali compariva quasi sempre la solita foto di Ranieri abbronzato mentre partecipava a una regata velica in Corsica. Le cronache insistevano molto sulla sua «vita dorata», sfruttando il solito meccanismo popolare dell'«anche i ricchi piangono». Guardate come stava bene prima, lusso, barche a vela, Costa Smeralda. E ora? Che fine avrebbe fatto questo splendido ragazzo in mano a un gruppetto di selvaggi, abituati a passare il loro tempo insieme alle pecore? Questo i giornali non lo dicevano esplicitamente, ma lo insinuavano abbondantemente, in modo che una certa percentuale dei lettori potesse pensare, segretamente, che gli stava bene. I giornali ipotizzavano anche l'esistenza di una talpa, una spia, che doveva aver segnalato ai rapitori gli esatti movimenti del ragazzo, tanto era stata precisa e programmata la dinamica del rapimento. Nessuna traccia, nessun indizio.

Io... io... quando lessi quella notizia, non si può immaginare come mi sentissi... Mi sentivo malissimo, ma non solo per la terribile circostanza. No, mi sentivo malissimo per via del tema in classe.

Per via di un tema in classe? Un ragazzo della Milano bene viene rapito dall'Anonima sequestri – e quanti ne tornano vivi? – e una si preoccupa di un tema in classe?

Si trattava di un tema di molti mesi prima, fatto proprio all'inizio dell'anno scolastico. Fra l'altro aveva un titolo cretinissimo, titolo che non avevo certo scelto io. Lo aveva dato un supplente, io ero assente per un corso di aggiornamento. Un titolo perfettamente idiota: «Il mio più grande desiderio». Oggi queste cose vanno di moda, perché si dice che gli adolescenti non desiderano più niente... Insomma, roba da scuola elementare, a dei ragazzi del quarto anno di liceo...

Fatto sta che mi ero ritrovata, al mio ritorno, questi temi da correggere. Delle vere porcherie. Alcuni si erano buttati sulla retorica, che il loro più grande desiderio era che ci fosse più giustizia nel mondo, o che svanisse la globalizzazione, che ci fosse più amore e meno odio. Altri invece l'avevano messa sul personale, che so, di vivere in una città di mare, di arrampicare il settimo grado, o che il Milan vincesse lo scudetto. E di che cosa parlava il tema di Ranieri?

Ce lo avevo ancora. Ne rilessi l'incipit.

«... Il mio più grande desiderio è di avere quattro milioni di euro. Vi sembrerà banale, venale, orribile, irresponsabile, ma questo è il mio desiderio. E sono l'unico a dire la verità. Altro che pace nel mondo. Quattro milioni e sono a posto. Se ne possono fare di cose con quattro milioni, anche del bene...».

Era quella l'espressione che mi aveva fatto drizzare le orecchie quando avevo letto il giornale: quattro milioni. Possibile che fosse una coincidenza? E nel tema erano elencate tutte le cose che ci avrebbe fatto con quei soldi. Fra l'altro l'alunno sviluppava anche delle osservazioni non banali, sul denaro e l'epoca in cui viviamo. Nonostante la sfacciataggine orripilante gli avevo dato un sei e mezzo, anche per un certo gusto dissacrante. Ecco. Che avrei dovuto pensare dopo aver letto quella notizia sul giornale?

Che il rapimento se lo era forse organizzato da solo?

E poi, in questo modo si spiegava anche il fatto della quinta colonna, la spia. Certo che i rapitori conoscevano bene gli spostamenti del ragazzo, era lui che aveva congegnato l'operazione. Magari aveva fatto tutto da solo, oppure si era fatto aiutare da terzi.

C'era il problema della telefonata per chiedere il riscatto, non poteva averla fatta lui, lo avrebbero riconosciuto, no?

Allora era chiaro che dovesse avere un complice, a meno che non si trattasse affatto di una telefonata, magari un telegramma, o una lettera per posta, o altro, questo non si sapeva, o almeno non lo sapevo io.

In quale stato d'animo potevo trovarmi? Ero attanagliata dal dubbio, ero sconvolta: avrei dovuto tenermi questa cosa tutta per me?

Durante la mattinata a scuola non riuscivo a pensare ad altro. D'altronde neanche i ragazzi parlavano d'altro e all'uscita si trattenevano in capannelli per sapere se c'erano novità, nella speranza che qualche giornalista li intervistasse.

Io ero in uno stato di agitazione tale! Ma non ne feci parola con nessuno.

A pranzo fui tentata di parlarne con Gianni. A qualcuno dovevo pur dirlo, ma proprio a lui? Che avrebbe capito? Mi avrebbe certamente detto che si trattava di una coincidenza e che comunque in queste situazioni è sempre meglio farsi i fatti propri, c'era da averne solo grane. Dirlo alla Polizia? E se poi si trattava solo di un caso? Ti prenderanno per una che vuole mettersi in mostra, non è forse così? Ecco, questo, più o meno, avrebbe detto Gianni e siccome lo conosco bene evitai di raccontargli quello che mi passava per la testa.

Eppure... eppure anche i giornali dicevano che si trattava di un rapimento anomalo, dopo tanti anni che l'Anonima sequestri aveva sottoscritto una sorta di armistizio... e tanti dettagli che non quadravano...

Mi chiesi subito se i genitori di Ranieri di quel tema fossero a conoscenza, ma perché avrebbero dovuto?

In ogni caso avevo l'obbligo di sincerarmene. Il mio dubbio era se informare loro o la Polizia, o tutti e due. Ma, pensai, se informo la Polizia e viene fuori che la faccenda è casuale, cosa che per me, lo devo dire, era molto improbabile, non sarà che la Polizia mette i bastoni fra le ruote alla famiglia? E se poi il rapimento era autentico?

E inoltre, se la mia ipotesi fosse andata a bloccare le trattative? Quando c'è di mezzo un rapimento c'è sempre un contrasto fra quello che vuole fare la famiglia e le indicazioni della Polizia. Allora ci pensai e ci ripensai e alla fine decisi di parlarne alla famiglia. Dovevo comunicare a voce, non certo per telefono, se no era lo stesso che dirlo alla Polizia. Sarei stata prudente, avrei detto loro che riferivo ciò che sapevo solo per scrupolo, era solo un'ipotesi, ma mi sarei sentita male se non glielo avessi detto, e cose del genere.

Così, il pomeriggio stesso, presi la macchina e andai alla residenza dei genitori. Possedevano una villa con parco dalle parti di Appiano Gentile, verso Varese, dove vanno in ritiro i giocatori dell'Inter. Ci misi un bel po' per trovare la villa, ma quando la vidi la riconobbi subito, perché davanti al cancello c'erano due pantere della Polizia.

Gli agenti più che altro tenevano a bada i curiosi, professionali o dilettanti che fossero, che si affollavano alla ricerca di notizie, o anche solo per vedere uscire in macchina i genitori preoccupati o affranti e magari scattare qualche foto.

Quando mi avvicinai all'ingresso gli agenti mi bloccarono. Non si poteva entrare.

Dissi che ero l'insegnante di Ranieri – forse mi avete visto in TV – e che dovevo consegnare degli effetti di Ranieri ai genitori.

Loro mi dissero che i signori Reperti non c'erano e che era assolutamente impossibile.

Io allora replicai che me l'avevano chiesto gli stessi genitori di Ranieri e che se non potevo entrare avrei lasciato a loro il materiale, bastava che mi garantissero che fosse consegnato e che mi firmassero una ricevuta con nome e cognome degli agenti che avevano ritirato il plico, perché io non mi assumevo nessuna responsabilità.

I due agenti si guardarono fra di loro, alla fine per non avere rogne decisero di lasciarmi entrare.

«Meglio che parli col collega» mi dissero, «l'ispettore Montale, lo trova alla villa, lasci il materiale a lui. A noi, cortesemente, lasci un documento, glielo ridiamo quando esce...».

L'altro agente annuì, gli sembrava una buona soluzione, tanto più che i due dovettero arginare un'altra offensiva dei curiosi, che tentavano di occhieggiare dentro il cancello.

Accidenti che parco! C'era un lunghissimo viale alberato, che io percorsi piano piano.

Anche davanti alla villa c'era una pantera della Polizia. Posteggiai la macchina sul retro, vicino a una siepe, riuscii a parlare con una cameriera. I signori non c'erano, erano in Sardegna, per i noti fatti, a casa della nonna.

Che la nonna di Ranieri, la signora Ughetta Mantellassi-Reperti, abitasse in Sardegna, in Costa Smeralda, quasi tutto l'anno, ormai lo sapevo anch'io. Si trattava della nonna paterna, erede della ditta Mantellassi e di una serie di attività collegate. I veri quattrini venivano da lì.

I poliziotti presero i miei dati, non avevo il documento, dissi «l'ho lasciato ai vostri colleghi al cancello». Mi chiesero altre informazioni e io affermai che dovevo assolutamente parlare coi signori Reperti e che avevo del materiale del loro figlio da consegnare.

«E di che si tratta?».

«Si tratta di alcuni temi in classe».

L'ispettore fece una faccia di circostanza. «Ma guardi signora che si nutrono serie speranze che il ragazzo sia ancora vivo... le pare il caso...».

Potevo espormi e dire a loro quello che temevo?

«In ogni caso, signora professoressa, io non posso accogliere questo materiale, a che titolo?».

«Ma io...».

«Lo trattenga finché la situazione non si chiarisce... e poi non vedo che benefici ne potrebbero avere... francamente... comunque...».

Non ne volle sapere.

Insomma i genitori non c'erano. E adesso?

Così, con la coda fra le gambe, me ne andai. Mentre risalivo in macchina mi chiedevo: e ora come faccio? Non posso mica andare in Sardegna?

Con mille pensieri per la testa guidai nel vialetto. Mi riaprirono il cancello, i poliziotti di guardia all'ingresso parlarono per radio con quelli all'interno, che dissero che era tutto a posto e mi riconsegnarono la carta d'identità. Ripresi la strada per Milano. E adesso? Fu dopo aver percorso circa tre o quattro chilometri che mi sentii qualcosa di freddo alla gola. Una voce rude e scandita mi disse: «Signora, faccia esattamente quello che le dico e nessuno si farà del male. Capito mi ha?».

I tre giorni del Condor

Stavo per svenire dalla paura, a stento riuscivo a guidare con quell'uomo che mi minacciava col coltello. Me lo teneva appoggiato sul collo. Io mi sentivo mancare, ma continuavo a guidare, non so con quali forze. Poi sulla Provinciale, dopo Guanzate, l'uomo mi intimò di entrare in un posteggio, un'area asfaltata dove c'erano dei rimorchi di camion, senza la motrice. Mi ordinò di accostare e di spegnere il motore.

Mi fece una serie di domande. «Tu dove stai andando, che impegni hai, qualcuno ti cerca? Che mestiere fai, hai dei soldi con te? Quanto?».

Voleva rapinarmi, voleva rapirmi? Non credo, io di soldi non ne ho, pensavo, e nemmeno mio marito. Chi era? Perché mi aveva sequestrata? Voleva abusare di me?

Quell'uomo mi impose di non voltarmi, non voleva che lo vedessi in faccia, ma che fosse sardo non c'erano dubbi, dal modo in cui parlava. Sembrava molto teso. Voleva sapere tutto, se abitavo da sola, dove, se qualcuno mi stava aspettando e sapeva dov'ero, eccetera.

«No, non abito sola, abito con mio marito e mia figlia». Lui sembrò contrariato. «E non hai altri posti dove andare, dove non ci sia nessuno?». Io tremando gli dissi di no, non avevo altre case, né al mare né in campagna (chissà perché glielo dissi). «Beh, allora non c'è altra soluzione, andiamo a casa tua».

«Ma come, a casa mia? A quest'ora c'è mia figlia, non vorrà...».

Mi immaginavo una scena orribile, l'uomo che passava da minacciare me a minacciare Giulia, era questo che voleva?

«Quanti anni ha tua figlia?».

«Diciassette».

«Benissimo, allora andiamo». E mi fece sentire sul collo la lama gelida della pattada.

A quel punto, nel terrore, mi venne un'idea.

«Beh, un posto dove non c'è nessuno ci sarebbe, la casa di mia suocera...».

«E lei dov'è? Quando torna? Tu hai le chiavi?».

«No, non c'è, è fuori per alcuni giorni, a Montecatini... e io, sì che ho le chiavi».

Ci pensò per un po' e poi mi disse di puntare verso casa di mia suocera, ma che se era una balla o una trappola io ero una donna morta. Quando arrivammo alla casa, in via ***, posteggiai la macchina e salimmo le scale della palazzina.

Ero terrorizzata. Lui si copriva il volto col cappuccio della felpa, come fanno spesso alcuni dei miei studenti per sembrare più minacciosi ed eversivi, fatto sta che non riuscii a vederlo, anche perché si teneva dietro di me.

Entrammo. Anche se doveva trattenersi via per una settimana mia suocera aveva coperto il divano e le poltrone con dei vecchi lenzuoli, il che rendeva credibile che in quella casa non stesse per arrivare nessuno. L'uomo accese le luci, si guardò intorno col sangue agli occhi, mi costrinse a fare il giro della casa tenendomi davanti a sé, alla fine, convinto che non c'era veramente nessuno, controllò che le tapparelle fossero serrate, quindi mi comandò di sedermi sul divano. Staccò il telefono.

Mi disse di non parlare. Se ne restava in piedi, mai fermo, scervellandosi furiosamente.

Chi era quell'uomo? Era sardo, su questo non c'erano dubbi. Aveva a che fare con il rapimento? Ma lui come poteva sapere che io, forse..., sapevo?

Rimuginava e rimuginava.

«Tu che ci sei andata a fare alla villa?» mi chiese improvvisamente.

«Ah, oh, beh, sarebbe una storia lunga... ma guardi che io...» tremavo tutta e sentivo che stavo per perdere i sensi. Che ne sarebbe stato di me?

«Dammi il telefonino, la borsa, tutto ciò che hai».

Io gli consegnai quello che avevo, non era granché, 42 euro. Estrasse dal mio borsellino il bancomat.

«In questa casa ci sono soldi?» – bisogna pensare che quello che mi diceva lo pronunciava con un fortissimo accento sardo, impositivo, quasi crudele.

«Mah, non so, non credo, però possiamo guardare, sa, non è che mia suocera mi dice dove nasconde i soldi, sa com'è fra nuora e suocera, figuriamoci se...».

«Tu parli troppo, te ne vuoi stare un po' zitta? Rispondi solo sì o no».

Si mise a sedere su una poltroncina.

«Una sigaretta ce l'hai?».

«No, eh, io sa... non fumo, però posso vedere se le ha mia suocera, lei dovrebbe averne... mi faccia vedere... neanche lei fuma, ma le tiene, come usava una volta, sa una volta si usava tenere le sigarette in salotto per offrirle, forse, posso andare a vedere...».

«Ma tu devi sempre parlare così tanto? Vedi un po' se ci sono queste sigarette e dammene una».

Io andai a cercare dentro un soprammobile d'argento sul tavolino basso davanti al divano. Le sigarette c'erano, delle Muratti probabilmente lì da qualche anno. L'uomo se ne accese una avidamente.

Mentre aspirava si vedeva che pensava, fissamente, poi guardava me, come se non ci fossi.

Finalmente potei vederlo in faccia. Santo cielo, era un ragazzo, avrà avuto una ventina d'anni, anche se con una barba nera ispida e un aspetto distrutto.

Era un bel ragazzo, robusto, con due spalle larghe, abbronzato, ma non quelle abbronzature da villeggiatura balneare che durano due giorni, piuttosto quelle da contadino, che non vanno via mai. Mi fissò cercando di penetrarmi con uno sguardo feroce: aveva due incredibili occhi grigi. E quegli occhi mostravano una stanchezza infinita, erano venati di rosso.

La sigaretta lo tranquillizzò, tanto che a un certo punto, nel silenzio, mi sembrò di vederlo cedere, come se crollasse per il sonno, la testa appoggiata alla mano destra, il gomito sul tavolo rotondo di cristallo.

L'appartamento di mia suocera era una terribile combinazione di mobili anni Settanta, in plexiglass, acciaio cromato, plastica, con soprammobili primi Novecento di ceramica, vetro soffiato, porcellana e bronzetti. Sulla parete di fronte a me c'era un quadro a olio in stile naïf, riproducente un vecchio che spingeva un carro di legno. Mia suocera diceva che era un Cardini e che valeva un sacco di soldi. Secondo me non valeva proprio niente e comunque faceva proprio schifo.

Io me ne stavo paralizzata sul divanetto, ma non potevo fare a meno di accorgermi che il mio rapitore si stava addormentando. Santa Madonna, che fare, cercare di approfittarne, fuggire via e chiamare immediatamente il 113? E se si sveglia mentre mi avvicino all'uscita? Quello mi ammazza...

Gli stava per cadere la testa sul tavolino di cristallo, avrebbe preso in pieno un posacenere di maiolica che recava la scritta «Hotel Britannique. Naples».

Ma chi era quell'uomo? Che ci faceva un sardo nel giardino dei Reperti? Come non pensare che ci fosse un collegamento col ragazzo rapito in Sardegna?

Mi mossi lentamente, lentissimamente, per alzarmi dal divanetto. Quando fui in piedi lo sentivo ronfare appena appena, non mi sapevo decidere. Feci un passo verso l'ingresso e proprio in quel momento irruppe fragorosa la suoneria del mio telefonino, che era rimasto sul tavolo, a pochi centimetri dal coltellaccio a serramanico.

Lui si alzò di scatto, stravolto, furente, e mi prese per un braccio, facendomi male.

«Chi ti ha detto di muoverti, ci stai provando? Guarda che la tua vita conta quanto la mia, cioè pochissimo. Non ho niente da perdere e ti conviene non fare la furba».

Doveva essersi accorto che stava prendendo sonno, ed era furibondo.

«Adesso facciamo i conti io e te...».

Dopo aver spento il mio telefono prese un mezzero che copriva una poltrona e ne strappò via alcune strisce. Con quelle mi legò le mani dietro, dopo avermi fatto sedere su una sedia di legno. Mentre mi legava sentivo il suo odore fortissimo, doveva essere un bel po' che non si lavava.

«E non dire una parola, devo pensare».

Si accese un'altra sigaretta, mentre anch'io cercavo di pensare. In questi casi bisogna provare ad entrare in contatto col criminale, stabilire una comunicazione positiva, in modo che egli non possa considerarti qualcosa di alieno, esterno ed ostile, entrare nel suo mondo...

Ma qual era il suo mondo? Forse era coinvolto nel rapimento, ma perché scappava? Chi era che lo cercava? La Polizia, certamente, ma se faceva parte di un'organizzazione, perché non si metteva in contatto con loro? Oppure era un cane sciolto e l'organizzazione era contro di lui? E il mio telefono? Aveva fatto un grosso errore a non spegnerlo subito. In questo modo la Polizia avrebbe potuto rintracciare il luogo in cui mi trovavo. Ma perché la Polizia avrebbe dovuto cercarmi?

Lo guardavo mentre rifletteva, ma probabilmente non era la sua attività preferita. Alternava espressioni rabbiose ad altre sconsolate. C'era qualcosa che non mi convinceva. Quello cercava di fare il duro, ma si capiva che non lo era. Lo vedevo dalla faccia.

A un certo punto sembrò tornare in sé e mi guardò, stupito e rintontito, si accese un'altra Muratti. Scuoteva la testa. Parlava fra sé e sé.

«Anche questa mi ci voleva, adesso mi accuseranno pure di sequestro di persona... sono rovinato... Sono rovinato...».

«Ma perché?» chiesi io, sperando di non urtarlo.

«Sono tre giorni che non dormo e che non mangio, non ce la faccio più... e ormai...».

«Mah...?».

«Ormai è tutto finito, non ho scampo. Lasciamo perdere. Se ne vada a casa, chiami la Polizia, faccia quello che vuole... tanto...».

Mi slegò.

Cos'era, un trucco? Sperava in questa maniera che lo portassi al Bancomat, o da qualche altra parte? O diceva la verità? Oppure prendeva tempo, in attesa dei suoi compari?

Eppure mi faceva pena. Era poco più grande di mia figlia e dei miei allievi, ma quanto diverso! Che cosa gli aveva riservato la vita... se non amarezze... e che altro?

«Se lei sapesse... Sono in un guaio enorme... sono ricercato dalla Polizia... ma io, io non ho fatto niente... è solo perché sono sardo e quel ragazzo è stato rapito in Sardegna... io lo sapevo che non ci dovevo venire a lavorare qui a Milano, lo sapevo... Lei può credermi oppure no, tanto non fa differenza. Ma io non c'entro niente. Mi stanno cercando solo perché ho qualche piccolissimo precedente... e altri precedenti un po' più gravi dei miei ce li hanno dei parenti. Io mi sono solo difeso: c'è stata una rissa, d'accordo, ma io non dovevo difendermi?».

Si accese un'altra sigaretta, le Muratti, si sa...

«Loro pensano che io sia il basista del rapimento. Ma sarei stato così stupido? Sarei io che ho tenuto i contatti, che ho dato informazioni sui movimenti del ragazzo, è questo che pensano... Per questo mi cercano. Sono venuti a prendermi alla villa, con un mandato, ma io me ne sono accorto e mi sono nascosto nel giardino, in un posto che conosco solo io. Sono tre giorni che non mangio... sono a pezzi... e non so dove sbattere la testa, dove posso fuggire? Ho venti euro in tasca, la mia vita è rovinata e sa perché? Perché sono sardo. E se mi presentassi alla Polizia, mi crederebbero? E poi, perché sono fuggito? Come faccio a provare che io non c'entro niente?».

Continuò a parlare senza trattenersi. Diceva che era all'Istituto di pena che aveva imparato il mestiere del giardiniere, poi aveva lavorato da tanti signori, alla fine anche dalla signora Mantellassi, la madre del signor Reperti. Un caratteraccio ma una vera signora. E poi lo avevano portato nel continente, a lavorare dai Reperti, non gli sembrava vero, un lavoro fisso, se ne stava così tranquillo, gli davano una miseria ma era un bel lavoro, una bella casa, un giardino meraviglioso, ecc. Certo che la Sardegna è un'altra cosa ma...

Alla fine proruppe in un pianto: «Se lei mi vuole credere, mi creda, altrimenti quello è il telefono, chiami la Polizia, magari non dica che l'ho sequestrata, è stato solo per fuggire dalla trappola... se no mi danno l'ergastolo, ma tanto me lo danno lo stesso».

Ci fu qualche minuto di silenzio e io non sapevo proprio che fare. Nell'incertezza gli proposi che potevamo andare a vedere se c'era rimasto qualcosa in frigorifero. Lui acconsentì, venendomi dietro come un'ombra.

«Non facciamo scherzi eh?» mi disse, tenendomi per un braccio, ma mica più tanto forte.

«Io dovrei telefonare a casa, avvertirli, dovrei essere già rientrata, mi staranno cercando».

«E se venissero qui? E poi, che cosa gli racconterà?».

«Gli dirò che ho avuto un contrattempo... non si preoccupi, mica spiffero che siamo qui, se lo sapesse mio marito... in casa di sua madre...!».

Mi misi a pensare.

«Io non so se quello che mi racconta è vero, come faccio a saperlo?» ammisi. D'altronde – pensavo – se mi volesse uccidere che mi racconterebbe a fare questa storia? «Come faccio a crederle?».

In frigo non c'era molto, ma era rimasta una confezione di pancetta. Con la cipolla e i pelati gli preparai velocemente una amatriciana: buttai due etti e mezzo di spaghetti e se li divorò tutti, in un baleno.

Lo guardavo mentre mangiava. Era ridotto da fare pena, la barba lunga, sporco di terra, gli occhi rossi, si vedeva che erano giorni che non dormiva. Alla fine ingollò un bicchiere di vino e, immerso nei suoi pensieri, sembrava non curarsi più di me. Se si addormentava un'altra volta potevo sgusciare via dalla cucina e gettarmi fuori dall'appartamento, suonare ai vicini, scendere per strada, l'incubo sarebbe finito. E lui si addormentò. Appoggiò la testa sulle braccia incrociate sul tavolo. Mi mossi piano piano. Uscii dalla cucina e aprii il portone di ingresso senza produrre il minimo rumore. Che probabilità c'erano che la sua storia fosse vera? Chiunque al suo posto se ne sarebbe inventata una simile, no?

Ma quando fui sul pianerottolo mi bloccai. Che stavo facendo? Che avrei fatto? Sarei andata a denunciarlo? Che senso aveva la storia che mi aveva raccontato? E se corrispondeva alla verità? Se fosse stato un criminale a quest'ora mi avrebbe preso tutto ciò che poteva e poi mi avrebbe sgozzata, o cose del genere, lasciandomi in una pozza di sangue nell'appartamento di mia suocera. E nessuno avrebbe sospettato di lui. Ma se non era un criminale, che sarebbe accaduto se fossi sfuggita, se lo avessi denunciato? Prima o poi l'avrebbero preso, un ragazzo solo, braccato, con venti euro in tasca! Pensai che gli dovevo credere. Tornai indietro e mentre rientravo in cucina lui si svegliò, ripuntandomi immediatamente contro la sua pattada.

«Volevi scappare, eh? Voi milanesi siete tutti uguali, gente di cui non ci si può mai fidare».

«Prima di tutto io non sono milanese e poi se avessi voluto scappare l'avrei già fatto. Sono dieci minuti che dormi». Cercò di mostrare la faccia più cattiva di cui disponeva, ma non ci riuscì. Io gli dissi che lui poteva rimanere lì per due o tre giorni, prima che tornasse la madre di mio marito. Che gli conveniva lasciarmi andare, perché se non tornavo a casa mi avrebbero cercato, anche lì, nell'appartamento di mia suocera. Si doveva fidare di me. Io gli avrei portato da mangiare, magari un ricambio, magari qualche soldo, ma molto di più non potevo fare.

«Come faccio a fidarmi di lei?» mi chiese il ragazzo.

«È la tua unica possibilità», gli risposi io. «Ma ora mi devi lasciare andare...».

Alla fine si convinse, non senza dirmi che se lo avessi tradito, prima o poi, anche in un'altra vita, mi avrebbe ritrovato. Gli dissi di non preoccuparsi, di problemi ne aveva già abbastanza.

Gli intimai di riagganciare il telefono, ma di non rispondere assolutamente, di non tenere le luci accese e di non fare rumore... e se avesse tirato lo sciacquone? Insomma nessuno doveva accorgersi che qualcuno era lì.

«Io torno domani pomeriggio, cercherò di fare quello che posso per te e poi...».

Ripensai alla questione del tema in classe. Era il caso di parlargliene? No, lui non c'entrava niente. Magari, certo, se fosse venuto fuori che si trattava di autorapimento lui ne sarebbe uscito immediatamente scagionato, ma ne ero certa? Beh, al momento non serviva a niente dirglielo, ci avrei pensato su.

Tornai a casa che erano le otto passate e quel cretino di mio marito cominciò a inveire contro di me, che lo potevo avvertire; perché non rispondevo al telefonino? Dov'ero? Gli dissi che ero ad un interminabile consiglio di classe e che lì il telefono non si può usare.

«C'è l'ossobuco in fricassea, l'ho fatto stamattina, se avevi fame bastava dargli una riscaldatina, sei mancamentato?» aggiunsi.

Per fortuna Gianni la sera uscì, per andare a vedere l'Inter in TV da un suo amico. Giulia era fuori, chissà dove, la cosa mi dava un po' pensiero, ma in fondo ero contenta di essere sola in casa, senza rompimenti, senza nessuno che mi dicesse: «Ma come sei strana!».

E certo che ero strana, ero stata rapita da uno sconosciuto ricercato dalla Polizia e io... io avevo pensato bene di alloggiarlo in casa di mia suocera.

L'unico che mostrava una totale indifferenza per tutti i miei problemi era il mio gatto, che ronfava sul divano.

Meno male che c'era lui. Lui mi ha sempre presa così come sono, senza arrière-pensées.

Chi sa se quel ragazzo era rimasto nella casa di mia suocera. Ne avevo dei dubbi. Sicuro che io sarei corsa a chiamare la Polizia se ne sarebbe scappato via, razziando il possibile. Perché avrebbe dovuto fidarsi di me?

Che caso strano, proprio me doveva andare a rapire. Io, che forse ero l'unica persona che poteva sospettare che il rapimento di Ranieri fosse una messa in scena. Giusto quella messa in scena che ora faceva di lui un ricercato.

Feci una bella doccia caldissima e poi mi misi a letto con un bel romanzo. Ah, che tranquillità, non facevo fatica ad ammettere che ogni sera l'avrei volentieri passata così, da sola. Ma non riuscivo a concentrarmi nella lettura. E a casa di mia suocera sarei potuta tornare solo l'indomani pomeriggio.

Ripensavo alla faccenda della amatriciana. «Se piaci a qualcuno non ti ucciderà» come aveva detto una delle donne rapite a Stoccolma, un meccanismo difensivo forse infantile di totale dipendenza dal rapitore, oppure di identificazione. Ecco, io ero caduta in quello, a dire la verità non è che mi ero innamorata del rapitore, o che mi ero identificata in lui: magari, semplicemente, mi veniva in mente che potesse essere mio figlio, oppure il ragazzo di mia figlia. O un mio ex studente.

Una volta avevo dato un tema in classe dal titolo: «La bella rapita dal bruto. Da Briseide al ratto delle Sabine, da Ariosto a King Kong passando per Don Rodrigo. Temi antropologici e cultura maschile della sottomissione femminile intesa come possesso». Qualcosa del genere. Non lo scelsero in molti, non sono tematiche che appassionano troppo i giovani d'oggi, quelle femministe, e in più c'erano troppi riferimenti culturali, queste cavalcate nei secoli della letteratura che a me piacciono tanto sugli studenti hanno un effetto terrorizzante.

Il gatto era salito sul letto e faceva le fusa a tutta birra. Non mi presi la briga di farlo scendere, tanto appena avesse sentito il rumore della porta che si apriva se la sarebbe svignata senza che Gianni si accorgesse di nulla.

Ripensavo alle molte sfaccettature del caso. Avevo scongiurato il ragazzo – già, non ne sapevo neanche il nome – di non rispondere mai al telefono. Lo misi alla prova chiamando il numero di mia suocera. Squillava regolarmente, ma non rispose nessuno. Come dovevo prenderla? Che lui tenesse fede alle consegne? Oppure, semplicemente e probabilmente, se ne era andato via?

Ma se era sempre lì? Occorreva un sistema per comunicare. Lui ce l'aveva un telefonino? E se gli avessi comprato una scheda nuova?

La mattina dopo Gianni mi guardava con occhi sospettosi. Dopo vent'anni che eravamo sposati aveva capito benissimo che c'era qualcosa di strano in me, ma non mi disse niente, pur scrutandomi da capo a piedi.

Io avevo pensato a come liberarmi nel pomeriggio e mi inventai la scusa più banale del mondo, che dovevo andare dalla parrucchiera. In effetti, come forse ho già detto, ne avevo un gran bisogno, non avevo difficoltà a dimostrarlo. A me i capelli bianchi sono venuti molto presto, a quarant'anni, come anche a mia sorella e a mia madre, mio fratello non lo so, perché se li tinge da un sacco di tempo, vanitoso com'è. Non lo ammetterebbe mai, ma una donna queste cose le vede benissimo.

Nel mio caso fin da subito ho virato il bianco in biondo, come fa il novanta per cento delle donne della mia età, ma io l'ho fatto assai prima e così non ho dato il tempo alle colleghe di vedermi con un colore dei capelli che non fosse quello che ho sempre avuto. Ma figurati se le colleghe non notano una ricrescita di sfumatura indefinita, come avevo io in quel periodo. Ecco, quel giorno facevo proprio schifo, avevo una ricrescita di tre centimetri, grigio bianca. Io i capelli li ho portati per decenni alla stessa maniera, li ho abbastanza lisci ma non completamente, a lavarli per conto mio si gonfiano, mantenevo la classica pettinatura da professoressa di Italiano, con una specie di scriminatura confusa da una parte, di solito me li raccoglievo con un elastico.

«Starò via tutto il pomeriggio» dissi a Gianni, che fece finta di rimanere completamente indifferente a quella notizia.

Così tornai a casa di mia suocera. Prima però ero andata a fare alcune compere: all'OVS avevo acquistato, a prezzi relativamente modici, della biancheria, delle maglie polo a maniche lunghe, dei pantaloni di tela, un giubbetto color ruggine. Questi capi mi parevano sobri, dignitosi e adatti a un giovane che volesse confondersi con la massa, in realtà era una tenuta da pensionato, ci mancava solo il cappello a visierina. Comprai anche pasta, corta e lunga, sughi, verdure e frutta, uova, ecc. e anche una bottiglia di vino, tre pacchetti di MS, oltre al necessario per la toeletta: schiuma da barba, un rasoio, uno spazzolino da denti, ecc. Infine acquistai anche una scheda telefonica nuova e segreta, e i giornali.

Le mie previsioni sul fatto che non fosse più nell'appartamento non si avverarono. Lo trovai che si agitava nella casa di mia suocera come un lupo in gabbia.

«Perché ci hai messo tanto?» mi domandò, ma si vedeva che aveva tirato un sospiro di sollievo, dopo aver temuto che arrivassi con la Polizia. Gli chiesi se era riuscito a dormire e lui rispose di sì. In cucina capii che si era fatto una macchinetta grande di caffè e aveva mangiato del pane a cassetta con la maionese.

«Vuoi che ti prepari una pastasciutta? Ho preso il sugo di lepre, è di quelli confezionati, ma è buono, ti piace?».

Lui sfogliava i giornali irrequietissimo. Io mi misi al lavoro.

Il suo nome sulla stampa non compariva affatto.

«E se non fosse vero per niente che ti stanno cercando? Se fosse tutta una tua immaginazione che ti credono implicato?».

Lui non rispondeva, mentre io parlavo e parlavo, cercando di convincermi che forse non era vero che stavano cercando proprio lui. Alla fine sbottò. «Ma perché non ti stai un po' zitta? Secondo te perché hanno sfondato la porta della mia stanza, in tenuta antisommossa? E la porta, fra l'altro, non era neanche chiusa a chiave. È chiaro che sul giornale non c'è scritto niente. Vuoi che mi aiutino? Ma come è che ragioni, tu?».

Beh, non dissi più niente. Se era questo il suo modo di ringraziarmi, ah beh, allora...

Mentre eravamo lì che ci facevamo il muso invece di parlare di quello che si poteva fare mi venne in mente un dettaglio a cui prima non avevo pensato: se avevo detto che andavo dalla parrucchiera, ci dovevo andare veramente, altrimenti... Dissi a Michele, quello era il suo nome, che dovevo scappare, che si rimettesse un po' in sesto, si cambiasse, si riposasse, mangiasse bene e riflettesse con calma. Ora poteva anche fare qualche chiamata, con la nuova scheda telefonica...

Uscii in fretta e furia, ma pensai che la mia parrucchiera era troppo lontana e riceveva solo su prenotazione. Che fare? Proprio vicino a dove avevo lasciato la macchina c'era una coiffeuse pour dames che si chiamava Non solo Sonia, decisi di andare lì. In fondo per un colore andava bene un salone qualsiasi. Dentro non c'erano clienti, c'era Sonia, una sgallettata con i capelli a zero.

«Buonasera signora, posso aiutarla?».

Ma che modo di parlare... «Beh, sì, sa, avrei una certa premura, me li farebbe due colpi di sole?».

Quella ragazza mi rispose «certo, sono qui per questo», ma poi, dopo avermi fatto accomodare e aver studiato bene i miei capelli, fu categorica: «Ma lo sa che i colpi di sole fanno vecchia? Non sono più di moda e poi lei, lo sa?, ha dei bellissimi capelli tutti bianco uniforme, una rarità, una sciccheria, c'è gente che farebbe carte false per averli. E se facessimo un bel taglio lesbo-chic bianco argentato? Se lei non avesse la faccia giovane che ha neanche glielo proporrei, ma con i lineamenti che si ritrova, se non se lo può permettere lei... mi lasci lavorare...».

Lesbo-chic, pensai, ma che avrà voluto dire? Però mi giravano così tante cose per la testa che le dissi: «Va bene, basta che faccia prima possibile».

«Okkei, ma lo sa, un colore, un paio d'ore ci vogliono...».

Nel corso del trattamento, che fu assai lungo, telefonai a casa, mi sentivo sotto pressione, ma dopo un po' finii per rilassarmi, tanto che potevo fare? La ragazza mi chiese, visto che c'era da aspettare con la schiuma in testa, se volevo godermi una ventina di minuti di UVA nel solarium.

«Ma perché no» risposi. «Mi calmerà».

Verso le 19 e 45 uscii dalla parrucchiera, stordita. Avevo un caschetto platinato, il volto colorito, ero un'altra persona. Oddio! E che avrebbero detto a scuola? E ora che gli racconto a quelli! Però quando mi ero guardata allo specchio non mi ero dispiaciuta affatto. Andassero in culo quelle suorine e troie delle mie colleghe... che male c'era?

Gianni ne rimase sbigottito.

«Ma che hai fatto?» e mentre lo diceva si capiva benissimo che rimuginava fra sé e sé.

«E questa abbronzatura dove l'hai presa?».

«Mah», dissi io «una seduta di UVA era compresa nel prezzo, sto male?».

Mia figlia fu laconica. «Mami, stai benissimo» ma capii subito che a passeggiare accanto a me per la strada si sarebbe vergognata.

Il giorno dopo a scuola dovetti subire la gogna da parte dei miei allievi, tanto che quando cercai di spiegare il canto XI dell'*Inferno*, quello degli Iracondi, di Filippo Argenti, e leggevo la famosa affermazione di Dante: «... Maestro, molto sarei vago di vederlo attuffare in questa broda», intravedevo che quelli si davano di gomito e ridacchiavano e io risposi assai male, stile Filippo Argenti, e molto mi sarebbe piaciuto se quegli stronzetti e stronzette si fossero attuffati nella broda, anzi, mi sarebbe venuto da dire cose turche (tipo: è che a tua madre le si è seccata la bocca a forza di leccarla alla preside perché tu non sia bocciato, almeno questo avevo pensato), ma mi trattenni, non sono un'iraconda, le cose le penso e basta. Proprio la preside – ma che, mi leggevano nel pensiero? – non più tardi del giorno dopo mi avrebbe ripreso, richiamandomi a un linguaggio più consono (ma chi si era lamentato, la madre del Mastella?, allora era vero?).

Nel pomeriggio c'era da inventare un'altra balla, come avrei fatto ad assentarmi un'altra volta? Beh, dovevo andare al supermercato.

«Di giovedì? Non ci vai mai di giovedì».

«È perché questa settimana non c'è tua madre a rompermi i coglioni, allora ci vado quando torna comodo a me, se non ti dispiace» dissi garbatamente.

Al supermercato di via *** ne approfittai per comprare qualcosa anche per Michele.

Arrivai in casa di mia suocera che erano le quattro e lui era irriconoscibile. Si era ripulito, fatto la barba, rivestito con la dotazione OVS che gli avevo comprato. Era proprio un bel ragazzo, ed emanava innocenza da tutti i pori. Fra l'altro mi fece i complimenti: «Stai molto bene con questo taglio nuovo, sembra che tu abbia quindici anni di meno». Per un attimo mi mancarono le gambe.

Fu mentre gli stavo cucinando degli involtini di manzo con fontina, salvia e prosciutto cotto, che decisi che non potevo tenerlo all'oscuro del mio segreto. Raccontai a Michele la storia del tema in classe e del perché ero andata alla villa.

Lui guardava fisso un punto sul pavimento, scuotendo la testa.

«La cosa sarebbe veramente ridicola, se non fosse tragica. Sei ricercato per un rapimento che non esiste, che è fasullo. Quel ragazzo ha fatto tutto da solo».

Michele invece sembrava contento, come se una speranza si riaffacciasse all'orizzonte.

«E che aspettavi a dirmelo? Se è come dici tu quel ragazzo non andrà lontano, ha fatto male a mettere in piedi la cosa in Sardegna. Certa gente non ha affatto piacere che qualcuno vada lì a organizzare un rapimento, vero o falso che sia, certa gente ci mette molto poco a trovarlo, un rapito che non abbiano rapito loro. C'è una specie di patto, quanti anni sono che non c'è un sequestro? Con tutta la gente ricca che frequenta l'isola? Ci hai mai fatto caso?».

Insomma, Michele pensava che se il rapimento era un autorapimento per lui le cose si potevano mettere meglio. Ma che fare, a questo punto?

«Domani devi lasciare questo posto» affermai con fermezza. «Mia suocera sta per tornare, ed io avrò bisogno di un po' di tempo per sistemare la casa in modo che non si accorga di niente».

Lui sembrò smarrirsi, ma io lo convinsi.

«Domani tu parti per la Sardegna, ti ho comprato un biglietto sul traghetto da Livorno, ti ci accompagnerò io. Tu contatta chi devi contattare, lì avrai sicuramente più protezioni che qui...».

Quando uscii di casa erano le sette e incrociai la parrucchiera Sonia.

«Ma signora, ma come sta bene, sembra un'altra persona, poi ha visto che il capello il giorno dopo si addolcisce, è più sexy. Ma venga, venga, che ne dice di un altro quarto d'ora di UVA, offro io, completamente gratuito».

Fu così che alle otto e mezzo tornai a casa ancora più abbronzata e penso che fu allora che mio marito cominciò ad avere delle certezze.

«E così dove sei stata, a un altro consiglio di classe?».

«No, lo vedi benissimo, ho sfruttato una seduta omaggio di UVA dalla parrucchiera dove ero andata ieri, ti dispiace?».

«No, no, ti dona, sembra che tu sia stata in vacanza... e io che...».

«Tu che cosa? Adesso non posso andare a farmi venti minuti di abbronzatura? Non mi trovi più carina?».

«Come no...».

Il gatto mi si venne a strusciare sulle gambe. Mi annusava, come se avessi un odore strano.

Gianni interpretò quel fatto, credo, in una maniera tutta sbagliata.

Comunque approfittai di quel momento di freddezza per comunicargli che l'indomani pomeriggio sarei andata con la macchina a trovare la mia amica Sara a Bologna: «Rimarrò a dormire da lei, tanto dopodomani non vado a scuola perché c'è assemblea. Ti dispiace?».

Gianni fece finta di assorbire il colpo, ma si vedeva che era scosso, se non confermato nelle sue ipotesi.

«Ah, e perché vai in macchina? Non ti conviene andare in treno?».

Non sapeva proprio che dire.

«Lo sai che Sara abita fuori Bologna, a Minerbio, poi da Bologna mi tocca prendere l'autobus, invece così in due ore sono da lei... sai – non riuscii a resistere alla tentazione – visto che questa settimana tua madre non c'è, ne approfitto per dedicarmi a quelle cose che altrimenti...».

Quando si dicono le balle bisogna sempre rincarare la dose, passare a forme aggressive.

«Ed è per Sara che ti sei fatta bella?».

«Non ti rispondo nemmeno, idiota» e così chiusi la conversazione.

Vedevo che in lui ribolliva tutto. Incredibile, era geloso, ed era goffissimo nel cercare di contenersi e mostrare indifferenza. Voleva farmi capire che lui aveva capito benissimo tutto, senza fare la figura di quello che crede di avere capito senza avere capito niente. In effetti le cose stavano esattamente così.

«La morte è una porta che si apre per noi all'Amore»

A scuola mi accorsi che ero diventata lo zimbello, ero sulla bocca di tutti: la profe ci ha il ganzo, la profe ci ha il ganzo...

Così interrogai sull'*Eneide* e feci strage. Il ganzo... se solo avessero saputo, loro che ogni volta che uscivano da scuola si guardavano a destra e a sinistra per vedere se c'era qualche giornalista televisivo pronto a intervistarli.

Fra l'altro organizzarono una cosa disgustosa, i bigliettini. Ciascuno depositò sul banco di Ranieri un biglietto, con frasi tipo: «Ranieri, ti aspettiamo», «Bubbolone, mi manchi» o anche «Preghiamo per te».

Anche la preside rimase stupefatta della mia abbronzatura (integrale, fra l'altro, ma lei questo non lo poteva sapere) e del mio abbigliamento. Mi ero messa in jeans e avevo ritirato fuori il mio giubbottino di pelle, era una vita che non me lo mettevo. E sotto il giubbotto la mia maglietta francese da marinaio, bianca a righe orizzontali blu, che fa tanto Jean Paul Gaultier. «Oggi ti trovo proprio bene, così abbronzata, fai dello sport?» aveva detto la cretina.

Alle quindici andai a prendere Michele, con la Yaris. Lui aveva cercato di rimettere in ordine, ma con scarsi risultati. Vabbè, pensai, domani quando torno ripasso da casa di mia suocera e sistemo tutto, non si accorgerà di niente.

Avevo fatto una fotocopia del tema di Ranieri e l'avevo consegnata a Michele, la sua idea era che se l'avesse mostrata a certi suoi parenti quelli avrebbero saputo come comportarsi.

«Perché, cosa fanno i tuoi parenti?».

A Michele non piacque questa domanda, però disse che un suo zio conosceva molte persone.

Assieme alle fotocopie detti a Michele il biglietto del posto ponte e 250 euro in contanti.

«Ma...». Michele era in imbarazzo, mi sa che una situazione del genere al suo paese si sarebbe potuta riscontrare raramente.

«Non ti preoccupare, me li renderai quando le cose si saranno rimesse a posto».

Il traghetto partiva alle 22.15, avevamo tutto il tempo. Il viaggio filò liscio, Michele, che si sarebbe detto un tipo taciturno, parlava ininterrottamente.

Arrivammo nei pressi di Livorno che erano all'incirca le sette.

Subito prima del porto c'era un blocco stradale, i Carabinieri.

«Porca puttana» esclamai, poi recuperai il controllo e dissi a Michele: «Tu sei mio figlio, d'accordo?».

Ci chiesero i documenti e io cercai di essere più disinvolta possibile. «Che è successo?» domandai all'agente.

Quello non disse niente in attesa dei documenti di Michele.

«Dai Michele, tira fuori la carta d'identità».

Michele stava zitto, però senza volere faceva la faccia dell'imbecille che hanno i figli in questi casi.

«È mio figlio, sa... hai i documenti? No? Sei il solito cretino, te lo dico sempre di portarteli dietro...».

«Ma mamma...».

«È un cretino, sa? Ma io che cosa ci posso fare?».

Gli agenti ci lasciarono andare, annoiati.

«Beh, scusa sai se ti ho apostrofato in quel modo, ma d'altronde...».

«No, no, figurati, sei un fenomeno».

Era molto presto, mancavano ancora due ore alla partenza e allora, mentre passavamo davanti a una piccola trattoria sul porto, lanciai l'ipotesi: «E se ci facessimo un bel cacciucco?».

«E che cos'è il cacciucco?».

«Ma come che cos'è, è la zuppa di pesce tipica di qui, non l'hai mai assaggiata?».

Così, su un tavolino all'aperto con vista porto ci mangiammo il cacciucco, servito dal padrone che aveva come modalità di rapportarsi con i clienti quella di insultarli.

«Vadami lì che faccina mogia» diceva a Michele «che la signora ti toglie tutte l'energie? Che, t'ha sfinito?».

Non ci andava leggero. «Ora 'sto cacciucchino ti rimette al mondo, vedrai come gnene dai dopo, artro che viagra... Madonna che musino smunto, o signora, o che gli fa… ir Kamasutra? Oh, se il ragazzo un la dovesse soddisfa' a sufficienza, guardi che qui c'è materiale genuino, eh? E se mi fa la lista de' su gusti vado a vede' ir catalogo…».

Michele non sapeva che fare, non era abituato a questo umorismo un filino greve, al suo paese sarebbe bastato molto meno per dover tirar fuori la pattada e mostrare la valentia. Ma io gli dissi di star tranquillo, che lì facevano in quel modo, era una maniera per attirare i turisti.

Il cacciucco era squisito, così come la bottiglia di un Ansonica dell'Elba. Ah, che pace. Ma perché Gianni in quei posti lì non mi ci portava mai, se non dai Mencatti a mangiare il risottino e a parlare delle tasse e della Moratti? Mi lasciai andare ai liberi pensieri, alla mitezza, alla dolce malinconia.

Anima mia, leggera
va' a Livorno, ti prego…

Ma si era fatta l'ora, pagai l'oste – che visto che ero io a pagare mi strizzò l'occhio e disse qualche altra porcata – e ci incamminammo verso il molo delle navi per la Sardegna.

L'ora della partenza del traghetto era vicina. Io e Michele ci stavamo per salutare, in effetti non sapevamo che dire. Che ne sarebbe stato di lui? Ci nascondemmo in un luogo appartato, vicino ad alcuni container che stavano caricando.

Michele, con lo sguardo fisso sulle sue scarpe, si decise a ringraziarmi.

«Signora... io non so come ringraziarla» era passato al lei, dopo che per fare il duro mi aveva sempre o quasi dato del tu. «Lei mi ha salvato, io non so che cosa avrei fatto se non fosse stato per lei...».

«Ah, non ti imbarazzare. Mi è sembrato di aver fatto l'unica cosa che si poteva... ma che fai adesso, mi dai del lei? Mi fai sentire vecchia».

«Io non ho mai conosciuto una donna come lei... cioè, come te...».

Porca miseria, c'era del sentimentalismo nell'aria e anch'io mi commossi un po'. Stava per essere scambiato un bacino? Ma arrivò gente, improvvisamente, come se fosse successo qualcosa: c'era un gran subbuglio, scaricatori che si affacciavano con curiosità, altri che si toglievano velocemente di torno. Era arrivata la Polizia portuale e noi due ci nascondemmo nel primo posto che trovammo, vale a dire dentro un container aperto. Stavamo con le spalle contro la parete metallica, nell'oscurità, senza capire quello che stava succedendo. Stavano cercando qualcuno? Cercavano Michele? Ma come facevano a sapere che era da quelle parti? No, probabilmente cercavano qualcun altro o qualcos'altro, ma non sarebbe stato consigliabile farsi trovare e dover mostrare i propri documenti di identità. Aspettammo un po'.

Dopo poco la situazione sembrò tranquillizzarsi. La Polizia, dopo essere passata proprio davanti al container, se ne stava andando. Mi affacciai all'esterno e subito tornai dentro per dire a Michele che era libero, potevamo uscire.

Solo che in quel momento sentimmo un cigolio, al quale seguì un forte clangore metallico, di qualcosa che sbatteva, e poi i rumori dei chiavistelli che serravano la porta del container.

Ci avevano chiusi dentro!

Nell'oscurità più assoluta eravamo prigionieri.

«Forse adesso la riaprono» dissi speranzosa, ma qualcosa mi diceva che le cose non sarebbero andate così.

Passavano minuti che sembravano ore, ma la porta non si riapriva. E adesso? Michele usò il suo accendino, la cui piccola luce ci abbagliò per un istante. Ci guardammo intorno, il container era pieno di panche e sedie da chiesa. Ne tirammo fuori un paio e ci mettemmo a sedere, restando in silenzio.

Ma dove le porteranno queste panche? mi domandavo. In Africa, nelle Filippine? Dov'è che erigono nuove chiese oggigiorno? Non avevo il coraggio di parlare.

Poi cominciammo a sentire dei forti rumori e il container si mosse, venne sollevato. Dove lo stavano caricando? Improvvisamente ogni speranza svaniva.

Pensai alla bottiglietta d'acqua che avevo in borsa. Quanto sarebbe durata? Avremmo dovuto bere la nostra pipì? Ma ognuno la sua o reciprocamente? Non so perché ma nel tourbillon mentale in cui mi trovavo i pensieri si accavallavano, tanto che nella mia testa scombinata l'idea di bere la pipì fece scaturire in me alcune immagini erotiche, tipo Ilona Staller quando si faceva orinare addosso.

Qualcuno si potrebbe chiedere come faceva una signora come me a disporre di un simile immaginario mnemonico. Bah, per chi tende a rimandare il momento di coricarsi, come me, lo zapping delle TV private è sempre stata una risorsa, a cominciare dai primi anni Ottanta.

Chissà su quale nave ci avevano caricato, chissà qual era la sua destinazione, probabilmente un viaggio di mesi... Per quanto avremmo potuto sopravvivere? La nostra sarebbe stata un'agonia atroce...

Il container toccò qualcosa di molto duro e noi subimmo un contraccolpo.

Non avevamo il coraggio di parlare perché, pur in quell'oscurità, tutto ormai era chiaro.

Il caso l'aveva voluto: in quel container la nostra storia finiva, non avevamo alcuna possibilità di sopravvivere.

Lì dentro faceva un caldo impossibile. Qui finiremo disidratati in poche ore, sapevo. Dunque mi spogliai quasi completamente, tanto chi mi poteva vedere? Cercai di essere razionale e di esprimere un senso di ottimismo.

«Forse il viaggio durerà un giorno, per un giorno si può sopravvivere, magari anche per due...».

Michele era sconsolato, cercai di tirarlo un po' su.

«Dobbiamo stare fermi, non agitarci, non sudare, non perdere liquidi» dicevo, ma lui non rispondeva, vedeva nel buio la morte prossima, orribile. Anche io mi facevo un sacco di domande. Con i problemi che avevo, a scuola, in casa, con mia madre, mia suocera, mio fratello, mia sorella, mio marito... non ne funzionava una, ma ora, pensare che tutto ciò era un caso chiuso per me, perché avrei finito i miei giorni, meglio dire le mie ore, dentro quel container sigillato...

Nel buio, nel silenzio, pensavo agli scherzi che ti riserva il destino. Stavo scontando le mie colpe? Ma quali colpe? Che avevo fatto, se non aiutare un disgraziato? Ah, parlavo fra me e me, cercando di riflettere sull'amaro scherno della combinazione degli eventi. E se, tema o non tema in classe, mi fossi fatta gli affari miei? E ora? Reclusi in una nave, costretti ad uno straziante viaggio verso la morte, prigionieri assieme come Ezio e Galla Placidia? No, noi eravamo come poveri profughi chiusi in una stiva. Ci avrebbero ritrovati morti dopo uno o due mesi... e neanche ci avrebbero riconosciuti. E questo soltanto perché ci eravamo attardati un minuto di più per dirci addio?

All'inizio contavo il tempo a minuti. Mi auguravo che succedesse qualche cosa, qualche cosa che non era neanche facile a immaginarsi, con tutto l'ottimismo possibile. Se ti caricano su una nave in un container puoi sperare che la spedizione duri poche ore? E con le panche per edifici ecclesiastici, poi! La nave doveva essere partita, si avvertivano dei leggerissimi movimenti di rollio, poca cosa, il mare era calmo. Per ore mantenemmo il silenzio.

Michele lo ruppe. «Signora, dove sei?».

«Sono qua» risposi, con la bocca già secca e paralizzata.

Ci mettemmo a piangere, disperatamente. Era chiaro che eravamo finiti, ci abbracciammo singhiozzando, in un buio caldo e torrido. Io alla morte ogni tanto ci penso, ma chi mai avrebbe potuto immaginare di fare una fine come quella?

Siamo morti, siamo morti!! pensavo, senza il coraggio di dirlo, mentre ci stringevamo forte. Siamo morti, morti per sempre, avrei voluto urlare senza più controllo e senno, mentre lui si serrava a me come un bambino alla sua mamma. «Mamma, mamma, pensaci tu» sembrava dire... e io, da mamma, che potevo rispondergli? «Stai tranquillo», lo carezzai «stai tranquillo, tutto si risolve» gli dicevo, anche se all'opposto dentro di me pensavo che presto avremmo conosciuto la morte, ma lui... lui era meglio che se ne rendesse conto il più tardi possibile.

Invece disse: «Lo so, lo so... da qui non usciremo fuori, presto saremo... morti». E si strinse ancora più a me.

... Morti... già, morti... ma ad essere sinceri lui morto non lo sembrava affatto... [anzi, aveva una erezione e che erezione!]. Beh, pensai, ma in questo momento, cosa conta? Dovevo forse respingerlo? Siccome ero praticamente nuda, e anche lui, le nostre carni sudate aderivano le une alle altre.

E allora? Fosse l'ultima cosa che facciamo... pensai. Fui presa da un turbine, forse era la sensazione della morte vicina, la visione dell'affogato come la racconta De Quincey: rividi le scene importanti della mia vita in un flash e allora mi abbandonai. Forse anche lui aveva ripercorso in un flash tutta la sua vita, assai più breve della mia, piangevamo abbracciati.

Vita brevis, ars longa, occasio praeceps, experimentum pericolosum, iudicium difficile.

Eppure nonostante questo il residuo di vita che riposava dentro di noi prese il sopravvento e stretti l'una all'altro le nostre anime si riallacciarono con i rispettivi corpi affranti, in un'eccitazione da condannati a morte... [Forse era per quello che il suo vigor raggiunse quell'entità, ma io effettivamente ne fui sorpresa. Michele aveva un membro di straordinarie dimensioni, non so come altro dirlo. Non posso mica seguire l'esempio di Dante Alighieri, che tutte le volte che aveva a che fare con qualcosa di straordinario o di soprannaturale o sveniva o diceva che nelle umane esperienze non esistono parole per descrivere quello che mi si era parato di fronte... Io non avevo avuto moltissime esperienze sessuali, prima di Gianni, ma qualcuna l'avevo provata. Però una cosa del genere non l'avevo mai sperimentata. Michele era diverso e soprattutto una cosa alla quale non ero assolutamente abituata era che il membro di Michele, anche dopo l'eiaculazione, si manteneva in erezione, dentro di me, come segno probabilmente di riconoscenza]. Dopo attimi, minuti, ore? ero devastata, ma pronta, a questo punto, anche a morire.

Amore e morte, quanta letteratura sguazza in questo binomio, eppure era proprio quello che stava capitando a noi.

Dopo quello che era accaduto ci abbandonammo a pensieri filosofici: considerando in maniera nuova tutte le vicissitudini delle nostre vite, che ormai non significavano più niente: la fuga per la salvezza, il tentativo di vederci chiaro in una storia che puzzava di marcio, la famiglia, gli amici, il senso della protezione di una comunità, queste erano le cose che rammemorava Michele.

E quali erano le cose che rammemoravo io? Giulia, in primo luogo, Giulia, che si sarebbe trovata improvvisamente senza madre, che atrocità! E tutto perché? Perché mi ero messa in testa di aiutare un ragazzo che mi sembrava innocente, braccato, perseguitato, rovinato. E Giulia neanche lo sarebbe venuta a sapere. Sua madre scomparsa dalla mattina alla sera, senza che io le avessi detto niente. E che succederà quando troveranno nella casa di mia suocera le tracce di un uomo che ha dormito nel suo letto? Ah, che tragica ironia. E la mia scuola, i ragazzi... e Gianni... che avrebbe fatto Gianni senza di me? E mio fratello? E mia sorella? E mia madre?

D'accordo, io sarei presto morta e non mi sarei più resa conto di niente. Ma gli altri? E nell'eventualità che a distanza di tempo ci avessero ritrovati, essiccati, dentro quel container, che avrebbero pensato?

Chi ero io?

Ah, forse era stata la forza squassante di quello che era accaduto fra di noi, qualcosa per me totalmente sconosciuto, che mi dava una lucidità terribile e straordinaria.

Non so perché ma mi venne in mente quell'agghiacciante questionario. Era un questionario che era stato diramato nelle scuole della Lombardia, agli studenti. Fra le varie domande si chiedeva: «In che misura, da uno a cento, vorresti assomigliare a tua madre?». Ecco, Giulia aveva risposto: zero. Io a lei facevo schifo, tutto avrebbe desiderato tranne che assomigliare, anche in minima parte, a me. Avevo sofferto tantissimo quando, in segreto, avevo spiato le sue risposte. Ma potevo biasimarla? Lei vedeva in me una serva, una serva di mio marito, una serva della famiglia e principalmente una serva al *suo* servizio. Ecco cosa mi rimproverava, di essere costantemente, invariabilmente ai suoi ordini, sempre pronta, sempre disponibile. Ecco, quello era un destino che non mi invidiava per niente, anche se lei ne era la beneficiaria: incredibile! Avevo pianto tanto. Sapere che tua figlia l'ultima cosa che desidera è assomigliarti. Avevo pianto ma il giorno dopo avevo fatto finta di niente. Avevo preparato la colazione a Giulia e lei non l'aveva toccata. Mia madre è una serva e io non voglio fare la stessa fine che ha fatto lei: pane burro e marmellata mangiateli te, mi aveva detto, a me mi fanno schifo, mi dai cinque euro, che la colazione la faccio al bar? La odiai. Può una madre odiare sua figlia? Certo che può.

Quella notte... in quel container, qualsiasi cosa sia accaduta, era realtà o allucinazione? è stata molto importante per me... capii molte cose... è stato come se...

Ciò che compresi è che a questo mondo c'ero anch'io e che avrei avuto diritto a una mia vita, che contavo anch'io e che non ci sono solo gli altri a cui dedicarsi, fossero mio marito, mia figlia, mia suocera, i miei alunni e tutto il resto. Capii che se per un caso, un caso su un milione o di più, fossi riuscita a sfangarla, a uscire di lì, ad aver salva la vita, nulla sarebbe stato come prima, avrei smesso di sacrificarmi, di pensare sempre che il benessere e la sicurezza e la tranquillità degli altri venissero prima del mio, di benessere.

... insomma, nel delirio, giurai a me stessa che avrei cercato di godere il più possibile, godere anche per la mia parte, perché, checché se ne potesse dire, io ero ancora capace di godere... godere della vita... Pensare che sei in grado di avere piacere a vivere e che non ci sono soltanto doveri e rendiconti, obblighi e compiti da assolvere o da correggere...

Nel buio, ogni tanto utilizzavamo i nostri due accendini, con parsimonia, eravamo prostrati, sfiniti, pronti ormai a...

Però quello che avevo deciso in quel momento era molto importante per me e mi teneva in vita, anche se erano i miei ultimi pensieri. Prima di tutto capii che fra me e mio marito era finita. Non importava se non l'avessi più rivisto, non importava se sarei morta assai prima di poterglielo comunicare. Io di lui non volevo più saperne. Ma che cos'era cambiato? Com'è che di fronte alla morte, anziché riflettere sulla perdita di tutto il mio passato e dei miei affetti, ero attraversata da pensieri aggressivi di rottura?

C'era bisogno di quella situazione estrema, che ti mette di fronte a te stessa e alla vita, che ti toglie tutte le barriere, i complessi, i sensi di colpa...

Pensavo ai bombardamenti, in guerra. Sotto i bombardamenti, o in altre situazioni di pericolo estremo, con la morte in faccia, la vita assume un'altra dimensione e fra l'altro la libido si innalza, si scatenano le pulsioni, tanto uno cos'ha da perdere?

Ma se uno sotto il bombardamento si abbandona alle pulsioni sessuali, perché non ha niente da perdere, se il bombardamento non c'è, da perdere che cos'ha? Boh? Certe volte si sentono dei discorsi che al momento sembrano tornare, poi, se ci si pensa bene... Perché mai in tempi di pace uno dovrebbe avere meno voglia di fare l'amore? Semmai il contrario, per via dello stress. Dicono che lo stress ti toglie l'attrazione per l'altro sesso. E allora? Più stress che sotto le bombe! E più stress che dentro quel container, una specie di condanna a morte.

Ma dove eravamo? Già, al container... è difficile spiegare come in un dato momento ti possa apparire tutto chiaro. Io, dopo quella notte, ero un'altra donna. E questo nonostante che in quel momento pensassimo di essere sepolti vivi, non avevamo molte speranze. Avevamo poco tempo, eppure questo tempo sembrava un'eternità, a noi, io e Michele, chiusi in quella tomba, per sempre...

Maschere pirandelliane

Mi svegliai, senza avere la coscienza di quanto a lungo avessi dormito. Nel buio più totale mi misi a tentoni a cercare la bottiglietta dell'acqua e l'accendino. Bevvi un piccolissimo sorso. Ero stravolta, dal caldo, dalla sete, dalla convinzione che da vivere ci era rimasto poco, dal buio, da quello che era successo, dal mal di mare. Quanto avremmo potuto resistere ancora?

E lui dov'era? Lo sentivo, vicino a me, percepivo il suo odore (forte) e il suo respiro profondo. Dormiva ancora. Tutto sembrava più tranquillo di prima, c'era una sensazione di immobilità, la nave si era fermata? In effetti non si sentiva più il sottofondo del ronzio dei motori.

Tesi le orecchie.

Improvvisamente avvertii un gran colpo metallico, che svegliò Michele. «Eh... beh... che succede?».

Era come se il container avesse sbattuto contro qualcosa, un altro container? Sentivamo rumori di apparati meccanici e poi capimmo che il container cominciava a muoversi. Mi sembrava che si alzasse e si abbassasse, oscillasse, dondolasse, mi venne la nausea. Questo durò una decina di minuti, poi il movimento cessò. Non si sentiva più nessun rumore. Forse avevano scaricato il container giù dalla nave? In effetti non si percepiva più alcun rollio o beccheggio. Eravamo fuori? Il viaggio, dunque, non era stato poi così lungo, la nave aveva navigato per quanto? Una notte, due notti? Come avrei potuto saperlo? Guardando l'orologio, aiutandomi con l'accendino: erano le sette, ma di mattina o di sera?

Eppure... eppure a un certo punto il container si mosse di nuovo. Tentennò, si scosse, contemporaneamente si sentì un rombo misterioso, tutto vibrava...

Sembrava di essere sospesi nel vuoto, ma da un piccolissimo spiraglio sul portellone filtrò un minuscolo raggio di luce. Eravamo all'aperto?

Poi ci muovemmo di nuovo, sembrava che stessimo perdendo quota, ma non avrei potuto giurarlo, avevo smarrito completamente il senso dell'alto e del basso e della gravità. Quando però la nostra discesa si arrestò bruscamente contro un corpo solido, capii che avevamo finito la nostra corsa. Ci avevano scaricato su un'altra nave?

La luce del mio accendino illuminò il volto stravolto di Michele e il resto del suo corpo. Era completamente nudo, come d'altronde ero io. Ci guardammo, lì, in quella prospettiva caravaggesca, atterriti.

Poi sentimmo distintamente il rumore di un motore a scoppio molto vicino a noi e infine avvertimmo che eravamo in movimento.

«Ci hanno caricato su un camion» disse Michele, nella sua voce traspariva un filo di speranza.

Ci rivestimmo, un po' vergognosi, perché ognuno doveva fare luce all'altro mentre svolgeva quella operazione. Io non riuscivo a rinfilarmi i jeans e il resto, perché ero sudata e appiccicosa. Quando fu il suo turno di rivestirsi io guardavo dall'altra parte. Non trovava le mutande e dunque neanche se le rimise!

Dopo qualche tempo il camion parve essersi fermato e fece delle manovre. Poi, di nuovo, provammo la sensazione di essere sollevati verso l'alto, e ancora di scendere a terra, dove fummo depositati, senza nessuna delicatezza! Per il contraccolpo cademmo tutti e due a terra. Dove ci avevano portati?

E se ci avessero scaricati in un magazzino, in un deposito di quelli dove i container restano impilati l'uno sull'altro per giorni, se non settimane?

Per capire quanto tempo stesse passando dovevo guardare l'orologio, mi attaccavo disperatamente all'idea che se non avessi perso il controllo dei minuti che passavano avrei potuto governare meglio la situazione.

Ma non succedeva niente. L'acqua della mia bottiglietta era finita. Quanto ci vuole a morire di sete? Tre giorni? 72 ore? Ma in quali condizioni? E se si perdono più liquidi a causa della temperatura? Il container si stava scaldando, evidentemente era stato lasciato al sole. Mi chiedevo quando avremmo cominciato a delirare e a provare dolori atroci. Ma quante ore erano passate, dodici o trentasei, chi lo sa, o sessanta?

Non avevo il coraggio di dire niente a Michele, che ansimava.

Poi, improvvisamente, sentimmo armeggiare al sistema di serrature del portellone. Ci mettemmo d'accordo. Appena avessero aperto ci saremmo lanciati fuori, e, con le poche energie a disposizione, saremmo corsi via, tenendo sempre la sinistra, cercando di non perderci.

Quando il portellone fu spalancato, abbagliati da una luce fortissima, ci scagliammo giù e ci mettemmo a correre selvaggiamente. Ridotti come eravamo, i due scaricatori restarono di sale, certo non se lo aspettavano... in effetti rimasero a bocca aperta... non si mossero, mentre Michele ed io correvamo fuori dal piazzale retrostante un negozio di mobili. E forse si capacitarono di quello che era successo soltanto quando noi avevamo già raggiunto la strada provinciale. Io non persi tempo, bloccai la prima auto che passava, per fortuna la guidava una signora sui quaranta, la pregai di fermarsi, di darci un passaggio, era questione di vita o di morte.

La signora si spaventò, ma ci caricò lo stesso.

Solo quando le dissi: «Per favore, ci porti nel più vicino posto di Polizia» si rassicurò.

«Ma sei ammattita?» sospirò Michele sottovoce. «Lascia fare a me» gli risposi piano. Poi chiesi alla signora: «Mi scusi, sa, ma siamo in una situazione terribile... non sappiamo nemmeno dove ci troviamo... me lo sa dire, per favore, dove ci troviamo?».

La signora continuava a guidare, ma alla fine rispose: «Siamo vicini alla Standa». «La Standa di dove?» chiesi io. «La Standa di Olbia, e quale se no?». Michele tirò un sospiro di sollievo, in qualche modo era arrivato a casa. «E dove vi porto? I Carabinieri vanno bene lo stesso?». «Vanno benissimo, lei non sa quanto le siamo grati».

Arrivammo davanti alla stazione dei Carabinieri. «Vi dispiace se vi lascio qua fuori?» chiese la signora. «Sapete, stavo andando a fare la spesa e allora... non vorrei essere trattenuta, avrei premura...».

«Va benissimo, signora, ci lasci pure qua fuori, anzi, se mi dà il suo nome, il suo telefono, la ricontatterò con calma, per sdebitarmi». La signora si guardò bene dal darmi le sue generalità, chissà, forse aveva paura di avere delle grane, si vedeva benissimo che eravamo nei guai e lei non voleva farne parte. Scendemmo dall'auto, sporchi, puzzolenti, assetati. Appena fummo fuori dalla macchina quella se ne partì a tutta velocità, non l'ho vista mai più.

Non avemmo neanche bisogno di mettere in scena la manfrina, simulare di entrare nella sede dei Carabinieri. Per fortuna lì fuori non c'era nessuno dell'Arma e noi sgattaiolammo via. Ci fermammo solo dopo dieci minuti, ed entrammo in un bar, dove bevemmo un paio di litri di acqua minerale a testa.

Quando ci fummo un po' calmati, mangiando alcune brioche stantie, venne fuori la domanda chiave: «E ora che facciamo?».

Michele aveva le idee abbastanza chiare, si trattava di mettersi in contatto con certi suoi parenti, ma con prudenza. Non poteva certo telefonare, lo avrebbero rintracciato immediatamente. Dunque chiamò un lontano cugino, il quale avrebbe avuto il compito di avvertire un certo zio, Marcello, uomo di rispetto e punto di riferimento della famiglia nelle decisioni più importanti. «Loro ci aiuteranno».

Michele chiamò il parente, che a sua volta ne informò un altro, che fece lo stesso. Nel giro di un'ora ci sarebbero venuti a prendere.

Seduti su due seggioline fuori dal bar, riparati da un tendone di plastica da un sole che picchiava fortissimo, guardavamo la strada, i camion parcheggiati, i capannoni, alcuni fatiscenti, altri in costruzione, altri lasciati a metà, in mezzo alle sterpaglie, a discariche improvvisate, alla polvere. Io in Sardegna non c'ero mai stata, ma era questa la Sardegna? Sembrava di essere in bassa Brianza, capannoni e villette, solo che la luce era più brillante, il cielo più terso e le casette erano rosa o color salmone.

Usammo il bagno a turno, io e Michele, ma non avevamo il coraggio di guardarci negli occhi. Ora che eravamo tornati vivi, tutto era diverso. Lui aveva i suoi problemi, ma intravedeva una possibilità, io invece mi trovavo in Sardegna, quando ufficialmente avrei dovuto essere a Bologna e nel pomeriggio a Milano. E adesso come ci tornavo a casa? E che avrebbe detto Gianni? Avrei potuto cercare di prendere un aereo, se ero fortunata ne trovavo uno, ma la macchina a Livorno? Cosa mi sarei inventata per giustificare il fatto che ero senza la Yaris? E poi come sarei andata a riprenderla? Già mi immaginavo un castello di balle, ma Gianni e Giulia sarebbero stati disposti a crederci? E poi dovevo correre in casa di mia suocera, a mettere tutto a posto... una menzogna dietro l'altra, senza contare che io non stavo facendo nulla di male... ma quelle riflessioni che avevo elaborato nel container... era un delirio o erano cose che pensavo veramente?

In bagno mi ero guardata allo specchio, senza riconoscermi. Ancora non ero abituata ai miei capelli platinati, avevo la faccia sconvolta.

Ah... siamo soltanto maschere... non riuscivo a non tornare alle tematiche pirandelliane. Perché dobbiamo sempre recitare... e con che risultati poi... di riprendere faticosamente il tran tran quotidiano, non senza, ovviamente, dover passare per le Forche Caudine. Mio marito ne avrebbe pensate di tutte e me l'avrebbe fatta pagare. Avrebbe rincarato la dose sui miei doveri nei confronti di sua madre. E a scuola? E il tema in classe di Ranieri?

Al bar chiesi il numero dell'aeroporto di Olbia, per avere informazioni su un volo per Milano. Ce n'era uno? Sì, in effetti c'era, alle due del pomeriggio. E per il biglietto? Potevo farlo alla biglietteria della Meridiana, ma quanto mi sarebbe costato? E Gianni che avrebbe detto controllando gli estratti, quando avrebbe visto che avevo pagato un biglietto Olbia-Milano con la carta di credito del conto in comune? Ma non valeva la pena di parlarsi chiaro?

Mentre pensavo a queste cose arrivò una Punto grigia e scassata con al volante un ragazzo dell'età di Michele, ma più basso e più scuro. Lui e Michele si misero a parlare in una lingua che non conoscevo. Poi vidi che il piccoletto faceva cenno a me, con aria interrogativa. Michele disse alcune cose incomprensibili, poi montammo sulla Punto. L'autista prese una strada nell'entroterra, tutta curve, naturalmente mi avevano messo sul sedile posteriore, il peggiore per chi, come me, soffre il mal di macchina.

L'appuntamento con lo zio Marcello era ad un incrocio di due strade secondarie, assolato e desertico. Lo zio entrò in macchina e fece scendere l'autista. «Michele, stai bene?».

«Sì, zio, sto bene, anche se sono vivo per miracolo».

«E come hai fatto ad arrivare fin qua, ti ha visto qualcuno?».

«No, non credo, è stata una combinazione di fatti incredibile...».

«Ma allora me lo vuoi spiegare chi è questa signora?».

Michele si buttò a spiegare nella sua lingua, credo che raccontasse la faccenda come si era evoluta e come mi ero comportata. Che lo avevo aiutato e avevo rischiato per lui.

Ci portarono in una casa vacanze a qualche chilometro da lì. Una villetta in mezzo al niente, non c'era neanche un albero, fra le pietre. Per il momento pareva essere sfitta, con un arredamento del tutto provvisorio, seggioline di giunco, copriletto operati e sbiaditi, cuscini riciclati e stampe alle pareti con immagini di donne sarde in costume.

Ci mettemmo seduti nel «living». Lo zio mi guardò in tralice, poi parlò in italiano.

«Qui la situazione è un grosso bordello, perché vedi, questo rapimento è molto strano e a quanto pare non è stato organizzato nel modo tradizionale. Come tu sai ci sono due organizzazioni che in passato si occupavano di queste cose, ma ormai sono anni che non le fanno più. Hanno stabilito un patto e avuto delle garanzie, insomma niente più rapimenti in Sardegna. E questo rapimento qui è venuto fuori di sorpresa. Le due organizzazioni non si fidano l'una dell'altra e in entrambe si pensa che la responsabilità sia della concorrenza, cioè che qualche diramazione di una delle due abbia rotto il patto, magari qualche cane sciolto, qualcuno che ha fatto il furbo, qualcuno che si è messo d'accordo con altra gente di fuori. Ma vedi, Michele, il brutto è che in entrambe queste organizzazioni si pensa che di mezzo ci sei comunque tu... Michele, pensano che tu sei la talpa, quello che ha dato le informazioni, insomma ti cercano tutte e due le famiglie e vogliono sapere come stanno le cose».

«Ma io non c'entro assolutamente niente, io non ne so niente, io non ho avuto contatti con nessuno, né qui né a Milano».

«E allora perché te ne sei scappato? Ora qui ti cercano, ma è meglio se non ti trovano, te lo garantisco».

«Ma noi un'idea su questo strano rapimento ce la abbiamo. La signora qui ve lo potrà spiegare meglio. Lei sa delle cose che... insomma, non è escluso che questo sia un rapimento falso e che lo abbia organizzato il ragazzo, per estorcere un bel po' di soldi alla famiglia. D'altronde si capisce dal riscatto richiesto. Per un cane sciolto è una bella cifra, per un'Anonima sequestri è troppo bassa».

«E come fa questa signora a sapere che il rapimento potrebbe averlo organizzato il ragazzo?».

«Beh, ve lo racconta lei...».

Io raccontai quello che sapevo.

Lo zio rimase piuttosto perplesso, rifletteva. Poi disse:

«Sarà anche un rapimento falso, ma la famiglia Reperti si sta muovendo, in particolare la ricca nonna ha mandato il suo uomo di fiducia, in grande segretezza, in Svizzera: si presume che sia andato a prendere i soldi, la Polizia non lo deve sapere, ma vuoi che non lo sappia? Evidentemente i Reperti, che hanno i conti bancari bloccati, stanno cercando di aggirare le misure prese dalla Magistratura per pagare un riscatto, quindi vuol dire che un contatto con i rapitori, o quelli che loro credono essere i rapitori, lo hanno avuto. Entrambe le famiglie pensano che sia l'altra ad avere avuto l'abbocco, entrambe pensano che tu Michele sia l'intermediario, quello che sta facendo le trattative. Chi meglio di te potrebbe aver avuto modo di contattare i Reperti senza che Polizia e CC potessero intercettarti? Si dice che tu abbia fatto trovare ai Reperti un telefonino sicuro e che con quello tu li abbia contattati. Sarà anche una messa in scena, ma dei soldi si stanno muovendo...».

Ci fu una pausa.

Poi lo zio consigliò a Michele di telefonare alla Polizia, era l'unica possibilità: «Solo loro ti possono proteggere, io no».

«Lei signora se ne vada via subito, prima che capiscano che c'entra anche lei. Ora Giuseppe vi porta all'aeroporto, tu chiama la Polizia e fissa un abboccamento lì, che è un posto pieno di gente e che c'è un Commissariato. E ti porti dietro il tema in classe».

«Eh già» interruppi, «ma il tema in classe a lui chi glielo ha dato?».

Lo zio non parve interessarsi molto a questo particolare e intimò a Michele di chiamare seduta stante il Commissariato. «Chiedi del commissario Mantica, che è quello che si occupa della faccenda, parla solo con lui, digli che è una questione importante relativa al caso Reperti. Ti ascolteranno».

Michele non ne era del tutto convinto, ma ubbidì.

Io intervenni: «Col commissario parlerò anch'io, altrimenti la tua sembrerà una colossale invenzione. Ci parlerò, gli spiegherò come stanno le cose, a patto che mi faccia partire per Milano, a questo punto...».

«Pronto, Commissariato di Olbia?».

La telefonata andò molto per le lunghe, assai più del previsto, Michele dovette parlare con tante persone diverse prima di ottenere il commissario in questione e poter dire qual era il suo nome.

Il commissario chiese dove Michele si trovasse e chi era questa signora che aveva delle informazioni importanti, ma lui preferì non dirlo. Come aveva consigliato lo zio l'incontro fu fissato all'aeroporto. Sì, era un po' ovvio e dal mio punto di vista anche un po' letterario, ma il luogo era grande, aperto e molto frequentato, pareva adatto. Il commissario chiese: «Ma perché non venite semplicemente in Commissariato?».

Strappai il telefono dalle mani di Michele, che aveva avuto un momento di indecisione e risposi: «In questa storia nulla è semplice», cercando di parlare con un accento non milanese, infatti dissi «nulla», parola della quale a Milano non conoscono neanche il significato. Simulai una cadenza del centro Italia, che ne so, umbra o toscana, un misto, insomma alla fine il commissario disse che andava bene e stabilimmo un orario.

Avevo bisogno di rimettermi in sesto, una doccia, cambiarmi e raccogliere le idee. E se mi avessero chiesto: «Ma lei qui in Sardegna che c'è venuta a fare? Non poteva recarsi in qualsiasi Commissariato di Milano? Che cosa c'è sotto?».

Su questo riflettevo mentre ero sotto il bagno a spruzzo. Mi vennero a mettere fretta; io e Michele, soprattutto lui, in quella casa vacanze non potevamo rimanerci a lungo.

Chiesi allo zio se aveva un qualcosa di femminile per cambiarmi. Non potevo presentarmi in un luogo pubblico con quella roba che avevo indosso fin da quando mi ero messa in viaggio verso Livorno. Dopo un consulto con persone che rimanevano dietro le quinte, probabilmente alcune donne, saltò fuori una sorta di sari indiano, chissà da dove l'avevano tirato fuori, forse l'aveva lasciato lì una affittuaria della stagione precedente. Era l'ultima cosa che potesse andare bene per chi non voleva farsi notare, però era bello, di misto-seta rosso con delle strisce d'oro, per essere appariscente era appariscente, ma forse era quello che ci voleva, di signore milanesi vestite in modo strano all'aeroporto di Olbia ne compaiono parecchie. Con i miei orecchini d'oro a mezzaluna il sari si combinava proprio bene, tant'è che decisi di caricare un po' il trucco, sia perché volevo mascherarmi, sia perché con quella tenuta non avrei potuto fare diversamente. Morale, con i miei capelli color argento, un trucco anni Settanta con molto ombretto, gli orecchini e certi sandalini sardi senza tacco, sembravo proprio la sciura che ha la villa in Costa Smeralda, quindi un ottimo travestimento. Michele invece fu riabbigliato da ragazzo per bene, sembrava un carabiniere in licenza.

La strategia che io e Michele mettemmo a punto nella mezz'oretta di macchina che avevamo a disposizione fu la seguente: io racconto quello che ho da dire sul tema in classe, tu ti metti nelle mani della Polizia dicendo che ti sei dato alla macchia non per sfuggire alla Polizia, non ne avevi il motivo, ma per sfuggire ad altre persone che ti stavano cercando pensando che tu sia la quinta colonna dell'organizzazione rivale. Insomma, devi soltanto dire la verità.

Poi ci mettemmo d'accordo sulla versione da dare sul nostro arrivo a Golfo Aranci: in traghetto...

Arrivammo all'aeroporto verso le due, con due valigie di plastica viola, vuote, che erano il segno di riconoscimento. Ci fermammo alla caffetteria del lato partenze, luogo dell'appuntamento. Ero così nervosa... Non tanto per me, quanto per Michele. E se non gli avessero creduto? Dissi a Michele che dovevo andare in bagno, non era una scusa per allentare la tensione, ne era semplicemente un risultato. E poi noi due eravamo veramente una strana coppia: una attempata, per quanto piacente, signora del continente con un giovanotto locale in libera uscita. Comunque mi scappava la pipì.

Uscita dal bagno andai a comprarmi il biglietto per Milano. Un vero salasso! 285 euro. E dovevo anche considerarmi fortunata perché avevo trovato posto. Pagai con la carta di credito, almeno Gianni se ne sarebbe reso conto solo un mese dopo. Comunque l'aereo partiva alle 15.25, sarei arrivata a Milano intorno alle cinque del pomeriggio, ma vestita in quel modo? Che cosa avrei detto a Gianni? Se fossi riuscita ad essere a casa prima delle sette, cioè l'ora in cui lui normalmente tornava dal lavoro, avrei fatto in tempo a cambiarmi... E la macchina? Beh, gli avrei detto che avevo avuto un guasto vicino a Bologna e che avevo dovuto lasciarla in un'officina di riparazioni dalle parti di... dalle parti di dove? Diciamo di Piacenza, dalle parti di Piacenza mi si è rotta la macchina, ma quando?

Ora, adesso, in questo momento.

Dunque mandai un messaggino a Gianni: «Macchina rotta, lasciata in officina, arrivo in treno, ti faccio sapere».

Già, e i 285 euro?

Via, ci avrei pensato in un secondo momento a che cosa convenisse raccontargli. E chissà che prima di quel momento fra me e Gianni il famoso chiarimento non sarebbe già avvenuto...

Adesso c'era da parlare col commissario. Avevo un'ora e mezzo di tempo per raccontargli quello che sapevo. Mi bastava un quarto d'ora.

Quando fui di ritorno al bar mancavano cinque minuti all'orario dell'appuntamento. Michele però non c'era più. La cosa non mi piacque per niente. Perché era sparito? Lo cercai nella hall, detti uno sguardo fuori per vedere se era lì a fumarsi una sigaretta, ma non c'era. Solo allora mi accorsi che avevo lasciato la mia valigia viola nella toilette, però fui in grado di osservare che c'erano tre o quattro individui che tenevano fisso lo sguardo sui bagagli delle signore, come se fossero alla ricerca di qualcosa in particolare. Forse una valigia viola? O Signore Mioddio, non sembravano poliziotti. E se si fosse trattato di una trappola? Distrattamente passai vicino a uno di loro, come se la sua presenza mi fosse del tutto indifferente. Intercettai solo una frase: «Dobbiamo fare in fretta, fra un minuto arriva la PS». E allora, se quelli lì non erano agenti, chi erano?

Che era successo? Io non avevo con me il mio segno di riconoscimento e in giro non c'era nessuno in abiti militari, ma se loro non potevano riconoscere me, come facevo io a riconoscere loro? Certamente non erano in uniforme, erano in giacca e cravatta. Ma di giovanotti in giacca e cravatta in giro ce n'erano troppi. E come fai a distinguere un delinquente da un poliziotto?

Non vorrei, adesso, sembrare qualunquistica e generica, con queste affermazioni, ma in quel momento mi sentivo braccata. E se hanno già preso Michele? E se lui ha già parlato e descritto come sono conciata?

Facendo finta di niente mi allontanai, verso il lato Arrivi.

Alcuni di quegli uomini sembravano muoversi nella mia stessa direzione, io mi confusi, persi l'orientamento, per caso mi trovai in mezzo a un gruppo di persone che erano appena atterrate. Mi trattenni in mezzo ai viaggiatori, ma da lontano fui in grado di vedere che due di quegli uomini mi stavano indicando. Mi avevano riconosciuta! Ero finita!

Proprio in quell'attimo mi si parò di fronte un signore sulla trentina, anche lui in giacca e cravatta, anche lui con l'auricolare e con degli enormi occhiali da sole a specchio. Era uno di quegli autisti che vanno a prendere i VIP all'aeroporto, teneva fra le mani un foglio stampato con scritto sopra: Hotel Cala di... qualcosa. Signora *Innocenti-Laudadio.*

Guardai indietro e vidi che quei tipi si stavano muovendo verso gli Arrivi. Non ebbi indecisioni: «La signora Innocenti-Laudadio sono io», dissi all'autista. Quando gli sgherri che mi cercavano furono sul posto io ero già nel van Mercedes del Cala di ***. Indossai l'articolo di mia proprietà più prestigioso che possedessi, degli occhiali da sole Alain Mikli che quando me li ero comprati mio marito mi aveva fatto una storia infinita: «Ma chi sei, Anouk Aimée?», mi aveva detto.

Il van Mercedes con i vetri oscurati partì. Io potevo vedere quelli là in giacca e cravatta, ma loro non potevano vedere me. Erano in cinque o sei e ci avrei giurato che erano armati. E Michele, l'avevano preso? Le due famiglie rivali erano arrivate prima della Polizia?

Farandola di cuori

L'autista del van Mercedes non fece una parola. Sembrava una guardia del corpo, ogni tanto parlava al telefono mediante il dispositivo auricolare.

Durante il trasferimento pensavo al guaio in cui mi ero cacciata. C'erano due cosche che mi cercavano, ed evidentemente queste erano in combutta con la Polizia, o comunque avevano degli infiltrati. Altrimenti come facevano a sapere dell'appuntamento all'aeroporto? Erano tutti d'accordo? O c'era una talpa o più di una che avevano ascoltato la telefonata? O era lo zio di Michele che aveva parlato? Magari l'avevano fatto per salvare il ragazzo. Perché all'aeroporto era scomparso? L'avevano preso quelli là oppure se ne era andato, lasciandomi sola, in ostaggio? E l'aereo? L'aereo per Milano lo avevo perso e buttato via 285 euro. E come tornare a casa? Di sfuggita mi venne in mente che l'indomani mattina sarei dovuta essere a scuola. È vero, con i drammatici problemi che avevo in quel momento era proprio l'ultima cosa di cui avrei dovuto preoccuparmi, ma invece la cosa mi angustiava. Dovevo almeno avvertire la preside? Per dirle cosa, che avevo un problema di salute? Già pensavo di trovare il sistema di travestirmi un'altra volta, magari tingermi i capelli di nuovo e tentare di prendere alla sera un traghetto per Livorno, dunque recuperare la macchina. E adesso come faccio a sostenere che sono la signora Innocenti-Laudadio? E chi era poi questa Innocenti-Laudadio? Il nome a dir la verità l'avevo già sentito.

Comunque quando arrivai all'albergo, sarà stato per il sari improbabile o per i Mikli, nessuno mi chiese neanche un documento e mi accolsero con amabilità dicendomi: «Buon pomeriggio signora Innocenti-Laudadio, la sua suite è la numero 218». Pensai che quello fosse il momento giusto per svanire nel nulla, ma dove? Per il momento mi feci accompagnare in camera, dimostrando un atteggiamento di insofferenza. Era così, intuivo, che si sarebbe comportata una signora importante che vanno a prendere col van Mercedes all'aeroporto.

La suite era veramente lussuosa, tre stanze, due delle quali con vista sul mare, aprii subito il frigo bar e mi ingollai per intero una mignon di Heidsieck Monopole. Ne avevo bisogno.

La cosa che mi sorprese fu che gli armadi erano già pieni, evidentemente il guardaroba della signora l'aveva preceduta. E si trattava di un corredo assai ragguardevole, tutte griffe di prima grandezza.

Innocenti-Laudadio... Innocenti-Laudadio... Il nome mi diceva qualche cosa. Ma certo, come avevo fatto a non pensarci prima, era Barbara Innocenti-Laudadio, più nota come Barbara Innocenti, la scrittrice, la famosa scrittrice, quella che vendeva milioni di copie, quella di cui si diceva che aveva reinventato il romanzo rosa in chiave avventuroso-femminista. Quella degli sceneggiati televisivi, del cinema, dei talk-show. Ma se era così famosa, com'è che non mi avevano riconosciuto?

Ora mi veniva in mente. Una volta avevo anche provato a leggere un suo romanzo, ma dopo venti pagine mi aveva fatto schifo, una scrittrice di grande successo che definiva le sue opere «popolari e colte» e che compariva sempre in televisione, anche perché era una donna molto bella (pur se oramai era quasi arrivata ai cinquanta, come me) e a quanto si diceva proveniva da un'illustre famiglia (oddio, sinceramente, una che si chiama Innocenti-Laudadio, da qualsiasi lato tu la guardi, ascendenti tanto illustri non li deve avere), ma soprattutto era la moglie di un famoso attore televisivo e del cinema, un bellone, ora non mi ricordo più il nome, però un uomo notissimo...

Che dovevo fare? Avevo i minuti contati, prima o poi la scrittrice sarebbe arrivata e io avrei fatto meglio a non trovarmi lì in quel momento. Quindi mi feci rapidamente una doccia, ne avevo proprio bisogno, io di solito due docce al giorno non le faccio mai, ma quando sono sotto stress sudo ed emano cattivo odore, insomma, adesso ero una fuggitiva, anche se non sapevo bene chi erano quelli che avevano anticipato la Polizia, arrivando all'aeroporto prima del commissario. Ma a questo punto come rimettermi in comunicazione con le forze dell'ordine? E poi, sarebbe servito a qualcosa? Se quei delinquenti erano arrivati all'aeroporto prima della Polizia voleva dire che avevano avuto l'informazione e che quindi avevano delle talpe dappertutto, anche in quello stesso albergo. L'unica cosa che avevo in obbligo di fare era di parlare coi Reperti, dire quello che sapevo e tornarmene a casa. Dove cavolo si era nascosto Ranieri e come pensava di farla franca? E se lo avessero trovato le cosche?

Nel bagno c'era un accappatoio bianco spessissimo che avrebbe rimesso al mondo un morto, a potersi godere per qualche minuto quella soddisfazione... mi misi a sfogliare i biglietti d'invito e le carte da visita depositati sul tavolino da caffè. Ce n'era uno molto ufficiale e molto urgente, su carta pregiata, un invito a un party su un panfilo, il Wuahabilia, strettamente personale, il motoscafo sarebbe venuto a prendere la Innocenti-Laudadio al piccolo approdo dell'albergo, quel giorno stesso, ma a che ora? Alle 18, vale a dire nel giro di mezz'ora...

Mi misi a scrutare nel guardaroba della scrittrice, evidentemente pensava di trattenersi per almeno una settimana.

Scelsi due o tre capi e me li provai, la signora Innocenti-Laudadio più o meno doveva avere le mie misure. Dopo qualche indecisione definii la mia mise, scelsi gli abiti che per quel poco che ci capivo erano i più prestigiosi, penso che nell'insieme quella roba valesse oltre i 5.000 euro (roba giapponese, Miyake o simili), ma in qualche modo glieli avrei fatti avere indietro, presi anche una borsa che probabilmente da sola costava uno sproposito, una LV con i disegni di Murakami.

Con tutti quegli euro addosso non mi trovavo affatto male.

Dovevo fare due telefonate, in pochi minuti. Prima chiamare Gianni e spiegargli la situazione. Non l'avrebbe capita, non ci avrebbe creduto, ma l'importante era che trovasse il modo di comunicare alla preside che avevo avuto un gravissimo problema di salute o un gravissimo problema personale. Già, ma a Gianni stesso che cosa avrei raccontato?

Procrastinai la chiamata a Gianni e decisi di anticipare la seconda telefonata, quella ai Reperti. Chiesi alla centralinista di mettermi in contatto con la signora Mantellassi-Reperti, Porto Rotondo, bofonchiai che non mi ricordavo il numero. Quella non fece una piega e dopo poco la linea dava il segnale di libero. Mi risposero.

«Vorrei la signora Ughetta Mantellassi-Reperti».

«Ma chi parla?» mi chiesero dall'altra parte. «Sono la signora Coldregotti-Minturni e vorrei parlare con la signora Ughetta».

Dopo qualche minuto il signor Gian Maria Reperti arrivò all'apparecchio. Chissà chi pensava fosse la signora Coldregotti-Minturni, probabilmente una conoscente della mamma, comunque fu molto educato:

«Signora Coldregotti, mi scusi, ma come lei sa... siamo in un momento un po' particolare, come lei certamente saprà, la mamma non è proprio nel momento adatto per... stiamo tutti tribolando, stiamo vivendo momenti terribili... quindi se lei fosse così paziente da...».

«Non sto chiamando per fare un po' di società» gli dissi io «è che avrei delle informazioni importanti per quanto riguarda il rapimento di suo figlio, vorrei comunicargliele personalmente e il più presto possibile».

Il Reperti sembrò contraddetto se non addirittura stupito.

«Ma come, in che senso signora Coldregotti-Minturni, lei sarà senz'altro al corrente del fatto che in questo momento la famiglia...».

«Sono io che vorrei mettere al corrente lei di alcuni aspetti importanti, mi dica come e quando, io sono in Costa Smeralda».

«Ma lei chi è? Non le sfuggirà che questa telefonata è sotto controllo, no? Ma mi accenni a qualcosa...».

«Io ho la certezza quasi matematica che la cosa si possa risolvere nel migliore dei modi e in tempi rapidi, se solo riesco a parlarle di persona».

«Ma come? In che senso? Qual è la sua posizione?».

«Mi farò viva io, verrò a casa sua. Basta che dica alla Polizia che sono persona di sua fiducia. Il nome è Coldregotti-Minturni, altro non posso dirle».

«Mah... aspetti un attimo».

Riattaccai. Ormai mi avevano già rintracciata, di sicuro. Chissà che cosa aveva pensato il signor Reperti, che ero l'intermediatrice? Ma si è mai visto un negoziatore di un riscatto che si vuole recare nella villa dei parenti del rapito?

E la Polizia che avrebbe pensato? Che fossi io il primo contatto? Sicuramente il signor Reperti era sotto stretta sorveglianza. Probabilmente i rapitori professionisti ricorrono a strategie sofisticate per comunicare con i parenti dei rapiti senza farsi intercettare, come sapeva lo zio Marcello. Perché si sa che i parenti farebbero di tutto, mentre la Polizia impedisce loro di venire ad accordi. Ma qui che accordi c'erano da prendere? Se la Polizia aveva intercettato la mia chiamata, già in molti altri sapevano. Avrei potuto dire per telefono che si trattava di un rapimento simulato?

Sicuramente già da questo momento parecchie persone erano alla ricerca della signora Coldregotti-Minturni, che peraltro dubito che esista veramente. E dunque, chi potevano trovare?

Linda e pinta, trasferii le mie cose dalla mia tracolla marocchina nella Louis Vuitton Murakami. Presi il sacco della biancheria e ci infilai i vestiti che mi avevano imprestato nella casa vacanze dello zio di Michele, me lo misi sotto braccio ed abbandonai la stanza velocemente, griffata com'ero.

Indossai anche, a titolo di mascheramento, un cappellino di seta tailandese, ero irriconoscibile. Molto bello, quel cappellino. Avrei preso un taxi e mi sarei fatta condurre alla villa Mantellassi-Reperti, forse ero ancora in tempo.

Consegnai la chiave e il sacchettone alla concierge. Dissi con atteggiamento scostante che aspettassero a portare quella roba in lavanderia, perché se la serata fosse stata noiosa sarei partita l'indomani mattina stesso e allora non avrei avuto tempo per aspettare i comodi della lavanderia.

Così misi il naso fuori. C'era un certo movimento.

Dunque vidi quello che non avrei voluto vedere, ovverosia alcuni individui come al solito in giacca e cravatta che mi sembravano gli stessi che avevo visto all'aeroporto. Alcuni si introdussero dentro l'albergo, altri restavano lì fuori a piantonare i taxi in attesa. Stavano cercando me? Sapevano già che ero lì?

Discesi una piccola scalinata che conduceva alla spiaggia e al porticciolo, cercavo di arrivare all'approdo per vie traverse e ci arrivai, erano le sei in punto. Mi pareva che quegli uomini sbucassero da tutti gli angoli.

C'era un motoscafo che stava aspettando qualcuno, un ragazzotto vestito di bianco esibiva il solito cartello con scritto sopra Innocenti-Laudadio.

«Sono io», gli dissi «andiamo?» esponendo l'invito su carta pregiata.

Mi fece sedere su un divanetto di pelle e mi chiese se ero comoda. Ero comodissima.

Partì a tutta velocità. «Ci vorrà meno di un quarto d'ora».

Il motoscafo sembrava fosse impegnato in una gara di off-shore, fatto sta che in poco più di quindici minuti mi trovavo lontanissimo, non capii assolutamente in quale direzione, sud o nord, di fronte ad un enorme panfilo bianco e blu. Temevo di dover affrontare una scaletta, ma no, il panfilo disponeva di un accesso a bordo acqua.

«Dove sono i suoi bagagli?» mi chiese uno steward poliglotta.

«Non ho bagagli» dissi io «lei ne ha?».

Ormai ero entrata nel personaggio della scrittrice famosa, indisponente e balzana.

A quanto pare il jet-set che si radunava su quel panfilo di letteratura contemporanea non se ne intendeva molto, infatti nessuno fece il minimo cenno di riconoscere la Innocenti-Laudadio. Mi guardavano come dire «Ma questa chi è?» ma nessuno fu assolutamente in grado di affermare che io non ero la Innocenti-Laudadio.

Il mio piano, che avevo elaborato nel corso del trasferimento sul motoscafo, prevedeva che io mi sentissi male nel giro di poco tempo e che mi facessi riportare al più presto a terra con questa scusa. Già, ma a terra dove? Al porto turistico? E se ci avessi trovato qualcuno ad aspettarmi? A questo punto l'unica via di scampo che avevo era che mi trovasse la Polizia, ma in quel modo sarei stata veramente al sicuro?

Sul panfilo c'era una quantità di persone, tutte intente a bere cocktail o roba del genere, gente in forma, per la verità in maggioranza maschi, non giovanissimi ma assai tirati e già molto abbronzati, nonostante fossimo solo a maggio. Molte facce avevano un che di familiare, le avevo sicuramente già viste da qualche parte, credo in televisione perché io, io i giornali di gossip non li ho mai letti, ma non ne sapevo i nomi. Gli invitati si guardavano intorno come fanno le persone note, che danno per scontato che chiunque sappia chi sono. Così feci anch'io, distribuendo sorrisi e strette di mano con l'occhio vacuo, qualcuno mi fece addirittura il baciamano, ma io lo rifiutavo, immaginandomi l'atteggiamento di una scrittrice famosa e «alta-popolare» di stampo post-ex-femminista. Il padrone di casa, cioè del panfilo, a quanto pareva non c'era ancora, era atteso, di certo era tutto studiato, doveva fare un'entrata a valanga, probabilmente, chissà se sarebbe arrivato con l'elicottero, il panfilo era abbastanza grande da avere anche una pista d'atterraggio... e poi i VIP odierni avevo letto da qualche parte che si misurano l'un l'altro sulle ore che passano sui velivoli a pale.

Un cameriere in guanti bianchi mi offrì un beverone di colore verdastro che io agguantai, terrorizzata che ci fosse qualcuno che potesse affermare che io non ero affatto la scrittrice in questione. Io peraltro, se qualcuno si presentava dichiaravo solo il nome di battesimo della narratrice, come se non ci fosse alcuna necessità di dichiarare il cognome, d'altronde nessuno parve prestarmi troppo interesse. Mi misi a parlare del più e del meno con un signore piuttosto anziano e anche abbastanza simpatico che mi raccontò che lui frequentava la Costa Smeralda assai prima che si chiamasse in quel modo. Io lo stavo a sentire con aria stolida.

Vicino a noi, sul ponte di poppa, c'erano vari raggruppamenti che parlavano, chi di politica, chi di calcio, chi di figa, ma un argomento in particolare mi interessò, c'era un terzetto composto da due maschi e una femmina, sui sessanta, che parlavano della notizia del momento, ovverosia del rapimento Reperti. Mentre facevo finta di prestare attenzione alle noiosissime informazioni che mi elargiva il decano sul Pevero e sul golfo Principe, orecchiavo la conversazione adiacente.

«... il Reperti è un coglione e un morto di fame, i soldi mica li ha lui, li ha la vecchia... eh, quella sì che ne ha... se lo scopo è quello di far pagare lei... la cifra mi sembra assolutamente bassa».

«E se non paga? Guarda che quella è un tipo tosto, non credo sia facile farle sganciare anche 100 euro».

«... eh, lo sanno tutti che lei ha un debole per quel nipotino, a proposito, l'hai visto, è un bel ragazzo...».

«E come no, abbiamo mandato un servizio di quindici minuti, proprio un bel ragazzo. Ne abbiamo già preparato uno nel caso che lo liberino e un altro nel caso che lo trovino morto. Ma purtroppo secondo me le cose andranno per le lunghe e per mesi e mesi non ne sapremo niente».

«Sì, perché dicono che questo è un lavoro da dilettanti, gente che non si può controllare, cani sciolti, vai a sapere te, quelli magari lo fanno sparire, una volta che capiscono che non ce la faranno mai...».

«Ma la vecchia paga, e come se paga, a lei, te lo posso garantire io, quattro milioni di euro non le fanno tutta questa differenza...».

«Ma com'è che ha ancora tanta disponibilità? Il figlio si è mangiato quello che aveva ereditato...».

«Lui sì ma lei no. Lo sai che anche quando il marito era in vita dicevano che era lei a reggere la baracca degli oli minerali?».

«Mah, secondo me quel ragazzo non salta fuori più... anche se... per me sarebbe la manna dal cielo...».

Annuivo a quello che mi diceva il signore canuto, però

con le antenne drizzate avevo recepito quello che c'era da recepire.

In quel momento arrivò dalle mie parti un uomo enorme, ridanciano e nero. Sarà stato alto due metri per 150 chili, proveniva sicuramente dall'Africa più profonda, era in maglietta e pantaloni corti, color porpora, e al collo portava un crocifisso d'oro da due chili. Però a giudicare dall'età non era un rapper.

Qualcuno ci presentò. «La scrittrice italiana Barbara Innocenti-Laudadio... monsignor Uamumba Bolo, cardinale... purtroppo il cardinale non parla italiano, solo un po', però parla benissimo inglese, francese, tedesco, latino e non so quante altre lingue».

Io l'inglese non l'ho mai saputo, a scuola ho studiato francese. Allora dissi in una lingua mista fra il francese e il latino:

«Che fa sua eccellenza su una nave come questa, in mezzo a tutte queste tentazioni?».

«Hic manebimus optime. E lei, mademoiselle, così lei è una scrittrice?».

«Non mi definirei una scrittrice ma una che scrive...». Lasciai cadere una frase che avevo già sentito da qualche parte.

«Ah, anch'io in giovane età mi dilettavo nella scrittura... ma oggi, gli impegni sono troppi, la mia vita è immersa nella politica...».

«Ah, la politica...».

L'alto prelato africano mi intrattenne per qualche minuto sulle complicazioni della politica vaticana, poi con grande savoir faire si accomiatò facendomi il baciamano e disse (in latino) che andava a farsi un bagno. Si tolse senza inibizioni la maglietta e i pantaloni corti e si tuffò con grazia nell'acqua, nonostante i suoi centocinquanta chili. L'acqua, vista la stagione, non doveva nemmeno essere caldissima. Solo che il tuffo fu abbastanza irruente e capitò che il cardinale perse il costumino da bagno. Lui non parve farci troppo caso. Nuotava con disinvoltura e scioltezza alla ricerca del costume, ma non lo ritrovava. Gli invitati curiosi affluirono alle balaustre, mentre lui scivolava nell'acqua con destrezza, nuotando anche a dorso, mostrando a chi si affacciava un membro dalle dimensioni straordinarie che andava a destra e a sinistra sguisciando come un capitone. Il pubblico gli dedicò un applauso, al quale mi unii anch'io. Lui non fece sembianza di alcun imbarazzo, anzi alzò una mano mostrando una V con le dita, in segno di vittoria. Aveva ritrovato il costumino.

Sul ponte c'era una signorina molto alta e molto formosa che si dava parecchio da fare con le pubbliche relazioni. Passava molto tempo al telefono dicendone di tutte, orecchiai qualche porcata, poi appoggiò il suo cellulare di ultima generazione su un divanetto e si tuffò in mare, dietro all'alto prelato africano. Quello sì che era uno che sapeva darsi il buon tempo.

Quando vidi quel telefonino lì la mia mente corse veloce. In precedenza avevo sconsideratamente utilizzato il mio telefono e se mi stavano cercando magari sapevano già dove mi trovavo. E qualcosa mi faceva pensare che se la Polizia sapeva dov'ero, contemporaneamente, se non addirittura prima, lo sapeva anche qualcun altro. Che stupida a non averci pensato prima.

Dunque presi il mio vecchio cellulare e lo buttai in mare, il che a pensarci adesso fu un gesto simbolico di una certa rilevanza. Afferrai il cellulare della bionda, lo spensi e me lo misi in tasca. Per lei sarebbe stato un problema non ritrovarlo, avrebbe fatto una scenata, ma chi sarebbe mai andato a pensare che fosse stata la famosa scrittrice a rubarlo? Tutti, compresa la ragazza, sarebbero stati certi del fatto che qualche maschio in vena di scherzi aveva sequestrato l'apparecchio, per leggere i messaggini e scrutare la rubrica, per vedere se fra i numeri della ragazza c'erano personalità illustri.

Mi fermai a guardare il mare con atteggiamento pensoso. In fondo ero una scrittrice famosa. Mi tornavano alla mente un sacco di cose, per esempio quando cercavo di spiegare in classe quello che rappresentavano le eroine del romanzo rosa, create da celebri scrittrici come Carolina Invernizio, Liala, Maria Venturi. Sembra ovvio che la lettrice di quelle schifezze si identifichi con le eroine dei romanzi, siano esse Cenerentole nella Torino dei primi del Novecento sposate da ricchi imprenditori, aristocratiche toscane di fine Ottocento cadute in disgrazia ma in odore di redenzione, oppure giovani infermiere degli anni Novanta di cui si innamora un belloccio chirurgo plastico brasiliano. La lettrice si identifica con questi personaggi? Desidera essere come loro? Ma no che non lo desidera.

Vorrebbe essere la scrittrice stessa, una che vive in una villa meravigliosa, una che si è conquistata l'autonomia, il successo e il rispetto grazie ai romanzi che ha scritto, una invidiata, magari criticata dagli invidiosi, ma che fa una vita di sogno, con dei vestiti costosissimi, e che viene invitata nei circoli più esclusivi. Poi va detto che la lettrice non ha una grande immaginazione, certe cose proprio non le sa, può solo ricorrere alla fantasia, dilatando i suoi personali parametri: quindi probabilmente si immagina che nel lusso sfrenato del jet-set, ci siano lavastoviglie silenziosissime da 24 coperti, o lavatrici che esauriscono un ciclo completo in 14 minuti.

Mentre ero intenta in quelle riflessioni mi si avvicinò un signore brizzolato e molto ben tenuto, la sua fisionomia non mi era del tutto nuova, che mi bisbigliò: «Bonne soirée, madame, êtes-vous meditabonde?».

«Moi?» replicai, pensando che quel signore fosse un ricco russo, si sa che i russi sanno parlare il francese, però per essere un miliardario russo aveva un aspetto un po' troppo signorile. «Et pourquoi vous me faites une question comme ça?».

«Seulement, je pensais, vous êtes tellment diverse de les autres, au bord de cet navire... Êtes-vous la celebre ecrivain italienne?».

«Mais pourquoi vous addressez à moi en français? Êtes-vous français, ou francophone?».

«Non, je suis italien, mais je me suis trompé».

«Et alors, pourquoi vous parlez moi en italien? Insomma, lei è italiano?».

«Ma sì, certamente… e sono un suo grande ammiratore».

In vita mia non mi era mai capitato di vedere un uomo, pur più vicino ai cinquanta che ai quaranta, così bello… Assomigliava allo scrittore Carofiglio, ma le sue sembianze dichiaravano che nella sua famiglia i soldi c'erano da un bel numero di generazioni. Un mio ammiratore? Cioè un ammiratore della Innocenti-Laudadio? E allora com'è che non mi aveva riconosciuta? Non aveva mai visto la scrittrice in televisione, o su qualche giornale, o sulle copertine? E se ora mi chiedeva qualcosa sui libri della scrittrice che avrei detto? Oppure stava bluffando?

«E così lei è un mio ammiratore?».

«Ho letto tutti i suoi libri…».

Ahia, pensai, e ora come me la cavo? Io della scrittrice in questione avevo letto solo poche pagine, diciamo che non era proprio il mio genere.

«Sa che lei è molto più bella dal vivo che in fotografia? Stentavo a riconoscerla. Da quando si è fatta i capelli color platino?».

«Ah, è una cosa recente…» dissi io, senza mentire, «ma lei si interessa di letteratura?».

«Ah, mi piacerebbe tanto, purtroppo lo posso fare solo nei ritagli di tempo, che sono pochi…».

«E qual è la sua occupazione?» chiesi mollemente.

«Ah, ne ho molte… ma non siamo qui per questo… siamo in vacanza… no? Ma mi dica di lei…».

Che frase imbecille, pensai io, ma colsi la palla al balzo.

«Parliamo di qualsiasi argomento ma non dei miei libri...» dissi spregiudicatamente. «La cosa mi annoia a morte...».

Secondo me lui tirò un sospiro di sollievo, perché dei libri della Innocenti-Laudadio non ne aveva letto nemmeno uno, ma non lo dette a vedere.

«Ah...» disse «che peccato... e quando mi ricapita un'occasione del genere?».

Che infingardo...

«Veda» gli dissi «i libri devono parlare da soli... se c'è bisogno di spiegarli vuol dire che hanno fallito... non trova?».

Si stava avvicinando il tramonto e lui fissava l'orizzonte con sguardo intenso. Ci mancava solo che dicesse qualche frase generica e idiota sul tramonto.

«Quando vedo un tramonto come questo è come se andassi in "pause", il tempo si ferma...».

L'aveva detta, l'aveva detta! Però senza spocchia, chissà cosa si immagina un seduttore professionista di dover dire per conquistare una famosa scrittrice.

«Lei fuma?» mi chiese con galanteria.

Riflettei un attimo sul profilo esistenziale della Innocenti-Laudadio, notoriamente una salutista, probabilmente, almeno ufficialmente, una vegetariana vegana.

«Qualche volta, ma non lo dica in giro» replicai, accettando una sigaretta. Erano più di otto anni che avevo smesso di fumare, ma in quel momento, con tutto quello che era successo e con i pensieri che avevo, una sigaretta mi ci voleva proprio.

Me la godetti senza sensi di colpa, guardando il tramonto, esercitando un silenzio pieno di significati.

«Mi scusi se la lascio per un istante» dissi poi, «devo fare una telefonata alla mia agente. Lo sa che sto facendo una marachella? Lo sa che in questo momento io dovrei essere in un teatro affollato a presentare un mio libro? E lo sa che mi staranno cercando a destra e a sinistra? Sono in fuga, ed ho il terrore di quando sapranno dove sono. Ma lei mi aspetterà?».

Con questa frase da damina del Settecento mi incamminai verso la scaletta che portava al ponte di sotto.

«Mi ritroverà qui» disse lui «sento il bisogno di un paio di coppe di champagne. Abbiamo un appuntamento?».

«Certo che lo abbiamo... un appuntamento al buio».

Santo cielo, ma da dove le tiravo fuori? Ora però dovevo chiamare mio marito.

Trovai un angolo appartato e accesi il super telefonino della bionda, immediatamente arrivarono messaggini in quantità, ne lessi alcuni, direi che il loro contenuto era omogeneo, ma irripetibile. Disattivai immediatamente la suoneria, sicuramente quella tipa si stava facendo chiamare da bordo per rintracciare il suo cellulare.

Con il groppo alla gola chiamai mio marito, Gianni.

«Sono nei guai ma non ti posso dire di più, non torno oggi, poi ti spiegherò tutto, dovresti telefonare alla scuola e dire che io sarò assente per dei gravissimi motivi familiari».

«E quali sarebbero questi gravissimi motivi familiari? Vorrei saperli anch'io, ma me li posso immaginare.

Ma cos'è questa musica che sento in sottofondo? Sono i motivi familiari? E con che telefono stai telefonando?».

«Tu non ti puoi immaginare un bel niente, se solo sapessi, ma adesso...».

Stavo parlando col cellulare di quella ragazza, che proprio in quel momento si stava avvicinando infuriata.

«Chi è quello stronzo che mi ha preso il cellulare? Avanti, tiratelo fuori».

Feci giusto in tempo a spegnerlo e a infilarmelo in tasca, interrompendo bruscamente la comunicazione con mio marito. Avrebbe chiamato la scuola?

Ritrovai il seduttore nella medesima posizione in cui l'avevo lasciato, solo che aveva con sé due calici e una bottiglia di Dom Perignon. Alla faccia! Io il Dom Perignon l'avevo bevuto una volta sola, quella che Gianni, per fare un figurone con me, ahi quanti anni fa, si era svenato per comprarlo. Io glielo avevo detto chiaramente, che per fare colpo su di me non c'era bisogno di esagerare, di sputtanare soldi in rose rosse e roba del genere, lui mi piaceva e basta. Comunque la cosa, per vie traverse, aveva finito per ottenere il suo effetto.

Ora, il seduttore non credo che quella bottiglia l'avesse dovuta comprare, su quel «bateau» lo champagne scorreva, come si dice, a fiumi. Il grosso degli invitati era nel salone principale, a sbafare il rinfresco.

«Hai fame?» mi chiese lui alla francese, rivedendomi.

«No, per niente, si sta così bene qua, lontani (lontani dissi! Non lontano, quindi enfatizzando un soggetto plurale che eravamo noi! E se quello si faceva delle idee?) da quella manica di coglioni».

Lui rise e annuì, versandomi una coppa.

Io, guardando il tramonto, non potevo non pensare ai miei guai e mi astrassi un attimo. Lui capì che stavo riflettendo e galantemente mi disse: «Non si chiede mai a una donna a che cosa pensa...».

«Neanche a un uomo» replicai «tanto ti risponde: a niente... e allora sì che ti fa incazzare...».

Lui rise di gusto, sapeva il fatto suo quel signore.

«E allora, che cosa c'è che ti turba, forse i tuoi impegni? Come Cenerentola fra poco finisce l'incantesimo e te ne devi tornare dalla tua perfida agente?».

Sulla barca l'atmosfera si stava facendo più effervescente, la musica si era alzata di volume, da un chill-out da bagno in riviera romagnola si era passati ai ballabili. Intravedevo agitazione sul ponte, poi ci fu il previsto arrivo dell'elicottero del proprietario, ammesso che lo fosse veramente.

«Senti, perché non ce ne andiamo da qui?» sibilò Alberto. Così si chiamava, ma l'avrei saputo solo in seguito.

«E perché? Dove vorresti andare?».

«Sai, io questa gente non la sopporto... e tu?».

«Ah, beh, se la metti su questo piano... non è proprio il mio posto».

«E dunque, verresti con me?».

«Ma dove... e perché?».

«Dove lo so, perché non saprei, ma che differenza fa?».

Mamma mia che conversazione! Eppure, eppure quella poteva essere per me l'occasione per farmi riportare a terra, trovare un rifugio, chi poteva saperlo, ormai cosa avevo da perdere?

«Sei uno che sa quello che vuole» gli dissi, mamma santa, se solo mi avessero sentito le mie colleghe, che intanto un panfilo di quel genere in vita loro non avrebbero mai neanche ipotizzato che potesse esistere.

«E tu?».

«Ah, io quello che voglio non l'ho mai saputo...».

Quindi Alberto estrasse il telefonino e chiamò il suo uomo di fiducia, gli ordinò di venire col motoscafo a prenderlo.

Bevemmo un altro paio di coppe di champagne a testa. Il mio piano prevedeva di farmi portare a terra, poi, con una scusa o l'altra, me ne sarei sgattaiolata via, cercando di arrivare al Commissariato, oppure, meglio, direttamente alla villa Mantellassi-Reperti. Possibile che fossero tutti d'accordo? No, avrei cercato il commissario Mantica, solo a lui avrei raccontato quello che sapevo.

In silenzio, sporti alla balaustra, guardavamo sognanti il mare e le luci della costa, adesso sembravano più vicine.

Poi il silenzio fu rotto da un gran rumore di motori fuoribordo. C'erano ben quattro barche che si stavano avvicinando al panfilo. Stavano arrivando altri ospiti? Tre di quelle barche accostarono alla scaletta di poppa, un'altra si manteneva a distanza. Su quella c'erano quattro o cinque uomini che non parevano appartenere alla categoria sociale degli ospiti del panfilo. Sulla prima delle barche che si accostarono alla scaletta c'era una donna, che pareva essere molto agitata, imprecava e faceva segni con le mani, come per dire che bisognava sbrigarsi. La seconda barca era quella dell'uomo di Alberto, che con rapida mossa si accostò a prua, vicino a dove eravamo noi. Alberto srotolò rapidamente una scaletta di corda e mi fece cenno di scendere di lì. Io con destrezza mi calai.

Mi ritrovai seduta nel motoscafo accanto ad Alberto nel momento in cui la signora agitata era appena riuscita a salire a bordo. Partimmo a gran velocità. Il terzo motoscafo restava nei pressi. Noi fummo presto lontani.

«Ma dove mi stai portando?» chiesi pavida.

«Vedrai».

E dunque sbarcammo alla villa di Alberto. Devo dire che non avevo la più pallida idea di dove ci trovassimo, so solo che aveva un approdo privato e da lì si saliva per un breve camminamento fino a un complesso di costruzioni in pietra, basse, sul modello della villa romana. Mi sembrava di essere a Tivoli. Io cercavo di non mostrarmi come la provinciale che sbalordisce di fronte a certe meraviglie, ma non so se ci sono riuscita. Al centro del complesso di edifici si trovava la pars dominica, con una serie di porticati che giravano intorno alla corte centrale, dove c'era un'enorme vasca di acqua blu. Deglutivo a fatica, eppure cercavo di mostrarmi a mio agio.

La disinvoltura di Alberto nel muoversi in quella reggia sembrava genuina.

«Se vuoi rinfrescarti un po' nelle tue stanze (le mie stanze?) ho fatto preparare una cena per noi, una cosina un po' improvvisata, mi perdonerai, non disponevo di molto tempo. Ma se prima vuoi farti un tuffo in piscina... io sarò lì, per un aperitivo. Mi scuserai se prima devo fare alcune noiosissime telefonate».

Un tipo che si comportava come un maggiordomo ma che aveva il fisico di una guardia del corpo mi accompagnò «nei miei appartamenti». Alla faccia! Disponevo di due stanze con bagno, arredate con gusto da casa padronale che mischiava la tradizione sarda con il lusso parigino, per quello che ne potevo capire io.

Mi sarebbe piaciuto farmi un bel bagno in piscina, ma mi venne in mente il drammatico pensiero che non avevo il costume. Potevo essere così burina da comunicare ad Alberto un'evenienza del genere? Come si sarebbe comportata una scrittrice di grido in una simile situazione? Ah, a saperlo... Ma non potevo tradirmi.

Eppure nelle mie stanze trovai di tutto. Anche un costume intero nuovo di zecca, insieme alla biancheria.

Allora mentre mi affacciavo alla finestra con vista sul golfo (ma quale golfo?), mentre verificavo che in bagno c'erano saponette da quindici euro di una ditta inglese ma col nome siciliano, Arethusa mi pare che si chiamassero, mentre mi disponevo a passare una serata con tutti i crismi, allora capivo che cos'è il privilegio, quello che sogna la lettrice del romanzo rosa.

Ero lì solo per fuggire, per salvarmi, ma quando arrivai alla piscina decisi di non pensare più a nulla e di abbandonarmi al lusso sfrenato. Io non l'avevo mai vista una piscina il cui bordo sfiorava direttamente il mare. Non so come fosse possibile, da dentro l'acqua il margine del bacino artificiale si confondeva con l'orizzonte marino, illuminato dalla luna.

Alberto non aveva fatto il bagno, mi aveva invece offerto un cocktail Martini dal bordo. Se avessi potuto prendere delle fotografie... un giorno le avrei potute mostrare alle mie colleghe per farle morire d'invidia. Ecco, il pensiero delle mie colleghe mi riportò troppo bruscamente alla mia situazione reale, come se nel bel mezzo della lettura di un romanzo fosse squillato il telefono: mia suocera? Mio fratello?

Uscii dalla vasca grondante e un po' abbacchiata, presi un telo e dissi che facevo in un attimo a cambiarmi.

In camera mi provai i vestiti che Alberto mi aveva messo a disposizione, ecco, davanti a uno specchio di due metri per tre, mi guardavo e non mi riconoscevo. Feci una cosa che non avevo mai fatto in vita mia, mi misi quelle scarpe col tacco 12, quasi nuda di fronte allo specchio, il mio corpo non mi faceva schifo come mi faceva davanti allo striminzito specchio del corridoio di casa mia, con le Birkenstock e il maglione, ora con quella roba addosso mi sentivo proprio bene anche perché a pochi metri di distanza c'era un uomo, bello, devo dire, nel mio passato ho avuto a che fare con un uomo bello solo una volta, ma avevo vent'anni e quello si stufò perché gli parlavo solo degli esami che dovevo sostenere, che cretina!

Non ho mai rimpianto un'occasione come ho rimpianto quella. A quell'uomo dovevo fare omaggio delle mie bellezze e a quell'età posso assicurare che non ero niente male, invece gli andai a raccontare delle mie ansie universitarie. Ma che cosa se ne faceva?

In giornata avevo preso un po' di colore, quel colore lievemente arrossato che pare testimonianza di emozione, di prestanza, di disponibilità, come i ragazzetti miei allievi quando si vede che in classe hanno un'erezione e se ne vergognano... ma al diavolo...

Indossai il vestito da sera con la schiena nuda. Ma ero io quella? Sì, che ero io, ero io! Solo che allo specchio, a meno di non essere una contorsionista, non riesci a vederti dietro per bene.

Bussò qualcuno, era Alberto.

«Sei pronta? La cena è in tavola...».

Ebbi un colpo di genio.

«Lasciami sola con me stessa per un momento... non sono sicura di voler cenare con te».

Tensione, tensione, se io perdo la possibilità di tenerlo in tensione sono rovinata, pensai, e allora decisi di smenargliela un po', che non pensasse che l'idea di una mia immediata disponibilità fosse per nulla scontata.

Alberto entrò in camera e parve interessato al mio fondoschiena.

La misi sul sociale: «Ah, tu non pensi all'infibulazione?».

Volevo smontarlo, ma con furbizia, come se gli argomenti che tiravo fuori non potessero non metterlo all'angolo: voleva forse fare la figura dell'ignorante?

Ma lui era uomo d'esperienza e prima di cena mi infilò una mano nello scollo lungo la schiena fino a... Ahh, ci sapeva fare lo stronzo, ma io feci finta di niente, se solo la stessa cosa mi fosse successa una settimana prima gli avrei dato uno schiaffone, ma dopo l'episodio con Michele tutto era cambiato e mi resi conto che mi trovavo in un posto sicuro, nessuno sapeva che ero lì, quale situazione migliore di quella?

Poi fui condotta nella sala da pranzo e lì parecchie delle mie difese crollarono. A parte l'arredamento che era fantastico di per sé, tanto per dirne una c'era un Rotko alle pareti, sarà stato autentico? Penso di sì.

Io che potevo fare? Questa volta la misi sul letterario e sul destabilizzante, come se, in quanto scrittrice, avessi delle sensibilità che Alberto nemmeno si poteva immaginare. Rovistai nella mia memoria, mi venne in mente Zola, che a scuola nemmeno si fa, e gli parlai del *Ventre di Parigi*, avrei potuto citare altri romanzi del ciclo Rougon-Macquart, perché sono i miei preferiti.

Come tutti sanno nel *Ventre di Parigi* ci sono mirabili descrizioni di esposizioni di cibo, siano esse quelle del mercato del pesce, che quelle della salumeria, ecc. Insomma un repertorio di cose che si addentano, si succhiano, si mordono. E non era esattamente quello che aveva organizzato lui, con quelle ostriche, crostacei, molluschi, roba colorata e molliccia, estremamente proteica, che se avesse avuto la parola mi avrebbe detto di abbandonarmi ai piaceri orgiastici, felici, immemori?

Pensai che non potevo cedere, lì, su quel tavolo di noce intarsiato, tentavo solo di rimandare di qualche minuto, anche perché i crostacei mi piacciono molto e una simile cena non mi era mai capitata prima di allora.

«Devo chiamare mio marito» dissi furbescamente... ma lui non ci cascò. Se ne stava in silenzio, godendosi tutti quei molluschi, ma era garbato, di grande educazione, per esempio con i crostacei sapeva usare le pinze e le posate specifiche. Io no e allora, quasi con un gesto provocatorio, li prendevo in mano e li addentavo e succhiavo selvaggiamente, con un tono presunto snob che lui si bevve completamente. In fondo ero io l'artista, la creativa, colei che non ha limiti e riserve, che può trasgredire perché lo fa dall'alto, no?

Stavo pensando se valeva la pena di confessargli la verità, di farmi aiutare. C'era intesa fra noi e lui sembrava persona sensibile e di modi gentili. Ma come avrebbe reagito alla notizia che non ero Barbara Innocenti, bensì una professoressa di Italiano che esercitava la professione in un liceo di Milano Ovest? Qualcosa mi diceva che non avrebbe gradito. E poi... che sarebbe cambiato? Nella migliore delle ipotesi mi avrebbe fatto condurre al Commissariato e lì non avrei più saputo che destino mi attendeva. Nella peggiore mi avrebbe buttato fuori di casa. E invece adesso ero sua «prigioniera» in quel castello, nessuno sapeva che io ero lì e questo per me era un vantaggio. Inoltre lui probabilmente si stava facendo un film sulla possibilità di scoparsi la moglie di un famoso attore del cinema, ed era proprio questo, al di là della mia avvenenza e della mia cultura, che lo eccitava. Lo avrebbe raccontato a qualche suo amico, magari esagerando un po', dicendo che so «quella scrittrice è una vera porca» o cose del genere. Però queste erano soltanto mie immaginazioni.

A metà della cena si alzò da tavola, come se fosse stato colto da un pensiero improvviso. Mi chiese scusa e disse che doveva andare per un momento nell'altra stanza.

Finimmo la cena e mi fece quasi ubriacare. Ma quando vidi che continuava a versarmi vini pregiatissimi e cominciavo a rendermi conto di essere un po' brilla, ebbi un'idea balzana, al fine di destabilizzarlo. Gli uomini vanno destabilizzati, altrimenti... Lo guardai negli occhi profondamente, lasciai trascorrere qualche secondo e poi gli dissi: «No, non voglio ubriacarmi... Sai perché? Perché noi adesso dobbiamo fare l'amore e io non voglio essere ubriaca».

Non so se feci centro o se fossi riuscita a scombussolare le sue certezze. Anni e anni di studio paziente, di formazione che ti insegna che alle donne devi far perdere la testa, o a forza di cazzate o di balle o di battute, e quella ti dice, no, non voglio bere, voglio scopare. Ma quali incredibili effetti aveva avuto su di me la nottata nel container?

Devo dire che in questa circostanza lui dimostrò di essere un vero signore. Non si imbarazzò per niente, anche se rispose: «Devo confessare che è la prima volta che una donna mi dice una cosa del genere. Ma ne sono estremamente felice».

«Oh» dissi io «mi piace questo tuo modo di pensare».

Passò un po' di tempo in più di quello che avevo preventivato. Poi mi stese sul tavolo da pranzo e ci demmo piacere.

Vale la pena raccontare dettagliatamente l'intero corso delle operazioni? No, non credo, posso solo dire che non me ne pentirò mai. Ero molto stressata, in partenza, ma ormai non avevo niente da perdere. La notte passata con lui fu meravigliosa.

[Oddio, in confronto a Michele niente a che vedere, il suo pisello era molto più piccolo e il glande si gonfiava molto di meno, pensai che potesse essere un fatto relativo all'età. Tutto sommato lo facemmo due volte, ma i preliminari della seconda mi mandarono in orbita, perché Alberto era uno esperto di cunnilingus. Mio marito non me l'ha mai fatto, eppure ci conosciamo da venticinque anni. È vero che neanch'io sono mai stata un'esperta del reciproco, nella mia generazione era un segnale di cattiva educazione. Io questo non l'ho mai pensato, però, insomma, non ho la tecnica. Che ci posso fare, la devo sviluppare a cinquant'anni? Fra l'altro una volta uno studente, che si era innamorato di me, me lo chiese anche: «Signora professoressa, me lo farebbe un pompino?» e diceva sul serio. Ero giovane, allora, e gli studenti maschi si innamoravano di me].

Comunque quella notte decisi di lasciarmi andare. Dissi a me stessa che avrei pensato ai miei problemi solo l'indomani mattina. Mi sentivo al sicuro. Fra l'altro Alberto ebbe una squisitezza nei miei confronti e nei suoi: disse che preferiva dormire da solo, perché il risveglio alla mattina, nello stesso letto, toglie una buona percentuale del piacere ricevuto e dato. Ero perfettamente d'accordo, mi ero quasi dimenticata di essere una famosa scrittrice. Per fortuna me lo ricordai e proferii:

Laudata sii pel tuo viso di perla,
o Sera, e pe' tuoi grandi umidi occhi ove si tace
l'acqua del cielo!

che è una scemenza di D'Annunzio ma che faceva al caso.

La mattina trovai pronta una colazione sontuosa, neanche lontanamente paragonabile a quella volta che mio marito Gianni aveva deciso di spendere e mi aveva portato in un albergo a quattro stelle a Venezia, dopo che avevamo litigato sulla questione dell'alienazione della casa della zia (mia zia).

Era una colazione faraonica e mi chiedevo che fine avrebbe fatto tutta la roba che noi non avremmo mangiato, visto che eravamo solo in due. Mi sentii costretta a mangiare come un bufalo, ma sul buffet restò intonso il 95% dell'offerta.

«Oggi andiamo in barca a vela, ti va?».

«E la mia agente? Che le racconto? Sei sicuro che nessuno possa sapere che io mi trovo qui?».

«Sicurissimo, basta che non sia tu a dirlo in giro».

Che maschio, che signore, ma perché non ho fatto la scrittrice famosa?

«Ne subirò le conseguenze» dissi «ma è bello così».

Sul tavolo c'erano i giornali del mattino. Si parlava ancora del rapimento Reperti, con nuove «esclusive rivelazioni». Ecco. La magia era finita? Mi astrassi dalla situazione idilliaca in cui mi trovavo ed ebbi un sussulto, mi tornarono in mente, tutte insieme, le immagini della mia situazione reale, stavo per avere un rapidissimo crollo nervoso.

Cominciai a piangere, improvvisamente e copiosamente. Alberto sembrava costernato, ma si sa, quando bisogna piangere...

«Che ti succede... perché piangi?».

«No, scusami, è che io sono fatta così» cercai di recuperare il profilo da scrittrice, la verità è che ero esaurita e anche un po' compromessa con la mia esistenza. Ma lui non lo poteva sapere.

«Piangi, piangi, ti fa bene» mi disse, e io subito mi irrigidii, che faceva, mi prendeva per il culo?

Ma che ne sapeva lui della merda in cui mi trovavo? Si fa presto la sera a rimandare le magagne al giorno dopo, ma poi, quando quello arriva, che si fa?

[Senza sapere né leggere né scrivere facemmo una sveltina sul tavolo della colazione. Parve naturale e inoltre mi mise in grado di riflettere meglio sulla situazione].

Quando il sole fu bello alto e tiepido mi portò in gita in barca a vela [durante la quale ci scappò un altro colpetto, alla pecorina, posizione quasi obbligata vista la ristrettezza dello spazio a disposizione, in cabina]. La gita fu bellissima, ma io non potevo fare a meno di pensare.

Ok, per il momento ero al sicuro, ma per quanto poteva andare avanti quella situazione? E Ranieri, poi? Me ne dovevo fregare?

Dopo un brunch frugale Alberto mi disse che aveva delle cosette da sbrigare, in realtà anche lui aveva bisogno di recuperare, lo sentivo russare fin dalla mia stanza, che non era proprio contigua alla sua.

Riflettevo, girovagando per la casa deserta. All'orizzonte non c'era personale di servizio. Per le stanze silenziose l'unica presenza umana, per la verità anche un po' animalesca, era segnalata dal prolungato russare di Alberto. Entrai di soppiatto nel suo studio, che era la stanza dove si era chiuso quelle due o tre volte che, a quanto aveva dichiarato, doveva fare delle «noiose» telefonate». Lo studio consisteva in un enorme locale, con vista sul golfo e sulla lecceta. Che posto! Pensavo: se facessi la scrittrice è qui che vorrei scrivere. Sulle pareti altri quadri di pregio, ce n'era uno che mi ricordava qualche cosa che avevo già visto, un'enorme carta geografica fatta a ricamo, con le bandiere di ogni paese bordate sul rispettivo stato, non mi era nuovo, ma il nome dell'artista non me lo ricordavo. Sicuramente valeva un sacco di soldi. La libreria sembrava poco vissuta. C'erano un sacco di quei volumoni artistici che a Natale regalano le banche. Di letteratura poca, tantomeno opere della Innocenti-Laudadio. Passai in rassegna i pochi volumi nuovi, c'erano Coelho e Erri De Luca. Sul tavolo un paio di computer portatili spenti, non mi azzardai ad accenderli, poi c'erano tre o quattro telefonini e pochi appunti. Ma che attività avrà svolto Alberto? Dalle poche carte non si capiva proprio. Secondo me era proprietario di una catena di alberghi, o di cliniche di lusso, o di altri beni comunque di gran pregio. Era troppo distinto. Forse era un broker, o un operatore dell'alta finanza. Mi venne la curiosità di sbirciare in mezzo ai foglietti più recenti sparpagliati sulla scrivania.

C'erano dei numeri di telefono, dei nomi, delle cifre. Molti cognomi tipicamente sardi, Michele Mannu, Marcello Sanna, M. Puddu, chissà chi erano. Guardai fuori dalla finestra: il sole del pomeriggio si rifletteva su una caletta incantevole. E mentre indugiavo, pensando a come contattare i Reperti, l'occhio mi cadde su un altro nome della lista, un nome doppio, un nome che non avrei voluto trovare lì: signora Coldregotti-Minturni, seguito da una serie di punti interrogativi. Coldregotti-Minturni? Coldregotti-Minturni? E lui dove l'aveva sentito questo nome?

Istantaneamente fui presa dal panico. E come faceva Alberto a conoscere questo nome, che avevo utilizzato soltanto in determinate situazioni? Chi glielo aveva riferito?

In pochi secondi fui in camera. Evidentemente Alberto non sapeva che la signora Coldregotti-Minturni ero io. Nella mia mente si creò un ingorgo, non riuscivo a far quadrare la situazione, pensavo e ripensavo. Ma chi era Alberto? Il membro di una delle due cosche che mi stavano cercando? E io che volevo confidarmi con lui…

Mentre cercavo di ragionare non persi tempo, mi liberai dei vestiti sportivi che avevo indosso e mi misi i miei abiti precedenti, i Miyake della scrittrice. Recuperai le mie cose.

Nel giro di cinque minuti, strisciando lungo le pareti, trovai la strada per uscire dalla villa, senza incontrare una persona. Possibile? Anche da fuori continuavo a sentire il placido russare di Alberto, che aveva lasciato la finestra aperta. Percorsi il viale in mezzo a lecci e oleandri e mi ritrovai fuori dal grande cancello, su una strada asfaltata. Chissà dov'ero. E adesso?

Alberto aveva fatto in modo, non so se volontariamente, che io non avessi la minima coscienza di dove mi trovassi. Ora che ero fuori di casa dovevo solo capire dove cavolo fossi. Mi inoltrai lungo la strada, cercando qualche indicazione. Camminai per una buona mezz'ora, finché non trovai un cartello stradale: segnalava un paese a due chilometri. Continuai, cercando di tenermi più nascosta possibile. E se Alberto mi fosse venuto a cercare?

Arrivai in un minuscolo centro abitato. Non c'era un bar, un telefono pubblico. Allora riaccesi il telefonino della bionda. In pochi secondi arrivarono decine di avvisi di chiamate non risposte, messaggi, eccetera. Con l'892448 riuscii a trovare il numero di un privato che faceva servizio taxi nella zona e lo chiamai. Mi dissero che era lontano e che ci voleva almeno mezz'ora. Mi chiesero il luogo preciso, io glielo dissi: Frazione ****.

Il taxi arrivò dopo quaranta minuti, durante i quali non riuscii assolutamente a chiarirmi le idee.

«Mi dovrebbe portare a Porto Rotondo, alla villa Mantellassi-Reperti, l'indirizzo preciso non lo so».

«Non c'è problema, lo troviamo» disse il taxista, così come lo chiamiamo a Milano, chissà lui come si faceva chiamare. «Intanto andiamo a Porto Rotondo».

Il taxista guidando telefonò a qualcuno, forse sua moglie, spiegando che doveva andare alla villa Mantellassi-Reperti a Porto Rotondo e che voleva sapere l'indirizzo. Dopo una decina di minuti lo richiamarono.

«Tutto a posto» mi disse.

Strada facendo ripensavo alla situazione. Che veramente Alberto non sapesse che la Coldregotti-Minturni ero io? Se lui era a conoscenza di quel nome voleva dire che qualcuno glielo aveva riferito: il Reperti, la Polizia, o qualcun altro bene informato. Ma possibile che fosse un attore così bravo? No, arrivai alla conclusione che lui pensasse veramente che io ero la scrittrice Innocenti-Laudadio. E quello che era successo fra noi era frutto del caso. Chissà come ci rimarrà male, quando si accorgerà che me ne sono fuggita. Penserà che sono le stranezze e le nevrosi delle scrittrici e che comunque potevo anche lasciarlo con un po' più di garbo. Ma prima o poi la verità sarebbe venuta a galla.

Nessun rimpianto. Ora ero in viaggio verso casa Reperti e il mio unico obiettivo era quello di tornare ad essere una professoressa di Lettere, di parlare coi signori Reperti, dire quello che sapevo e togliermi subito di torno. In fondo, per il momento nessuno sull'isola, se non Michele e suo zio Marcello, conosceva la mia vera identità. E loro l'avevano rivelata? Già, che fine aveva fatto Michele?

Il viaggio pareva lungo.

Il taxi continuava a procedere per strade secondarie, io non avevo la più pallida idea di dove mi trovassi e di quanto mancasse a raggiungere la destinazione. Peraltro non capivo come mai non si vedesse il mare. Sapevo che Porto Rotondo è sulla costa, la casa di Alberto pure, perché non avevamo fatto la litoranea? Il taxista mi voleva mungere ben bene, facendomi fare un percorso assolutamente inutile e più lungo?

«Mi scusi, ma quanto manca per arrivare a Porto Rotondo? Non valeva la pena prendere la strada che costeggia il mare?».

«C'è stato un incidente sulla statale, è tutto bloccato, facciamo strade secondarie altrimenti non arriviamo più».

«Ah» dissi io, sperando che quello non si fosse offeso. Con questi sardi non si sa mai. Mi misi a consultare i messaggi che erano arrivati alla bionda. Uno diceva così: «Dove sei? Ke kazzo ai fatto? Kiama subito o siamo fatti».

Mah, pensavo, chissà in che guai avevo messo quella ragazza prendendole il telefono. O magari dai guai ce l'avevo tolta? Chi potrà mai saperlo...

Il castello di Otranto

Guardavo fuori dal finestrino… Quella strada non finiva mai, ma dove abitava Alberto? La mia carta geografica mentale della Sardegna aveva delle grosse lacune, probabilmente la sua residenza era lontana… provai a ricordare la conformazione della costa, Palau, forse che mi avesse portata dall'altra parte… chissà… dove finisce la Costa Smeralda? Oppure era quel taxista che mi stava menando per il naso. Pensai al fatto che a Milano io il taxi non lo prendevo mai, cercavo di ricordarmi quale fosse l'ultimo che avevo preso… Gianni si infuriava se uno prendeva il taxi… tutti soldi buttati via… Che male c'è a prendere i mezzi… certa gente non li utilizza per partito preso… come se fossero roba da miserabili… Allora la macchina, sempre la macchina… ahhh, mi stava vincendo una certa sonnolenza… Quando…

«Signora, siamo arrivati…».

La villa della signora Mantellassi-Reperti era un vero maniero, non me l'aspettavo così, sembrava un castello di sembianze medievali, tipo Coppedè, in pietra grigia e con una torre merlata, le finestre con arco a sesto acuto, bifore e trifore. All'interno del parco intravidi una cappellina in stile romanico-gotico e anche, sparse qua e là, alcune rovine false, come usavano nell'Ottocento. Sembrava di essere in un romanzo di Horace Walpole. Ora, reputavo improbabile che quelle costruzioni in stile risalissero al periodo d'oro del neogotico, vale a dire fra la prima e la seconda metà dell'Ottocento, e allora mi domandai con quale spirito negli anni Settanta del Novecento, o addirittura dopo, qualcuno avesse fatto erigere delle schifezze del genere. Un revival del revival. Mentre scendevo dal taxi – dovetti pagare al conducente una cifra esorbitante, qualcosa come 80 euro, che mi prosciugò completamente le riserve – vidi alcune macchine della Polizia, delle Alfa Romeo, tipo Giulia e Alfetta, che mi parevano un po' antiquate, e alcuni agenti che mi guardavano. Il taxista se ne ripartì e gli agenti mi si pararono subito di fronte, chiedendomi chi io fossi e che ci facevo lì. Io dissi senza perdere tempo che dovevo parlare immediatamente col signor Reperti, per delle questioni della massima importanza, correlate al rapimento del figlio. Il signor Reperti sa chi sono, ditegli che sono la signora Coldregotti-Minturni. Vedrete che mi riceverà subito. Subito invece quelli mi saltarono addosso. Mi perquisirono come se potessi essere armata o imbottita di tritolo come un kamikaze. Ma che pensavano quegli scemi, che se veramente io fossi stata la sequestratrice mi sarei presentata lì, carica di esplosivo, per mandare il padre del rapito al creatore? Mentre quelli mi malmenavano e mi facevano porre le braccia sul tetto di una pantera, arrivarono dei superiori. Questi ordinarono che fossi condotta all'interno e presto fui portata senza troppi riguardi in un salone medievale con le volte a crociera, probabilmente il luogo dove le forze dell'ordine avevano stabilito il loro quartier generale. Mi sottoposero a un duro interrogatorio. Volevano sapere dov'era Michele – non potevo negare di conoscerlo – e soprattutto chi erano gli altri miei complici, nell'isola e sul continente.

Io insistevo che non sapevo dove si trovava Michele e che non avevo nessun complice, perché la mia posizione era... Ma non mi lasciavano parlare... Stavo per perdere i sensi, ma quelli volevano che confessassi dove era segregato Ranieri, e che... Io dissi che avrei parlato solo con il commissario e/o con il signor Reperti.

Quelli insistevano e mi minacciavano. Poi, finalmente, dopo un'ora che stavo cercando di convincere quei cretini che le cose non stavano come pensavano loro, arrivò il commissario capo.

Gli raccontai quello che sapevo, non è il caso che stia qui a ripeterlo. Il commissario evidentemente pensava che quello che dicevo non aveva senso. Aveva delle stranissime orecchie, peraltro, quasi a punta, pur non essendo un brutto uomo. Ci pensò e ci ripensò, poi decise di chiamare in causa il signor Reperti, il quale lì per lì escluse a priori che a Ranieri potesse essere venuta in mente un'idea simile. «E che gli manca a Ranieri? Per quale motivo avrebbe dovuto fare una cosa del genere? Lei signora è una visionaria, una folle, e credo che da questa faccenda stia cercando di ricavare soltanto un po' di visibilità, qualche riflettore puntato addosso. No, quella dei quattro milioni non può essere altro che una pura coincidenza. E poi, signora, lungi dal pensare che Ranieri l'abbia rapito lei, o che lei sia coinvolta nel rapimento o che sia in malafede, ma comunque lei sottovaluta il nostro dolore».

Il commissario sembrava avere meno certezze, in proposito. Con le sue orecchie a punta disse che nessuna ipotesi andava esclusa, visto che si trattava di un rapimento così anomalo.

«Io non riesco a capire perché questa signora sia arrivata fin qui, per dirci questo, dopo aver combinato tutto il casino che ha combinato. Ma proviamo a correre dietro a quest'idea. Ammettiamo che sia possibile che Ranieri si sia autosequestrato. Conosceva della gente da queste parti? Conosceva dei luoghi dove rifugiarsi? E se gli fosse venuta un'idea del genere, dove avrebbe potuto nascondersi? Effettivamente è scomparso in un modo assai misterioso, nessuno lo ha visto prendere una direzione, non ci sono tracce o testimonianze, a parte il ritrovamento del motorino... che è stato rinvenuto non lontano da qui».

«E se Ranieri fosse molto più vicino di quello che pensate?» azzardai io.

Il signor Reperti mi guardò fisso, poi fece un gesto come a dire che non sopportava più quella situazione, infine disse che si ritirava. «Se ci sono novità, avvertitemi, ma per favore non dite niente a mia moglie di questa squilibrata...».

Il commissario invece sembrava non voler abbandonare l'ipotesi. Mi intimò di non muovermi e se ne andò a parlare con qualcun altro. Poi tornò. Si era informato sulla possibilità che nell'enorme parco della villa ci potessero essere dei rifugi, degli abituri appartati, delle casette, magazzini, dépendance, ecc.

In qualche modo cercava di ragionare come avrebbe ragionato un ragazzo e io lo so, i ragazzi fanno delle cose ridicole pensando che nessuno li scopra, perché non pensano poi più di tanto. E certe volte le loro opzioni sono talmente imbecilli che gli altri neanche ci credono che possano aver scelto quelle.

In effetti nel parco di abituri, magazzini, dépendance, ce n'erano. Il commissario mi chiese se volevo andare con lui, in ispezione. Le sue orecchie sembravano meno a punta di prima. «Ci vengo volentieri» gli dissi, anche se avevo un fortissimo mal di testa, mi sembrava come se le curve mi ribaltassero da destra a sinistra, ma d'altronde mi sentivo anche più tranquilla, io ormai quello che dovevo fare lo avevo fatto, fosse giusta o sbagliata la mia ipotesi l'avevo comunicata, a questo punto, lo dissi al commissario, il mio problema era come tornare a casa e come risolvere le altre questioni personali, con la famiglia, con la scuola e con l'altra famiglia, quella di provenienza. Chissà che aveva combinato mia madre, nel frattempo. Me la vedevo davanti, attaccata al telefono, che non riusciva a trovarmi. Che fosse il caso di chiamarla? Sì, adesso poteva essere il momento giusto e chiesi al poliziotto se avevo il permesso di usare il telefono, ma quello mi disse che non funzionava. E perché?

Il parco della villa era veramente enorme, fra piccoli edifici, magazzini agricoli, limonaie e altro, ci furono tanti locali da esplorare. Niente. Ma perché poi Ranieri avrebbe dovuto nascondersi proprio così vicino? Magari aveva conosciuto qualcuno a Porto Cervo, con lui si era messo d'accordo, i giovani d'oggi sono molto spregiudicati.

L'ultimo padiglione ad essere perlustrato fu un casino di caccia che si trovava all'estremo opposto rispetto alla villa, sulla parte più alta dell'appezzamento collinare. Era un casotto ottagonale, probabilmente ispirato al castello federiciano di Castel del Monte, con tutte le implicazione topologiche e mistiche relative. Dentro era vuoto e spoglio. Lo spazio ottagonale interno aveva un pavimento in terra battuta e dall'aspetto sembrava che venisse utilizzato più che altro come ricovero per le pecore e altri animali. Non c'era nessuno.

Anch'io ci entrai dentro, il commissario era già al telefono che dava ordini, pareva che nella sua mente pragmatica la pista dell'autorapimento fosse già esaurita.

«Signora, noi la ringraziamo molto per il suo contributo e la sua buona volontà, ma probabilmente la sua intuizione non porta a niente. Un agente la condurrà all'aeroporto, lei non faccia menzione di queste circostanze a nessuno, le conviene».

«Non farne menzione con nessuno? Lei fa presto a dirlo. E come la metto con mio marito? Almeno mi scriva un foglietto testimoniando che io ero qui per motivi seri, così mio marito si tranquillizzerà, non dico che fossi qui per servizio, ma per un obbligo morale... Per aiutare il prossimo. E alla mia preside, perché non manda una comunicazione alla mia preside, altrimenti io...».

Camminando sul pavimento del casino di caccia pestavo i piedi. Solo che le mie pestate risuonavano a vuoto, come se mi trovassi sopra un tamburo. Evidentemente sotto il pavimento c'era il vuoto.

«Mi scusi commissario, mi permetta di verificare una cosa». Uscii dal casino e iniziai a percorrerne il perimetro. Sul lato ovest c'era una discesa abbastanza ripida, che portava a una porticina di legno. Il commissario fece il gesto di sfondarla, io gli feci cenno di andarci piano, semplicemente la aprii. Effettivamente quella porta conduceva alla cripta, o come la si voglia chiamare, sotterranea. Una breve scaletta e poi un ambiente anch'esso ottagonale, illuminato.

Ranieri era lì, con lo sguardo rivolto da un'altra parte, le cuffie in testa, non ci poteva sentire perché probabilmente la musica era ad altissimo volume.

Il locale era pieno di oggetti e provviste. Bottiglie di acqua minerale e di birra, merendine, fette biscottate, succhi di frutta, scatole di tonno e fagioli. Ranieri stava fissando il monitor del suo computer e non fece assolutamente caso a noi.

Io mi parai di fronte a lui, senza dire niente. Quando ci vide ci guardò stupito: «Ma prof., lei che ci fa qui?» fu quello che ebbe da dire.

Il giorno dopo su tutti i giornali non si parlava d'altro: «Un rapimento in una bolla di sapone», «Il giovane Reperti si era rapito da solo», «Grazie all'intraprendenza di una professoressa si scopre il colpevole del rapimento: era lui stesso», «Rapisce se stesso per estorcere soldi alla famiglia», «La professoressa investigatrice non ci crede» e cose del genere. Altri articoli andavano più a fondo e titolavano «Il denaro, unico mito delle giovani generazioni», oppure «Ricchi che sono poveri», ma privilegiatamente «La polizia dorme, la professoressa è sveglia».

Oh Santo cielo, pensavo io, fra un'intervista e l'altra, non so se questa conclusione è buona o cattiva, ma adesso? Che ne sarà di Ranieri? Per lui sarebbe iniziata una brutta storia, ma era tutta colpa sua? E io – le interviste televisive non mi davano pace – che farò io dopo quello che mi è successo? Sarei tornata a Milano, ma come riprendere tutto da capo? E da che parte ricominciare? Certo, ero diventata celebre per la mia ostinazione – avrei partecipato addirittura a una puntata di Porta a Porta – ma le cose andavano per il verso giusto?

All'aeroporto c'era molta gente intorno a me, prima che me ne tornassi a Milano. Vidi anche i due uomini, che non si conoscevano e che mostravano reciproca indifferenza, ma che, per una pura combinazione, si trovavano uno a fianco dell'altro. Erano Alberto e Michele. Entrambi cercavano di solcare la folla per raggiungermi. Li riconobbi, accennai anche un saluto, ma che cosa avrei detto loro? La cosa strana è che c'era un'altra persona che voleva salutarmi, che senza riguardi sopravanzò sia Alberto che Michele e mi raggiunse. Era mio padre. Mi disse che aveva fatto quello che c'era da fare. Ma io, io, gli dicevo... «Papà, ma tu che ci fai qui? Come ti senti? Com'è che sei arrivato in Sardegna?». Lui non rispondeva, dava per scontato che dovesse trovarsi lì.

Ora Amedeo, mi devi scusare, ti sarai senz'altro chiesto perché ti ho raccontato con dovizia di particolari tutto quello che mi è capitato cinque anni fa, ma ci sarà qualcosa a questo punto che non ti torna. Perché anche tu sapevi già del rapimento Reperti, anche tu avevi letto i giornali, la vicenda ebbe rilevanza nazionale e tu non avrai mancato di archiviare notizie su questo importante caso. Ma forse non ti risultava che io avessi avuto un ruolo così importante nella scoperta della verità. In effetti ti potrà sembrare di ricordare un'altra versione dei fatti, ed hai pienamente ragione, perché un po' ti ho ingannato. Lo so, non bisogna ingannare il lettore, metterlo su false piste, specialmente ricorrendo a stratagemmi abusati. Perché in effetti, nel raccontare, non ho saputo resistere, però ti posso assicurare che in tutto quello che ti espongo non c'è niente che non sia assolutamente vero. Quello che ti sto raccontando l'ho visto con i miei occhi, anche se, e questo è lo stratagemma che ho adottato, una parte l'ho vista con occhi diversi.

Te ne chiedo perdono. Ma ogni particolare che trovi nelle pagine precedenti è vero, non sto simulando, l'ho sognato proprio.

Sì, perché in quel momento, quando mio padre mi diceva la sua opinione – mio padre è morto tanti anni fa – stavo sognando.

E nel momento in cui mi svegliai, dopo non so quanti chilometri fatti in macchina, ero veramente confusa...

«Ecco, signora, siamo quasi arrivati» disse il taxista, che prese una stradina sterrata in una zona collinare. Un bel posto... eppure mi ero fatta l'idea che la villa Reperti dovesse essere sul mare e qui mi pareva di essere distante. Il taxi procedette per direi un chilometro in mezzo agli alberi e finalmente arrivammo ad un gruppo di costruzioni. Che strano, avrei pensato che ci dovesse essere Polizia dappertutto, all'ingresso, alla villa, invece di macchine celesti della PS o blu dei Carabinieri non ce n'erano. C'erano alcune grosse BMW e AUDI posteggiate sotto delle tettoie di cannicciato, chissà, forse erano quelle le auto delle forze dell'ordine.

Cercavo di ricapitolare mentalmente quello che avevo da dire, fra l'altro che dovevo ripartire immediatamente per il continente, sia perché avevo degli impegni pressanti, sia perché in Costa Smeralda c'era della gente che mi cercava, pensando che io avessi qualche cosa a che vedere con il rapimento e con la talpa che lo aveva permesso.

Il taxi si fermò davanti a un rustico male in arnese.

Dal casolare uscirono quattro o cinque persone, tutti uomini, dotati di panza e in giacca, ma senza cravatta. Erano poliziotti.

«Quant'è?» dissi al taxista, che però stava scendendo dalla macchina.

I quattro (o cinque, non mi ricordo) si avvicinarono a me.

«Buongiorno» feci «c'è il signor Reperti? Ho urgente bisogno di parlare con lui».

«Buongiorno signora Coldregotti-Minturni, finalmente abbiamo l'onore di conoscerla...».

Troppo tardi mi resi conto che quella lì non era la villa Reperti e che quelli lì non erano poliziotti.

Benissimo, ci ero cascata in pieno. E io, stupida, pensavo di poterla fare in barba a un'organizzazione così estesa ed efficiente sul territorio? E da quale delle due bande ero stata intercettata? Ma faceva alcuna differenza? E Michele? Avevano preso anche lui? Era prigioniero? Oppure era in mano all'organizzazione concorrente? Aveva parlato?

I signori che mi erano venuti ad accogliere erano tutti vestiti alla stessa maniera, in abiti scuri. Più che dei banditi sembravano una scorta privata. Difficile dire se erano gli stessi che mi cercavano all'aeroporto o al porticciolo dell'albergo. Mi ero fatta l'idea che quelli dell'Anonima sequestri fossero fatti e vestiti diversamente, qualcosa di un po' più rurale e barbuto. Probabilmente si erano riciclati anche loro, d'altronde i tempi erano cambiati.

Mi condussero sul retro del casolare, dove c'era una porcilaia, in disuso. Qui ci fu un effetto a sorpresa: si aprì una porta a scomparsa, che da fuori era mimetizzata con una parete di pietra e intonaco grezzo, ed entrammo in una cella di cemento armato, arredata in modo semplice ma moderno. Più che il nascondiglio dove celare i rapiti sembrava un rifugio dove nascondere persone ricercate. C'erano lampade alogene, un letto a una piazza e mezzo, la moquette per terra, un armadio a muro e una porta, che faceva pensare ai servizi igienici. Mi fecero sedere su una poltroncina di vimini e mi dissero di aspettare, ma non dovetti attendere molto.

Di lì a poco entrò nel rifugio un signore sulla cinquantina, con gli zigomi alti e i capelli bianchi.

«Lei, signora Coldregotti-Minturni, o come si chiama, si sa muovere bene, qui in Sardegna, ci ha fatto perdere la testa. Ma pensava di farla a noi? Lei pensava di organizzare un rapimento qui in Sardegna, come lo avrebbe potuto organizzare a Milano? Ora bisogna che immediatamente faccia rilasciare il ragazzo e che ne venga fuori una versione ben chiara: è stato tutto un fraintendimento. Qui signora ci sono interessi in gioco più grandi di lei. Non ci aveva pensato?».

Ma che diceva quell'imbecille, che Ranieri l'avevo rapito io? Che ero complice! Ah, questa poi.

«Signora, a questo punto le cose per lei hanno preso la china sbagliata, le conviene parlare e soprattutto occorre che il ragazzo torni libero presto e in maniera indolore. Poi quello che succederà a lei non saremo noi a stabilirlo».

Io mi accasciai sulla poltroncina, non ce la facevo più, ero sul punto di lasciarmi andare. A che valeva dire qualcosa a questi ceffi? Come potevano lontanamente pensare che io fossi coinvolta nel rapimento di Ranieri? Ormai non avevo più risorse, avrei desiderato sparire, addormentarmi, forse per sempre, lo sapevano loro a cosa si sarebbe ridotta la mia vita? Ma che importava a loro del mio futuro? Improvvisamente mi sentii come se stessi per cadere svenuta, incapace di reagire. Che facessero loro.

«Insomma, sarebbero così gentili da farmi avere un bicchier d'acqua?». Dopo poco il bicchier d'acqua arrivò.

Mi guardavo intorno, mi sembrava che la vista mi abbandonasse. C'erano alcune persone intorno a me, ma le percepivo come nella nebbia.

Parlare? Mi chiedevano di parlare.

«Mi chiedete di parlare. Ma chi siete voi? Ormai, a che può valere, parlare? Vorrei che tutto finisse qui, per sempre... parlare?».

Afferrai un cioccolatino nel vassoietto che mi stava davanti. Quei tipi mi erano addosso, forse incerti sulla possibilità che più che parlare potessi sentirmi male.

«E allora se si deve parlare... parlerò. Visto che a lei sembra di avere le idee chiare... E così io sarei la mente del caso Reperti... Ebbene, vi spiego una cosa. Le sembra che se io fossi veramente coinvolta nel fatto, magari come basista o come mediatrice, o addirittura come "mente" del rapimento, sarei venuta qui? Che cosa me l'avrebbe fatto fare? Sarei così imbecille da venire qui in Sardegna, perché, per incassare il riscatto? Ma mi fate più scema di quanto non sia. Se io fossi la basista, o quella che ha pensato di organizzare l'operazione, me ne sarei restata quatta quatta a Milano, nessuno sapeva di me e nessuno avrebbe pensato a me. E avrei incaricato qualcuno, come avrete pensato che io abbia fatto, di occuparsi delle faccende qui sull'isola, ammesso che disponessi delle connessioni giuste per farlo, cosa che voi pensate io abbia.

«Ma io sono qui per un motivo completamente diverso, che non so se in questo momento vale la pena che racconti a voi, perché la cosa potrebbe rivolgermisi contro. Io so una cosa che è molto importante, direi decisiva relativamente a questo rapimento. Ma se ve la dico, che ne sarà di me? Mi avete sequestrata, è un reato grave o no? E che ne volete fare di me, una volta che vi ho raccontato quello che so? Ah, questo lo chiedo a voi, ma un pochino me lo immagino, me lo posso immaginare, la mia mente è piena di immaginazione. Ma la vostra no e non avete la più pallida idea di quello che io so di questo rapimento. Voi ragionate in questo modo, ma è colpa mia?...

«Ma se voi pensate, come credo che pensiate, che io so dov'è recluso il ragazzo e che con una telefonata possa farlo liberare, per farvi un piacere, per sistemare le cose con i vostri compari, allora siete veramente pazzi se credete che una nella mia posizione vi venga a raccontare come sono andate le cose e dove è imprigionato il ragazzo. Che interesse potrei avere a raccontarvelo? Se le cose stessero come dite voi l'ultima cosa che dovrei fare sarebbe quella di mettervi a parte di dove è recluso il Reperti, perché una volta che ve lo raccontassi io sarei un rifiuto indifferenziato, sarei solo un peso morto di cui liberarsi, con fatica, lo credo, ma che fareste, mi rimettereste in circolazione? Ho già visto troppo, anche se di che? Di un gruppo di potenti locali che cercano di far rispettare la legge, la loro legge, ma questa legge poi qual è? Quella di sostituirsi alla legge ufficiale. Ah, beh, su questo, ho già capito come funzionano le cose da queste parti, mi sembra che abbiate una rete ben costruita all'interno del sistema di Polizia, mi pare che sia un mondo di finestre aperte. Ma comunque, se io sapessi qualche cosa sul luogo dove il ragazzo è nascosto, o imprigionato, pensate che verrei a raccontarvelo a voi? Sarebbe la mia fine e probabilmente anche quella del ragazzo. Ora, voi potreste pensare che a me della eventuale brutta fine del ragazzo non me ne importi niente, probabilmente voi pensate che io, cinica e spietata come sono, abbia messo in conto anche la possibilità che il ragazzo non faccia il suo ritorno nella comunità sociale cui appartiene, vale a dire quella di Milano, in particolare quella della sua scuola, il liceo della cui classe insegnante mi faccio onore di appartenere, o almeno mi facevo, credo, perché... ma questo non è influente, questo non è influente, se io disponessi delle verità che voi pensate io custodisca, beh, sarei proprio matta se ve le comunicassi: per me sarebbe l'epilogo e quindi dovrei resistere a qualsiasi tipo di tortura. Ma io, e questo è un bel paradosso, resisterò effettivamente a qualsiasi tipo di tortura, perché, volente o nolente, io dove sia il ragazzo non lo so e credo che non lo saprò mai, non perché abbia organizzato la faccenda a cellule chiuse e non comunicanti, per cui chi detiene il ragazzo non è in comunicazione con me, ma perché proprio non lo so, in quanto io in questa faccenda non c'entro niente, se non per un fatto del tutto occasionale e tangenziale, che mi ha messo nelle condizioni di indurre e quindi probabilmente di sapere qualche cosa su questo strano rapimento che voi, che pensate di essere degli esperti e di saperla lunga, in realtà non sapete e neanche vi immaginate, questo forse l'ho già detto, scusate, posso perdere il filo anch'io, non è che ci sia così tanto abituata a sostenere conversazioni di questo genere, io poi, fra l'altro, sono una persona timida e riservata, che parla solo se interrogata, a parte in classe, naturalmente, dove quello che dico lo devo dire per forza, perché quello è il mio lavoro, ma senza mai eccedere, vedete, a me piace molto far parlare i ragazzi, il mio concetto educativo è questo, a che serve che una professoressa si lasci andare nella sua foga espressiva e autocompiaciuta, a che serve impartire nozioni a pappagallo se poi i ragazzi non interagiscono? D'altronde come avrete capito io sono molto legata al mio lavoro di docente, è un lavoro che mi piace... anche se voi certamente sarete a conoscenza di tutte le difficoltà burocratiche che una insegnante come me si trova ad affrontare, difficoltà che la tua missione di insegnante te la fanno anche dimenticare, a volte, per non parlare degli altri problemi che una come me si trova ad affrontare, con le altre colleghe, cioè, volevo dire, con il corpo insegnante e tutto il resto...».

Mi interruppi un attimo per bere un altro sorso d'acqua, anche se non mi pareva di avere terminato.

Mi guardai per la prima volta intorno, il gruppo di sgherri pareva esterrefatto e rintontito. Stavo per riattaccare, quando quello che sembrava essere il capo mi pose una mano sul braccio per bloccarmi.

«Signora... rischiamo di avere capito, ma forse quella che non ha capito è lei...».

Fu il tipo coi capelli bianchi a bere un bicchier d'acqua.

«Ci vuole gentilmente e velocemente, se possibile, raccontare che cosa sa di questo rapimento? Ci potrebbe definire in due parole, due e dico due parole, qual è il suo ruolo? Veda, noi non siamo una manica di imbecilli, cerchiamo solamente di ridurre al minimo il danno che questa faccenda sta arrecando ai nostri affari. Lo capisce questo? Ora lei può pensare che noi dopo aver ottenuto le informazioni che ci servono la metteremo in un pilone di calcestruzzo e chi si è visto si è visto. Ma a parte che lei, nelle ultime ore, non ha mancato di farsi notare e per noi, evidentemente, sarebbe complesso farla sparire del tutto, perché la cosa per i nostri interessi le assicuro non avrebbe portati positivi, noi non siamo una banda di criminali come lei pensa. Oddio, il fatto che noi la possiamo inserire in un pilone di calcestruzzo non è escluso a priori, ma questi non sono i nostri abituali sistemi. Allora, signora, ci vuole dire di che si tratta?».

Che dovevo pensare? Aveva una voce calda e tutto sommato affascinante. Non aveva perso la testa e mi trattava con i dovuti riguardi. Gli raccontai che secondo me il ragazzo si era autorapito, gli mostrai anche la fotocopia del tema in classe.

Lesse il tema per intero, gli altri parevano assai più nervosi, ma lui alla fine del tema si mise a ridere.

«Ma che cazzo...» fu quello che commentò inelegantemente al termine della lettura. «Mario, chiama immediatamente Toddu e digli che venga subito perché la signora è un osso duro».

Che voleva dire con ciò, che non mi aveva creduto? Oppure che dal suo punto di vista le cose prendevano una piega diversa?

Gli uomini se ne uscirono dal rifugio segreto e mi lasciarono lì. Mi chiesi chi potesse essere questo Toddu e se di mestiere faceva il torturatore.

A quanto pareva volevano che io mi convincessi che mi avrebbero trattato con tutti i riguardi. Mi aggirai per il rifugio, il bagno era funzionante. C'era luce elettrica, sapone e detergente liquido. Che la persona che aveva trovato albergo in quel locale segreto prima di me fosse un'altra donna? Non mi avevano neanche chiuso a chiave nella stanza. Provai ad aprire e misi il naso fuori, vidi un bel giovanotto vestito come gli altri che stava seduto proprio fuori della mia porta. Lo salutai e rientrai dentro.

Controllai la mia, mia si fa per dire, borsa Vuitton, c'era tutto, anche il telefonino che avevo preso in prestito da quella cretina sulla barca. Che strano, pensai, ora potrei telefonare a chi mi pare, alla Polizia, a mio marito, alla redazione del Giornale Radio, possibile che siano così stupidi? Accesi il telefono, immediatamente arrivarono i soliti messaggini. Ce n'erano alcuni evidentemente inviati dalla bionda stessa, da un altro telefono, che sembravano delle minacce di morte: «Figlio di puttana, se non mi rendi il cell ti spacco la testa, so benissimo chi sei»; oppure «se Dio esiste io ti ammazzo, testa di merda», che curioso sbalzo di registri linguistici. E se provassi a chiamare? Come è possibile che mi stiano lasciando l'opportunità di telefonare? Non sarà una trappola? Non sarà che dietro il muro qualcuno intercetta le telefonate che faccio, per sapere chi sono i miei complici? Oppure vogliono darmi la possibilità di telefonare a chi di dovere per dirgli di liberare il ragazzo, perché loro alla faccenda del tema in classe mi sa che non ci hanno creduto molto e che comunque pensano sia irrilevante, per i loro interessi.

Allora potrei telefonare ai Reperti, pensai, spiattellandogli la verità, che Ranieri si era rapito da solo, ma se la Polizia poteva pensare che era una telefonata in codice, non lo potevano pensare anche questi qui, che non sapevo chi fossero ma non sembravano delinquenti comuni né oscuri membri dell'Anonima sequestri. Questi erano ricchi imprenditori, che avevano un problema. Ma il loro problema, dopo quello che gli avevo raccontato, era risolto?

Mi venne un brivido. Ammesso e non concesso che avessero creduto alla faccenda del tema in classe e dell'autorapimento, che se ne sarebbero fatti di me?

Cominciai a capire che di me non se ne sarebbero fatti niente e che per loro ero un problema anch'io, a questo punto. Non feci alcuna telefonata. Tanto mio marito che lo chiamavo a fare, ormai la situazione era compromessa, visto che oltretutto le mie probabilità di ritornare a casa erano poche. Forse, da questo punto di vista, era meglio se mi ritrovavano morta, almeno al fatto che ero nei guai veri Gianni ci avrebbe creduto. Ma chi lo sa, forse avrebbe pensato che a rovinarmi era stato il turbine di passione per un altro uomo e sotto sotto sarebbe arrivato a convincersi che me lo meritavo.

E la Polizia? Aveva senso chiamarla? A quanto pareva delle mie chiamate alla Polizia erano informati prima loro della Polizia stessa. Mi limitai a mandare un messaggino di risposta alla bionda: «Faccia di merda, se rivuoi il tuo telefonino fanno 10.000 euro e sai di che parlo, se no lo mando a Corona». Tanto per distrarsi un po'. Chissà, forse i miei intercettatori si sarebbero fatti più di una domanda su quel messaggino. Che pensassero che anche quello fosse in codice? E perché 10.000 euro? Si accennava a un riscatto? Si intendeva dire 10 milioni di euro? E chi era il destinatario del messaggio? E chi era questo Corona? La Sacra Corona Unita era sbarcata in Sardegna?

Spensi il cellulare. Erano le cinque del pomeriggio. Ormai non c'era che da aspettare. Tentare di aggredire la mia guardia del corpo? Mah, mi misi a curiosare nei cassetti e nell'armadio, alla ricerca di un'idea. Lì dentro c'erano un paio di abiti maschili antracite, due completi. C'erano anche tre camicie bianche e stazzonate, due cinture e una cravatta.

Eppure qualcosa dovevo tentare. Nella stanza trovai anche pochi libri, mi misi a guardarli, di sfuggita. Ma che roba, erano tutti di Salgari. C'era *La vendetta dei Thugs*, *Capitan Tempesta*, *Iolanda la figlia del Corsaro nero*. Un vero intellettuale, il padrone di casa o colui che si rifugiava in quel bunker. Ne presi uno e andai in bagno. Era l'ora. Uno può pensare che in una situazione come la mia certi pensieri vadano in secondo piano. Ed in effetti erano andati in secondo piano, perché da che ero partita da Milano alla volta di Livorno, tale pensiero non si era neanche mai affacciato. D'altronde mi succede sempre, quando viaggio, ma lasciamo perdere...

Per distrarmi presi *Capitan Tempesta*. Nel mondo dei letterati si guarda a Salgari con un certo senso di superiorità, però ad averlo letto sono pochi e anch'io non sono sfuggita a questa regola. Per esempio *Capitan Tempesta* non sapevo neanche di che cosa parlasse. Dopo una decina di pagine l'avevo capito. *Capitan Tempesta* era una donna, una bella donna, che si faceva passare per uomo. Come Clorinda, mutatis mutandis.

Ciò mi fece pensare. Quando sono seduta sul gabinetto mi vengono sempre delle idee, non so se sono le migliori, ma mi vengono. *Capitan Tempesta!*

Uscii dal bagno e mi detti immediatamente da fare.

Mi tolsi i vestiti che avevo indosso, ed anche il trucco agli occhi. Strappai un pezzo di sughero da una sorta di vassoio, un oggetto tipico della Sardegna, presi l'accendino e gli detti fuoco. Insomma mi annerii un po' il volto. Mi infilai una camicia, un paio di pantaloni e le scarpe, delle Bikkembergs imitazione unisex. Dovetti mettere tre paia di calzini perché non mi stessero troppo larghe. Poi mi annodai la cravatta, mi ci volle un po' perché io il nodo non lo so fare a me stessa, non ci ho mai provato, qualche volta lo ho fatto a Gianni, ma di fronte. Che non si legga in questo un intento metaforico, quando mai capita a una donna di fare il nodo della cravatta a se stessa?

Indossai anche la giacca, che mi stava enorme, ma che per fortuna era alquanto destrutturata. Mi guardai allo specchio. Altro che lesbo-chic, sembravo una lesbica anni Trenta come quelle che ci sono nei quadri di Tamara de Lempicka. Ma in testa, in testa che potevo mettermi? A parte i miei occhiali da sole Alain Mikli, per fortuna non troppo femminili, cosa avrei indossato come elmo?

Misi a soqquadro il rifugio e trovai, trovai qualcosa. Una berrettina di lana tipo quelle che portano i calciatori, infatti c'era scritto sopra Cagliari Football Club. Raccolsi i capelli e me la misi. Ora non sembravo più una lesbicona anni Trenta, ma un autista italiano di un magnate russo, in Sardegna. Dalla borsa presi il telefono e il mio portafoglio. Vabbè, avevo poche probabilità di riuscita. L'unica cosa certa è che la famosa scrittrice non sarebbe tornata in possesso dei suoi vestiti e della borsa. Ma tanto sarebbe andata così comunque.

Uscii di corsa dalla stanza urlando, simulando una voce strozzata dalla foga: «Quella stronza se ne è andata, se ne è andata! Ma ti sei addormentato, pezzo di scemo? Corri, cretino, presto, vai a chiamare gli altri, io vado da quest'altra parte...». Per rendere più realistica l'interpretazione mi muovevo rigida e con le gambe arcuate, come fanno i maschi. Scappai via...

Il tipo rimase sbalordito, incerto, quei pochi secondi che mi bastarono: mi buttai per le scale che uscivano dalla porcilaia.

Mi trovai davanti al casolare proiettata come un fuoco artificiale. Vidi una fuoriserie nera decappottabile e ci montai sopra, le chiavi non c'erano e non c'era neanche un buco dove infilarle, quindi dove cercarle, che cazzo, ma mi chiesi, una macchina simile ha le chiavi? No che non le ha, ci deve essere una specie di tessera, che infatti c'era. Sentivo un gran baccano di gente che mi urlava dietro, stavano arrivando. Poi vidi un tasto dove c'era scritto sopra start e lo premetti. Sentii un rombo oscuro e potente, anche se sobrio, e inserii la prima marcia, almeno pensavo.

Partii a tutta velocità, santo cielo che missile, mi sembrò di ricevere un calcio nel di dietro. Prima di allora al massimo avevo guidato una Punto o a una Mégane Scénic. Mi infilai nella strada sterrata a una velocità che doveva essere superiore ai cento all'ora e mi buttai sulla destra. Poi trovai un'altra stradina a sinistra. Incrociai un macchinone scuro che veniva in avanti, quando mi vide rallentò, si mise da una parte, mi sembrò addirittura che il tipo alla guida segnalasse con gli abbaglianti facendo cenno di fermarmi. Io non mi fermai per niente. Gli passai a due centimetri sollevando un polverone che pareva la cortina fumogena della macchina di 007. Addio stronzo, pensai, trionfante. Poi il polverone si diradò un po' e mi parve di vedere nel retrovisore che una macchina scura mi veniva dietro. Ah.

Dopo qualche centinaio di metri cominciava una strada asfaltata, che cosa sarebbe stato meglio, farmi arrestare dalla Stradale, almeno, d'accordo, mi avrebbero tolto i punti della patente, ma era quello il momento di pensarci? Non so come fosse possibile, non sono riuscita neanche a mettere la terza, perché in seconda quella macchina arrivava a 120, o di più, non lo so, guidavo all'impazzata, speravo di trovare un paese, una pattuglia, un benzinaio...

Ma niente, la strada saliva ed era tutta una curva. Svoltai a destra in una stradetta secondaria, che si inoltrava dentro un bosco di lecci. Alla prima radura mi fermai.

Speravo che quello potesse essere un posto per nascondermi qualche minuto, ma dove mi trovavo? E quell'auto scura mi stava ancora inseguendo o mi aveva persa? Non riuscivo a capire dove fosse la retromarcia, ma proprio allora sentii un rumore. Quella AUDI A8 stava arrivando... no, non c'era cascato, lo stronzo, avrà seguito la polvere...

Fu così che quando vidi la macchina che a bassa velocità si inoltrava nella strada forestale, io ripartii a razzo. Gli sfrecciai accanto un'altra volta e ripresi la strada asfaltata, che si inerpicava per una montagna, in mezzo alle rocce.

Prendevo le curve a fortissima velocità, tiravo delle frenate pazzesche, cavoli, con quella macchina si poteva fare quello che si voleva, restava sempre in strada.

Non ho le parole per descrivere quella pazza corsa e poi neanche mi ricorderei i dettagli, ormai fuggivo senza pensare a dove stessi andando, in piena trance adrenalinica. Su un breve rettilineo riuscii anche a inserire la quarta, ma su un dosso la macchina prese il volo, si staccarono tutte e quattro le ruote da terra. Wow! La macchina atterrò come se fosse nata per quel genere di manovre, stavo perdendo la testa. Se quegli stronzi pensavano che sarebbe stato facile raggiungermi avevano preso un granchio. Scalai in terza e la macchina ruggiva, io le scalate le so fare bene perché ho imparato a guidare sulla 500 di mia madre, dove bisognava sdoppiettare. Iniziava una lunga curva che affrontai a cento all'ora, non avrei mai pensato che una macchina potesse permetterlo.

Ed ecco le pecore. Eh, beh, lo sanno tutti che in Sardegna ci sono le pecore e che spesso attraversano le strade provinciali. Erano tante e me le trovai davanti, a pochi metri. Tirai un'inchiodata e scartai sulla sinistra, la macchina sbandò e finì sul ciglio, a muso in avanti. Le pecore, terrorizzate, stavano sfollando, inerpicandosi sul ciglio dalla parte opposta. Misi la retromarcia e detti gas a fondo, ma l'auto, rombando, non si muoveva. Cazzo! Che era successo? Le ruote sembravano non fare presa... Fra l'altro la macchina sembrava godere di un equilibrio instabile, ero finita in un fosso? E adesso? Dopo aver sgassato furiosamente per qualche decina di secondi decisi di andare a vedere e aprii lo sportello. Solo che appena tentai di uscire la macchina si mosse, sembrava dondolare, la parte anteriore si abbassava. Tornai al mio posto e cercai di sollevarmi un po' verso l'alto, per capire che cosa avevo davanti. Che cosa avevo davanti? Niente avevo davanti! Le ruote anteriori erano sospese nel vuoto, ed era il mio peso che teneva la macchina in equilibrio, se mi spostavo di un millimetro la macchina cadeva di sotto, nel baratro. Mi sembrava che al solo respiro la macchina oscillasse sempre di più. Cercai di sgusciare verso i sedili posteriori. Muovendomi come un serpente infilai la schiena fra i sedili anteriori, cercando di non dare scossoni. Raggiunsi la parte posteriore dell'abitacolo e poi mi arrampicai sul baule, la Jaguar, lessi la scritta sulla carrozzeria, beccheggiava sempre di più e io contai fino a tre. Poi mi lanciai per terra con tutto l'impeto di cui disponevo e finii con la faccia in mezzo a una roveta, che mi intrappolò. Mi graffiai a sangue dappertutto, anche nelle parti del corpo che non erano allo scoperto. Nel frattempo quel macchinone basculava sempre di più e sempre di più, finché non prevalse la forza di gravità e la Jaguar fece un'oscillazione più notevole in avanti, senza che ci fosse la solita contro-oscillazione. La macchina se ne andò, verso il basso. Evidentemente i miei 57 chili (scarsi) erano bastati a tenerla in equilibrio. Ancora in mezzo ai rovi aspettai di sentire il fragore dell'urto. Ci volle qualche istante. Poi udii una sequenza di esplosioni. Mi divincolai dai rovi, strappandomi le carni e i vestiti, raggiunsi il bordo e mi affacciai sul burrone. Una cinquantina di metri più in basso una Jaguar, o quello che ne rimaneva, andava a fuoco.

Non feci in tempo a rendermi conto di quanto il mio volto sanguinasse che arrivò la macchina scura. Santo cielo, e adesso? Le pecore, le pecore, se fossi riuscita a raggiungere le pecore, ci dovevano pur essere anche i pastori, magari quelli mi avrebbero aiutato, mi avrebbero difeso, con le loro pattade, avrebbero o no mostrato la loro valentia? Così, in quella mia tenuta da Blues Brothers, affranta e sanguinante, mi scagliai sui prati, correndo a zig zag, per evitare eventuali colpi di pistola.

Un uomo mi inseguiva, armato di una mazza da golf, sì, una mazza da golf, che mi intimò: «Fermati, stronzo, ormai non mi scappi più». Con quelle scarpe di merda che avevo addosso, fra l'altro due numeri sopra al mio, scivolavo, non facevo presa e finii a terra. Lui fu sopra di me.

«Ma chi cazzo sei? Ti rendi conto di quello che hai fatto?» mi chiese brandendo il ferro. «Resta fermo dove sei o ti spacco la testa».

In quel momento lo vidi in faccia. Un volto conosciuto, anche troppo. Ma che ci faceva lui lì? Ah, adesso cominciavo a capire... che mi fosse stato dietro per quel motivo? Era lui il famoso Toddu?

Alberto mi minacciava con il ferro da golf e mi intimava di mostrargli chi ero. Non mi aveva riconosciuta. E come avrebbe potuto, vestita da uomo, con una cuffietta da idiota in testa, gli occhiali scuri e la faccia insanguinata?

«Ma chi cazzo sei, me lo fai vedere?» e smulinando la mazza da golf mi colpì in faccia, togliendomi al tempo stesso il cappello e gli occhiali da sole. Mi aveva colpita in fronte, mi sembrò di perdere i sensi.

Anche lui ci era rimasto di sale. «Mah, Barbara, sei tu? Ma che cazzo ci fai, qui? Mah...».

Era talmente interdetto che io ne approfittai. Mi alzai con uno scatto furibondo e ripresi la mia corsa disperata, senza neanche pensare a fermarmi e a domandare ad Alberto perché, perché proprio lui... poi accadde qualcosa per la quale, di quello che avvenne dopo, non mi ricordai più niente.

Sepolta viva

Vedevo un gruppo di uomini intorno a me, come se avessi una telecamera, una telecamera fissa, al posto degli occhi. Si alternavano intorno al mio corpo, mi scrutavano negli occhi, scuotevano la testa, più contrariati che orripilati. Mi toccavano il collo, mi toccavano i polsi, mi misero addirittura uno specchietto davanti alla bocca. Si avvicendavano sul mio corpo. Io li vedevo, ma non potevo fare niente. Un tipo molto grosso cercò addirittura di farmi un massaggio cardiaco, ma non lo sanno che un massaggio cardiaco su una persona cui sta ancora battendo il cuore è pericolosissimo? Il cuore si può fermare. Poi provarono a farmi la respirazione bocca a bocca. Stranamente non provavo nessuna sensazione, neanche di schifo o di dolore. Ma non riuscivo a muovermi, a parlare, nemmeno a ruotare gli occhi! Era evidente che non sapevano che pesci pigliare, ma perché non mi portavano all'ospedale? Alcuni di loro avevano un'aria sconsolata, altri assai preoccupata. Ognuno provava alla sua maniera. A me sembrava di essere su un altro pianeta. Che veramente fossi morta e la mia anima osservasse tutto quello che succedeva intorno a me, disconnessa, incapace a questo punto di interagire con il mio corpo? Eppure il mio corpo era lì, era con quello che percepivo la situazione, come avrebbe potuto svolgere questo compito la mia anima?

Quelli insistevano, apparentemente senza alcun risultato.

Così, piano piano, cominciai a comprendere che cosa mi era successo. In condizioni normali non avrei mai potuto sottoscrivere un'idea del genere, eppure si trattava di quello: la morte apparente! E io che credevo che fosse un'invenzione da romanzi rosa dell'Ottocento, che sono pieni di donne che sembrano morte ma non lo sono e necessariamente vengono sepolte vive. Oddio! È vero, pensai, e se questi mi seppelliscono in queste condizioni? Ma come faccio a renderli consapevoli che sono ancora viva? Non riuscivo a parlare, a muovere niente, neanche gli occhi. Eppure li vedevo, li sentivo e dicevano: «Cazzo, questa qui è grossa! E adesso come facciamo?».

«E chi lo va a raccontare che ha preso una testata contro un albero?».

«Ah, io di questa storia non ne voglio sapere niente, io me ne vado, io non vi ho visto e voi non avete visto me, io sono soltanto il presidente della ConfComSa, non me ne frega se questa faccenda sta dando fastidio ai russi, io...».

«Ma stattene zitto, imbecille», diceva un altro che mi guardava fisso negli occhi. «A questo punto nella merda ci siamo tutti e tu come gli altri».

«Intanto va tolta di qui».

«Eh già, ma se la togliamo di qui allora sì che siamo nei guai, dove la andiamo a buttare, nella calce viva? Ma siete scemi?».

«Io sono una persona seria, io con queste storie non c'entro. Chiamiamo la Polizia. Diciamo che l'abbiamo trovata qui. Poi le faranno l'autopsia e stabiliranno che ha picchiato la testa nel ramo».

Oddio, pensavo, l'autopsia... mi faranno l'autopsia da viva?

«Già, e perché si trovava qui?».

«Ah, beh, di come è arrivata qui non sarà certamente lei a raccontarlo a qualcuno. Noi questa qui non l'abbiamo mai vista, anzi secondo me è bene tornare tutti a casa, abbottonati e coperti. Tanto per lei non c'è più niente da fare».

«Ah, andiamo bene, e secondo te quelli della Polizia non faranno due più due, quando la trovano morta? Penseranno che qualcuno l'ha fatta fuori e che la cosa ha a che vedere col rapimento, allora magari ci finiamo dentro, solo perché stiamo cercando di sistemare la faccenda, che basterebbe ritrovare quel cretino di ragazzo, che vuole portar via ai genitori qualche milione di euro. E poi c'è il fatto della Jaguar».

«Quale Jaguar?».

«La tua, no, quale altra Jaguar hai visto tu nei dintorni?».

«Perché, che è successo alla mia Jaguar?».

«Eh, che è successo alla tua Jaguar... non ti sei accorto che questa pazza per scappare ha preso la tua Jaguar?».

«No, non me ne sono accorto, sono venuto coi ragazzi della polizia privata... che gli ha fatto alla mia Jaguar?».

«Non ci pensare, la tua Jaguar praticamente non c'è più».

«Che cosa? La mia Jaguar Xkr 5.0 S barra C? Cosa intendi dire con "non c'è più"?».

«Magari non ci fosse veramente più... è che dove è adesso non serve più a niente, ma prima o poi ce la ritroveranno. E allora come spiegherai che tu non la stavi guidando, perché te l'avevano rubata? E dove era posteggiata?».

«La mia Jaguar! Cazzo, la Jaguar, l'avevo appena comprata, 150.000 euro, era nuova di zecca».

«Bisogna stare calmi, calmi... bisogna trovare una versione dei fatti, lavorare su una versione dei fatti...».

«La mia Jaguar, cazzo, una Jaguar Xkr 5.0 S barra C, ma dov'è finita, non si può recuperare?».

Oddio... pensavo... e se mi lasciano qui? E se poi nessuno mi ritroverà? Morirò qui come un cane, magari mi mangeranno i cinghiali o altri animali selvaggi, come fanno le bestie a capire che non sono morta? E se non mi lasciano qui? Dove mi metteranno, per fare in modo che nessuno mi trovi mai più?

«Bisogna muoverla di qui e farla sparire, ormai siamo in ballo e bisogna ballare. Voi avete idee a riguardo?».

«Beh, di solito la soluzione migliore è portarla in alto mare, attaccarla a un bel sasso e farla andare giù, poi ci pensano i pesci, nessuno ne saprà mai niente».

«Ok, andiamo con la barca tua?».

«Ma tu sei pazzo, a parte che ora c'è mia figlia con gli amici, ma poi vuoi farmi finire dentro? E se qualcosa va storto? Piuttosto prendiamo la tua, è veloce e tu non hai moglie e figli in giro a rompere i coglioni...».

«Beh, no... insomma... il fatto è, c'è qualcosa che non vi ho detto. Io questa signora la conosco. So chi è. Questa qui è una famosa scrittrice».

«Una famosa scrittrice? Allora siamo ancora di più nella merda, la staranno cercando. E se la ritrovano? Ma com'è che tu la conosci?».

«Questa signora ha passato un paio di giorni a casa mia e adesso, se scompare, o la trovano in queste condizioni, io sono nei guai».

«Ma pezzo di un idiota, questa qui non è una scrittrice famosa. Questa qui è quella che si fa chiamare Coldregotti-Minturni...». Alberto pareva non capire. «E se lei avesse comunicato a qualcuno che era a casa mia? Poi fra l'altro se ne è scappata via senza dirmi niente...».

«Ma hai capito sì o no? Questa è la Coldregotti-Minturni. E tu l'hai presa per una scrittrice? Ma ti sei proprio rincoglionito? E ci ha anche spiegato come stanno le cose del rapimento. Sempre che non si tratti di una bufala. Ma ora che ne facciamo?».

Alberto era strabiliato, mentre il tipo tutto sudato che pareva dire le cose più sensate fece un ragionamento.

«Beh, scomponiamo i problemi: c'è quello della signora, c'è quello del ragazzo che si è rapito da solo e c'è quello della Jaguar. Della Jaguar Mario dirà che è andato fuori strada e che è riuscito ad abbandonare la macchina prima che questa precipitasse nel burrone. Del ragazzo parliamo con don Peppe, lui saprà cosa fare, scandaglierà l'isola per trovarlo, il ragazzo deve assolutamente confessare che si è rapito da solo, l'importante è trovarlo. Magari è in un residence a Stintino o a Sant'Anna Arresi… bisognerebbe che la notizia venisse resa pubblica, alla televisione, da qualche parte, il ragazzo magari se ne salta fuori… una volta scoperto…».

«E il problema di questa signora qui, come me lo scomponi?».

«Mah, di qui, cioè a pochi chilometri da casa mia, bisogna portarla via. Per ora mettiamola in una macchina, nel bagagliaio, e la portiamo in un posto sicuro, un ovile, una capanna, ce la lasciamo dentro. Poi penseremo al da farsi».

«Va bene, in quale macchina la mettiamo?».

«In quella di Alberto, non c'è discussione…».

«Ma io… Sono stato ingannato».

«Stai zitto, coglione. Ti sei portata in casa senza saperlo quella che tutti noi stavamo cercando… e adesso vuoi fare il furbo».

Sentii che armeggiavano intorno a me e che mi stavano sollevando, a peso morto. Poi la luce si spense, quando chiusero il portellone. L'auto si mise in moto e io evidentemente devo aver perso conoscenza, perché di ciò che accadde in quelle ore non mi ricordo più niente. Evidentemente ero molto provata dallo shock.

Ero morta? Mah, qui evidentemente interviene un vincolo narrativo, se racconto queste vicende in prima persona. Oddio, nella storia della letteratura esistono narrazioni in prima persona della propria morte. Ma a pensarci bene se il narratore è già morto, come fa a raccontarla? Ah, che delirio, ma proprio a queste cose dovevo pensare, alla narrazione in prima persona… si vede che ormai stavo perdendo anche la testa…

Non so quanto tempo potesse essere passato, fatto sta che mi risvegliai nel buio.

Potevo muovere le braccia e le gambe. Erano un po' indolenzite, soprattutto perché ero stata abbandonata sulla nuda terra. Provai a muovere gli occhi. Provai anche a parlare: «Mi chiamo ***, sono nata a Sarzana il 16 luglio del…». Le parole scorrevano fluide e potevo anche sentirmi. Santo cielo, ero viva, viva viva viva! Non potevo crederci, ero tornata viva. O era solo un delirio? Ma si può delirare da morti? Mi detti il classico pizzicotto. Provai a ricordarmi il numero del bancomat, quello del codice fiscale. Vennero fuori. Avevo avuto lesioni permanenti? Non sembrava. Viva, ero viva!

Già, ma per quanto? Ero viva ma sepolta, sepolta viva!

Sì, perché ero chiusa in una specie di scantinato, lo determinai a tastoni, capivo che non c'erano porte e l'unico accesso era una botola di pietra pesantissima, sopra la mia testa. Da un forellino minuscolo filtrava un pochino di luce. Tentai di imprimere forza sulla botola. Non si muoveva di un millimetro.

Provai a orientarmi, a cercare un po' in giro se c'era qualche oggetto, qualche pezzo di ferro o di legno per fare leva, qualche arnese per aiutarmi, a tentoni mi muovevo per quel lurido stambugio che sarà stato due metri per due. Trovai per terra dei vestiti, che sorprendentemente erano i *miei* vestiti, che poi miei non erano per niente, erano ancora quelli della Innocenti, ovverosia quelli che indossavo prima di vestirmi da uomo, che bella idea! Era chiaro, i vestiti da uomo me li avevano tolti, forse erano riconoscibili, in qualche modo, dunque avevano deposto accanto a me le mie cose. Se mi avessero ritrovata morta da qualche parte, perché avrei dovuto indossare abiti maschili? E le mie cose – avevano pensato – era bene che restassero con me. Cercai un altro po' e trovai anche la mia borsa, anche quella mia non era, a onor del vero, ma c'erano dentro tutte le mie cose. Per una donna ritrovare la propria borsa, con dentro borsellino, telefono, documenti e un'altra caterva di oggetti che a me piace portarmi dietro, è una cosa rassicurante. Ma com'è che nella borsa ora c'erano anche il telefono e il portafoglio? Ah, dunque... Cellulare e portafoglio me li ero messi in tasca, negli abiti maschili, e loro li avevano trovati, poi avevano rimesso tutto nella borsa. Anche il telefono, che poi era quello della bionda, mi avevano lasciato. Di sicuro non pensavano che io avrei mai potuto riutilizzarlo. E non pensavano neanche di lasciarmi lì per sempre, probabilmente quella era una sistemazione provvisoria, in attesa che si calmassero le acque. Che senso aveva lasciarmi lì in mutande, buttandomi la mia roba accanto? Naturalmente accesi il telefono, che non prendeva segnale, ma che almeno faceva un po' di luce. Nella cantinetta c'erano alcune suppellettili di ferro, fra cui una grossa catena e qualcosa che assomigliava a degli alari di un caminetto, dei ganci, vari pezzi di ferro arrugginiti.

Pensai, se mi dovesse capitare che mi venissero a prendere non fra mesi, quando sono imputridita, ma quando sono ancora viva, allora, fingendomi morta, potrei assalirli con gli alari o con la catena. Ma potevo aspettare di essere morta veramente? Il che sarebbe avvenuto di lì a poco, visto come mi sentivo.

Respirai profondamente, forse anche l'ossigeno a disposizione era scarso. Non riuscivo a capire che cosa ci potesse essere sopra la botola, comunque non sentivo alcun rumore. Sembrava non esserci nessuno. Allora scelsi un pezzo di ferro a punta orribilmente rugginoso e cercai di infilarlo fra la pietra che chiudeva la botola e il margine, proprio nell'unico buchino da cui filtrava un po' di luce. Usando uno degli alari come martello cercai di far penetrare il ferro più in avanti possibile, effettivamente lo spiraglio aumentò di spessore. Il coperchio di pietra si muoveva. Provai a spingerlo in alto, ma con le mani non ero capace di fare tanta forza, ammesso che ne avessi. Mi ritornò in mente che se uno vuole fare forza ci può riuscire solo con le gambe, allora mi preparai una specie di piattaforma con un paio di ruote di legno mezzo marcio che erano lì, poi mi piazzai i due alari di ferro sulle spalle, stando piegata. Dopo infiniti tentativi riuscii a fare in modo che gli alari, appoggiati sulle mie spalle, facessero contrasto con la botola. Poi allungai le gambe, mettendo tutta la forza che potevo.

In questo momento è inutile che la faccia tanto lunga, i tentativi furono molti, ma alla fine ci riuscii, la botola si mosse di una ventina di centimetri e si dispose di traverso. Gli alari mi caddero addosso ma ormai la botola era aperta, perlomeno per metà. Con i ferri feci leva e riuscii ad aprirla completamente.

Cazzo, dissi, andate tutti a fanculo, esultando come una giocatrice di calcio. Ok, ma come tirarmi fuori, adesso, visto che l'apertura era sopra la mia testa di una ventina di centimetri?

Per prima cosa buttai i vestiti e la borsa fuori della botola, poi misi gli alari in verticale per terra e ci montai sopra, usandoli come due trampoli, gli alari saranno stati alti una quarantina di centimetri, riuscivo a spingere mezza testa fuori dalla botola. Non persi tempo a guardarmi intorno, anche perché sui trampoli ondeggiavo, buttai le braccia fuori e mi tirai su, fino all'altezza del petto. Ecco, immaginatevi una situazione del genere, con le braccia appoggiate sul pavimento e le gambe penzoloni nel vuoto. Come fare a tirarsi su? L'unica cosa era proprio usare il petto come punto d'appoggio, per fortuna ce l'ho robusto, e poi infilare le mani di dietro e sollevarmi. Cacciai un urlo di incoraggiamento e mi spinsi fuori. Mi ritrovai in un ambiente ristretto come quello da cui provenivo, impregnato di un odore fetido.

Credo fossero passate due ore da quando avevo cominciato a lavorare per tentare di uscire. Mi trovavo in una specie di abituro di pietra, un'unica stanza semiabbandonata. Ma ormai ero una bestia, una furia, non ragionavo nemmeno e non mi preoccupavo di essere ridotta come ero ridotta, sporca di terra e di ruggine, piena di graffi e sangue in faccia, sulle braccia, polvere e morchia.

Mi rivestii. Doveva fare un bel contrasto quell'abbigliamento di lusso su un personaggio che sembrava uscito dalla miniera di Germinal. Ci fosse stata un po' d'acqua...

Con la mia Louis Vuitton in braccio uscii dalla casupola e mi incamminai per l'unica mulattiera che se ne partiva da lì. Hic Rhodus, hic salta.

In breve arrivai ad una strada sterrata, la seguii verso il basso, da qualche parte sarei finita. Che dovevo fare? Nascondermi? Aspettare la notte? A giudicare dal sole doveva essere mattina inoltrata, faceva un caldo impossibile, in mezzo a ulivi e sterpaglie, a questo punto a che valeva? E poi morivo di sete. Ma possibile non ci fosse una casa, una colonica, una villetta?

Non c'erano nemmeno le pecore. Ma anche se le avessi trovate che avrei fatto? Mi sarei attaccata alle loro mammelle per berne il latte?

A un certo punto vidi che c'era una zona d'umidità, sulla strada peraltro riarsa. Risalii sul ciglio, inseguendo un rivoletto putrido. Arrivai a una pozza melmosa. Beh, mi detti subito una sciacquata in faccia, quindi, ebbene sì, ne bevvi... Lo so benissimo che non si deve bere l'acqua dei rigagnoli, ti possono venire delle infezioni intestinali devastanti, ma a questo punto...

Ripresi il cammino, senza mai incontrare nessuno. Non so quante ore passarono. Sta di fatto che a un certo punto la strada si fece asfaltata, ma ci volle forse un'altra ora per arrivare in un paesino, nel quale c'era un bar.

«Sono un'escursionista e mi sono persa» dissi, così tanto per fare, dubito che mi abbiano creduta, visti anche il mio abbigliamento e le mie condizioni, secondo me pensavano che fossi una strega appena venuta fuori da un sabba infernale. Comunque mi feci dare una bottiglia d'acqua minerale, bevvi tre caffè e mangiai una scatola di Pavesini, che mi fece venire ancora più sete, e chiesi un'altra bottiglia d'acqua. Pagai subito e in eccesso, che non pensassero, ridotta com'ero, che non avessi nemmeno i soldi. In effetti di soldi non ne avevo quasi più.

«Scusatemi, in paese c'è un Bancomat?».

Nel bar c'erano due anziani e un ragazzetto sui quattordici anni, che mi guardarono come fossi un emissario di Satana.

«Ma, abbiate la gentilezza, come si chiama questo paese? E quanto dista da Porto Cervo?».

Sul nome del paese seppero rispondere, ma io sinceramente non lo capii. Sulla distanza da Porto Cervo non seppero fornirmi una risposta precisa.

Mi feci preparare un quarto caffè, seguito da una Sambuca. Avevo bisogno di qualcosa di forte. Poi adocchiai un giornale, lo sfogliai distrattamente, cominciando dalle pagine sportive. Quando arrivai alla prima pagina lessi la seguente notizia: «Libero il rapito Ranieri Reperti. Nessun riscatto pagato. La famiglia ringrazia le forze dell'ordine».

Lessi l'articolo. Si ipotizzava che il rapimento fosse anomalo, probabilmente dovuto a situazioni o persone che con la Sardegna non avevano nulla a che vedere, un gruppo di balordi. Il ragazzo era stato liberato in ottime condizioni fisiche e non pareva eccessivamente traumatizzato. La Polizia manteneva un riserbo assoluto sulla vicenda, ma erano trapelate notizie sul possibile coinvolgimento di alcune persone del continente, dei dilettanti del crimine, che probabilmente avevano il loro nucleo operativo in Lombardia. Il giornale mostrava la solita fotografia di Ranieri su un molo, con sullo sfondo meravigliose barche a vela.

Jackie Brown

Tutte le mie risorse, le mie energie, erano esaurite. I tre nel bar non mi toglievano gli occhi di dosso. Chiesi informazioni. «C'è un modo di arrivare a Olbia? Un pullman, un treno, un taxi?».

La gestrice del bar si mosse a compassione e mi disse che a qualche chilometro c'era la provinciale SP 25, dove passava la corriera per Padri, in direzione Olbia. Mi fu trovato un passaggio in trattore per raggiungere la fermata del bus. Aspettai sotto il sole per più di un'ora.

Non c'era una panchina su cui sedersi, niente, ero affranta. A un certo punto si fermò una macchina, una 4×4 di piccole dimensioni. Era un signore gentile, probabilmente già informato del fatto che c'era una forestiera che voleva prendere la corriera per Olbia. Il tipo mi disse che andava per l'appunto a Olbia e che mi poteva dare un passaggio. Oh, finalmente, almeno per una volta avevo avuto un colpo di fortuna.

In macchina non fui di grande compagnia, non dissi niente, ero troppo occupata nei miei pensieri, che peraltro giravano a vuoto. E quello stronzo di Gianni chissà che... Chiusi gli occhi, cercando di trovare un po' di riposo.

A un certo punto mi resi conto che la macchina era ferma, riaprii gli occhi e capii che ci trovavamo in una stradetta secondaria, in un posto isolato.

Il tipo non fece tanti discorsi, si slacciò la cintura di sicurezza e disse: «Che ne dice se ci rilassiamo un po'?» e senza mettere tempo in mezzo aprì la patta dei pantaloni ed estrasse il membro in stato di semierezione.

Oh, no! Oh, no! pensai, senza dire niente. Mi guardai intorno, senza dare cenno di particolare agitazione, come se fossi abituata a situazioni del genere. Con calma aprii lo sportello del vano portaoggetti e dopo una breve ricerca trovai quello che mi aspettavo di trovarci: la pattada!

La presi, la aprii e gliela appoggiai alla base dello scroto.

«Resta fermo come sei o taglio tutto!» dissi freddamente.

Quel signore un simile comportamento non se lo aspettava, ma per convincerlo gli feci un taglietto sulla palla destra, quella a me vicina, che cominciò a sanguinare copiosamente.

«Se fai una mossa, saluta il tuo pisello, testa di cazzo» gli dicevo mentre gli facevo sentire il freddo della lama appoggiata in basso. «Adesso apri la portiera, ma stai attento a non fare movimenti sbagliati, perché se no, vedi, ti taglio tutte e due le palle e il resto, poi prendo il fagotto e lo appoggio sul radiatore, in modo che si frigga».

Il tipo alla vista di tanto sanguinamento stava per perdere i sensi. «Ora conto fino a tre. Al tre apri la portiera e scappa più veloce che puoi. Corri con tutta la forza che hai perché se non lo fai io ti acchiappo e ti faccio la tortura dei 500 tagli, che tu probabilmente non sai cosa sia ma te la puoi anche immaginare».

La semierezione, come era prevedibile, se ne era andata, il pisello gli era rientrato all'indentro a livelli prepuberali.

Cominciai a contare e al due quel maschio si scaraventò fuori dalla macchina, come una lepre. Io mi misi rapidamente al volante, purtroppo in mezzo a una bella macchia di sangue. Ma che cosa avevo da perdere?

Raggiunsi la provinciale e nel giro di un'ora arrivai all'aeroporto di Olbia. Non mi curai troppo del parcheggio, lasciai quel piccolo fuoristrada di merda in mezzo alla carreggiata, davanti al lato Partenze. Vabbè, vabbè, ripensai sussultando, sono cose che capitano. Mi chiedevo come quel signore, quello stronzo, avrebbe giustificato a sua moglie quel bel taglio superficiale sul coglione destro.

Ritrovai l'aeroporto di Olbia così come l'avevo lasciato.

Acquistai l'ennesimo e costosissimo biglietto Meridiana per Milano Linate. Ma quanti soldi avevo speso in quei giorni? Come li avrei giustificati? Già, ma a chi?

L'aereo partiva alle 16,30 e io presi ad aggirarmi per lo scalo aeroportuale. Capitò che mi trovassi davanti a un grande specchio. Santo cielo! La mia faccia era stravolta, solcata da graffi e croste in orizzontale e in verticale. Per di più avevo una tumefazione rosso-viola su uno zigomo, dovuta probabilmente al colpo di mazza da golf, e un'altra molto più grossa sulla fronte, dovuta, a quanto avevano detto i miei aguzzini, a un colpo preso contro un ramo di un albero. Ma sarà stato vero? Avevo le mani torturate da ferite e lividi, per via degli sforzi per aprire la botola, e ferite e dolori in ogni parte del corpo. Rindossai i miei Alain Mikli, che per fortuna mi coprivano un terzo della faccia.

Acquistai altri giornali, locali e nazionali. Tutti parlavano del rapimento, aggiungendo particolari di ogni tipo.

I giochi erano chiusi per me, a quel punto. Che avrei dovuto fare? I giornali dicevano in coro che a quanto pareva nessun riscatto era stato pagato. I signori Reperti lo negavano assolutamente, e, felici della rapida e inaspettata soluzione del caso, si complimentavano con le forze dell'ordine, che in qualche maniera, sulla quale evidentemente loro non potevano specificare niente, si erano adoperate affinché avvenisse la liberazione. Che era successo secondo la versione ufficiale? Che i rapitori, vistisi messi in un angolo, forse avevano negoziato con la Polizia, decidendo di liberare il ragazzo, per uscirne fuori vivi? Forse c'era stato l'intervento di un grande mediatore, che aveva convinto a liberare Ranieri una banda «esterna» di cani sciolti.

Ma io alla versione ufficiale non ci credevo per niente. Mi chiedevo che cosa fosse veramente successo.

Forse che il ragazzo era tornato sui suoi passi? Non ce l'aveva fatta e a un certo punto si era arreso? Magari aveva pensato che nessuno avrebbe pagato il riscatto, leggendo i giornali aveva capito che la sua famiglia non avrebbe potuto assolutamente sborsare i denari, neanche praticando uno sconto. E allora che cosa si sarebbe potuto inventare? Mica poteva tagliarsi un orecchio da solo, per poi spedirlo a casa della nonna?

O forse la Polizia aveva capito tutto, l'avevano costretto a venire allo scoperto, o forse, più semplicemente, la Polizia lo aveva ritrovato per davvero, in un nascondiglio improvvisato. O il riscatto era stato effettivamente pagato davvero con i soldi della nonna e il ragazzo l'aveva intascato? Chi l'avrebbe mai saputo? I Reperti sarebbero stati comunque gli ultimi ad ammettere che un riscatto era stato veramente liquidato. La loro versione sarebbe stata la stessa in ogni caso: noi non abbiamo pagato niente.

Avevo più di due ore di tempo prima di partire, per raccogliere le idee e per preparare il mio ritorno.

Che mesta partenza la mia! Non c'erano, a salutarmi, né Alberto né Michele. Già... Michele. Chissà che fine aveva fatto. Probabilmente dopo che il ragazzo era stato liberato anche i suoi guai erano finiti. Una volta scoperto che il giovane Reperti aveva fatto tutto da sé, cosa che doveva mantenersi assolutamente segreta, che ruolo poteva restare per Michele? Era scagionato. O no? Se veramente Ranieri si era rapito da solo, chi poteva giurare sul fatto che non si fosse fatto aiutare da Michele? In fondo alla villa Reperti i due si erano sicuramente conosciuti e nessuno poteva escludere che quelli, quasi coetanei, avessero ordito l'assurdo piano insieme. E allora i guai per Michele non erano finiti per niente. Ma perché sui giornali nessuno faceva menzione di me? Ma naturale, io ero morta e probabilmente non ero neanche mai esistita. Dopo un mese o dopo un anno sarebbero venuti a spostarmi da dove mi avevano messo, ma sicuramente nessuno avrebbe mai, mai più, fatto il mio nome, che peraltro non conoscevano.

La verità non sarebbe mai venuta fuori.

Mi comprai della biancheria di ricambio, un sapone, un deodorante, uno spazzolino da denti e usai le toilette del lato Partenze per farmi una doccia a pezzettini. Quando ne fui fuori (una signora delle pulizie mi guardò storto e allora mi toccò lasciarle un paio di euro; che pensava, che mi fossi fatta una iniezione di eroina?) mi misi a sedere al bar, ordinai un bicchiere di vino bianco freddo, un Vermentino, e tirai fuori il cellulare della bionda. Lo accesi e come al solito arrivarono decine di messaggini, anche la risposta a quello che avevo mandato io.

Cercai di raccogliere le idee e digitai il numero di casa, che era l'unico che mi ricordavo.

Rispose Gianni. Mi evitò ogni imbarazzo perché parlò soltanto lui. Ebbi solo il tempo di dirgli che in serata arrivavo a Milano.

Lui mi disse con una calma inaspettata che mi lasciava due giorni per fare fagotto e per trovarmi un altro posto dove stare, perché di me non ne voleva più sentir parlare, dopo la mia fuga d'amore. Inoltre mi rendeva noto che a scuola mi avevano sospeso perché non avevano ricevuto alcuna pezza giustificativa della mia assenza, dato che non mi ero fatta viva in alcun modo e queste erano procedure inaccettabili.

«Ma tu non hai telefonato alla preside? Non le hai detto che ero in una situazione di emergenza?».

«Emergenza? Quale emergenza? Ma dove sei, a Portofino?».

«Ma no, sono a Olbia e non sai quante ne ho dovute passare...».

«Ah, bene, sei in Sardegna, in Costa Smeralda... beata te», mi disse lui, «ma qui non ti fare più vedere».

«Guarda che non vedere più te non mi fa altro che piacere», gli risposi io. «Per me è una liberazione, non è una punizione». Ma con chi credeva di parlare? Neanch'io volevo più avere niente a che fare con quello stronzo.

Mi disse che gli facevo schifo. E che poi, come avevo potuto? Utilizzare la casa di sua madre per i miei incontri clandestini, no, quello era proprio il massimo dello schifo. Come avevo osato? Sua madre se ne era accorta subito, al suo ritorno da Montecatini, che qualcuno aveva usato il suo letto. E aveva anche mangiato la maionese! E la casa era disgustosamente in disordine.

Cercare di spiegarmi con lui sarebbe stato tempo perso. E poi le mie idee erano molto chiare. In fondo avevo giurato, giurato e rigiurato che la mia vita sarebbe cambiata. E andassero a quel paese anche la preside e le colleghe, la scuola, tutti...

«Ho già parlato con l'avvocato» mi disse poi con molta prosopopea quello che era stato mio marito. «Mi ha già buttato giù un programma. Visto che hai perso completamente la testa non so se sarà facile ragionare con te, ma abbiamo pronto anche un piano nel caso tu ti rifiuti di negoziare per la separazione. Non ti fare illusioni».

Avrei voluto rispondergli che non avrei fatto nessuna obiezione, qualsiasi fosse la sistemazione della faccenda che lui prevedeva, ma le cose non stavano come pensava lui. Ma non lo dissi, a che sarebbe servito? Che gli avrei dovuto raccontare, che ero stata sequestrata, inseguita e sepolta viva? Per cui mi limitai a dirgli che sarei passata a prendere un po' di cose e che nel giro di due giorni avrei sbaraccato.

«Ah, hai già preparato tutto, eh? Ti trasferisci dal tuo amore direttamente? Ma che bestia sei diventata?».

«Senti...» dissi io «tre cose soltanto. Uno, ho perso le chiavi di casa, ti toccherà aprirmi, poi non mi serviranno più. Due, i miei libri. Per spostare quelli mi ci vorrà un po' di tempo. Tre, fammi parlare con Giulia».

Lui mi disse che Giulia non c'era, era da Sebastiano.

«Allora mi potresti dare il suo numero di cellulare? Io non me lo ricordo e il mio cellulare non ce l'ho più».

«Col cazzo che ti do il numero di Giulia» disse lui «lo vedo che stai chiamando con un altro cellulare, è quello del tuo tipo?» e riattaccò.

E ora come facevo a parlare con mia figlia? A chi chiedevo il suo numero? Avrei potuto cercarlo in un internet point, o con l'elenco del telefono, ma...

Provai a chiamare mio fratello in ufficio. Riuscii a parlarci dopo cinque minuti di attesa. Anche lui mi condannò su tutta la linea. Anche lui disse: «Mi sembra che tu abbia perso la testa, d'altronde è una cosa che capita spesso alle donne della tua età. Non chiedere aiuto finanziario, logistico o legale a me. Troppo comodo. Per quanto riguarda la mamma sarà bene che tu non ti faccia vedere, per un po', me ne occupo io. Sa tutto».

Chiamai dunque la mamma, ma a casa sua non rispondeva nessuno. D'altronde che avrei potuto proporle, di andare a dormire lì per qualche giorno?

Il terzo tentativo fu con mia sorella, a Cosenza: lei fu un po' meno dura di mio fratello, ma in sostanza mi disse che poteva fare ben poco per me e che erano essenzialmente fatti miei, comunque un giorno, a bocce ferme, ne avremmo parlato.

Era tutto compromesso. Certo non volevo tornare indietro. Ero una belva: auguravo a mio marito, a mia suocera, alle colleghe, agli studenti le cose peggiori. Ma dopo mezz'ora l'eccitazione, l'orgoglio, la rabbia, cominciarono a scemare e lentamente iniziai a rendermi conto che ero nella merda più totale. Che avrei fatto una volta a Milano? Dove potevo andare ad abitare? Da chi? Da Carla? E come l'avrei messa con la scuola? E con Giulia? Almeno a lei avrei raccontato la verità? Ma ci avrebbe creduto? E come? Sarebbe stato meglio raccontarle una balla, che avevo perso la testa per un uomo e che non ci avevo capito più nulla: quella magari se la sarebbe bevuta.

Era bastato poco tempo a farmi ritornare con i piedi per terra...

Quando sei in pericolo di vita tutto il resto ti sembrano bazzecole. Ma io adesso in pericolo di vita non lo ero più, perché, almeno per un po', per coloro che mi volevano morta io morta già lo ero. E poi il ragazzo era libero, in che modo non si sa, ma in ogni caso io non contavo più niente, non servivo più a niente. E il padrone della Jaguar non si sarebbe certamente preso la briga di sollevare il problema di una pazza che gli aveva distrutto la macchina, visto che a quanto lui sapeva io ero morta. E Alberto, avrebbe denunciato di essere stato raggirato da una mitomane che si era fatta passare per una nota scrittrice? Anche lui se ne sarebbe stato zitto, se non altro per non fare una figuraccia con i suoi amici.

Con questi pensieri mi avvicinai al controllo bagagli a mano e mi misi in coda. Estrassi dalla borsa il portafoglio e il telefonino. Ero talmente sovrappensiero e immalinconita che ci misi un po' a realizzare che stava succedendo una cosa strana. Vidi una persona, proprio davanti a me, che mi sembrava di conoscere. Una signora elegante, sola, con dei pesanti occhiali scuri, che infilava la sua borsa nel detector. Ma dove l'avevo già vista?

Era nientepopodimeno che la signora Reperti. Lei? Possibile? Col figlio appena liberato, se ne tornava a Milano? E perché da sola?

Lei non parve neanche vedermi, comunque le sarebbe stato difficile riconoscermi, rispetto all'unica volta che mi aveva incontrato avevo i capelli corti e argentati, occhiali da sole panoramici, una faccia tumefatta e sconvolta, ed ero vestita con abiti di lusso passati sotto un compressore. Come faceva a riconoscermi? Io non ci pensai nemmeno a salutarla, inoltre sembrava assolutamente immersa nei suoi pensieri. Lo credo bene. Fra l'altro si mise a litigare con gli operatori perché tutte le volte che passava fra le porte suonava l'allarme, le toccava rifare tutto da capo, sembrava scocciata, forse aveva del metallo nei sandali col tacco, infatti quando se li tolse non suonava più. Mentre lei era lì a perdere tempo le passai avanti, presi la mia borsa e tirai dritto.

Sull'aereo lei era una decina di file di sedili davanti a me. Ogni tanto cercavo di sbirciare che cosa facesse, non notai niente, mi dedicai ai casi miei, ne avevo abbastanza per conto mio, anche se la domanda me la ponevo spesso: ma quella che ci fa qui? Fantasticavo, mi immaginavo motivi segreti, strane coincidenze, imprevisti.

Quando arrivammo a Linate cercai di scendere dopo di lei, per vedere che faceva, se c'era qualcosa di sospetto o qualcuno ad attenderla. Lei, estremamente seria e compita, scese con una certa premura, aveva solo bagaglio a mano, come me, cercai di vedere dove andasse, ma lei non fece altro che prendere un taxi, probabilmente se ne andava nell'appartamento in centro, boh? Quando fui fuori, nella hall degli arrivi mi chiedevo: e adesso che cosa faccio? A chi telefono? Vado subito a casa?

Decisi di prendere un caffè al bar dell'aeroporto, per riflettere un po'. Di caffè ne bevvi due, ma non mi venne nessuna idea risolutiva. Mentre aprivo la borsa per ricacciarci dentro il telefono e il portafoglio la mia mente vagava, certo che queste imitazioni delle Louis Vuitton sono perfette, mi dicevo. Chi se la compra vera è proprio un imbecille. Anche chi si compra un'imitazione è un po' imbecille, pensavo, perché vuol far vedere che può permettersela, come quelli che vogliono ma non possono, ma quelli che se la comprano vera sono proprio idioti, perché per ottenere lo stesso effetto, abbastanza stupido, spendono dieci volte tanto e il fatto che si sentano soddisfatti a possedere l'originale è proprio una pochezza. Fra l'altro non ottengono nessun risultato perché i più pensano che siano finte anche quelle vere.

Con tutti i problemi che avevo, ma guarda che pensieri mi passavano per la testa.

Il fatto è che quando aprii la borsa le mie cose dentro non c'erano più. Non è che ci fosse molto, biancheria sporca, un foulard pieno di sangue. Qualche pagina strappata dai giornali con le notizie del rapimento, un sandwich triplo al tonno, spazzolino, dentifricio e sapone.

Fatto sta che quella mia roba non c'era più.

C'era però qualcosa che non mi apparteneva e che non avevo mai visto. Un plico ricoperto di plastica nera, della dimensione di un grosso libro. Che mi avevano fatto, uno scherzo? O era una bomba carta?

Trionfo sulla vita

Con la borsa aperta davanti agli occhi ero attonita, mi pareva, lì in mezzo al bar dell'aeroporto, di esserci solo io e di essere osservata. Senza estrarre il plico dalla Vuitton cercai di sbirciarci dentro, con estrema prudenza, tentando di mostrare quanta più disinvoltura potessi, cioè zero.

Facendo finta di cercare qualcosa, riuscii a scostare la confezione di plastica e a vedere cosa c'era dentro. Non era un libro e nemmeno una bomba carta, perché non ci fu nessuna esplosione. Beh, una esplosione a dire la verità ci fu, dentro di me.

Nel pacchetto c'erano delle mazzette di banconote da 500 euro, viola, nuove di zecca.

Ogni mazzetta era alta quattro-cinque centimetri. Toccavo con le dita tutte quelle banconote, facendo finta di cercare i fazzolettini di carta che mi sarebbero serviti per soffiarmi il naso. Sembravano soldi veri. Ma quanti saranno stati? E chi ce li aveva messi? Mi sembrò di perdere i sensi. E se ora cado nuovamente in uno stato di morte apparente? Che penseranno di me, quando scopriranno che nella LV ho molto denaro?

Chiusi immediatamente la borsa, come se i presenti ne conoscessero il contenuto. Una coppia di turisti stranieri, forse tedeschi, sicuramente del Nord Europa, mi guardavano con aria benevola. Che sapessero? Erano stati loro? Ma quando? Come avevano fatto in pochi secondi ad estrarre quello che c'era nella Vuitton e a infilarci dentro il pacchetto?

Non mi sentivo bene, credevo di essere in preda ad un delirio. Non riuscivo a muovermi dalla seggiolina di alluminio.

Mi stavano usando come corriere? E se qualcuno mi avesse infilato nella borsa tutti quei soldi in modo che i suoi capitali fossero esportati al sicuro, come in «Jackie Brown»? Si trattava di denaro sporco? Che razza di esportazione era? A meno che quei soldi non fossero successivamente diretti in Svizzera, a Lugano, ma certo – al momento opportuno mi sarebbero saltati addosso e avrebbero ripreso la borsa, che mi avrebbero fatto? Mi avrebbero detto arrivederci e grazie? O avrebbero fatto sparire anche me?

Con le mani sulla borsa mi guardavo in giro, adesso i turisti del nord se ne erano andati e non pareva ci fosse nessuno che si interessasse a me. Certo, chi è che esporta denaro sporco dalla Sardegna al Continente? Di che si può trattare? E se lasciassi la borsa qui e me ne scappassi velocemente? Già, poi magari mi trovano senza borsa e allora sì che sono guai per me, no la borsa rimane con me, è l'unica mia possibilità di salvezza. Prima o poi si faranno vivi. La cosa migliore sarebbe che recuperassero i loro denari senza farmi del male, come se io non ne sapessi niente, ma cosa pensano, che una donna la sua borsa non l'apra mai?

Mi alzai lentamente, andai alla cassa del bar e ordinai un altro caffè. Cercavo di stare bene in vista, certamente qualcuno mi stava sorvegliando. Tenevo la borsa bene in mostra e se qualcuno voleva strapparmela via che facesse pure. Che altro potevo immaginare? Farò finta di guardare dall'altra parte – pensavo – forse se non creo problemi mi lasceranno vivere.

Lentamente mi incamminai verso la sala d'attesa del lato Arrivi, avvistai un posto libero e mi ci sedetti, lasciando ancora una volta la borsa in bella vista. Oddio, pensai, è una borsa di valore. E se me la ruba qualche volgare scippatore, che nemmeno si immagina quello che contiene? Sarebbe un bel colpo per lui, una bella sorpresa. Allora sì che sarei in trappola: che gli racconterei poi agli esportatori di capitali? Ma di chi si poteva trattare? Non sarà mica che, Alberto e i suoi soci, o qualcuno che...

E se sono soldi falsi? Ah, come non pensarci... sono troppo nuovi, nuovi di zecca... è una partita di soldi falsi e i falsari stanno usando me come navetta... oppure...

E se è un trucco? Se fossi proprio io l'obiettivo della trappola? Adesso salta fuori la Polizia, mi trova il denaro che è la prova schiacciante che questa è la mia parte del ricavato del rapimento, in quanto basista, o mente del progetto, o chissà che cosa? Comunque la mettessi non avevo via di scampo...

Dopo un quarto d'ora non era successo niente, ero in uno stato catatonico, non riuscivo nemmeno più a pensare. La borsa era sempre lì, però con tutta probabilità avevo a che fare con gente abilissima. Forse volevano recuperare le banconote in un altro momento, l'aeroporto non era il posto adatto, è pieno di Polizia.

Già, ma quando erano riusciti a inserire le banconote nella borsa? L'unico momento il cui l'avevo mollata era al controllo a Olbia, facendola passare per il dispositivo del metal detector, mentre io passavo sotto le forche caudine del varco. Chi era stato, un agente di Polizia? Ma no, ma no, era impossibile, come aveva fatto, era nascosto dentro il detector?

Mi infilai in una libreria lì vicino, era deserta, quello forse era il posto adatto.

Facevo finta di dare un'occhiata alle ultime uscite, enormi pile di libri con copertine rigide. Con lo sguardo fisso, prendevo in mano quei volumi, ma non li guardavo e tantomeno li vedevo. Oddio, uno lo notai, era l'ultimo romanzo della Innocenti-Laudadio: si intitolava *Il trionfo sulla vita*. Una coincidenza? In un angolo appartato, nascosto alla vista della ragazza alla cassa e del personale in genere, presi fiato e riaprii la borsa, augurandomi che si trattasse soltanto di un'allucinazione, dovuta al mio stato di alterazione mentale.

Non lo era. I soldi erano sempre lì. Armeggiando nella borsa, senza tirarne fuori le mani, afferrai una delle grosse mazzette di banconote e cominciai a contarle. I soldi erano molti di più di quelli che avevo pensato fossero. Una mazzetta erano qualcosa come cinquecento banconote. Le mazzette erano sedici, totale… Oh santo cielo… pensai… non sarà mica che…

«La posso aiutare?» mi disse un commesso che sicuramente non era minimamente interessato al fatto che io potessi acquistare un libro, ma che aveva visto che mi nascondevo dietro gli scaffali e allora temeva che fossi lì a rubarmi qualche volume. «Come? Ah, sì, certo, mi aiuterebbe a trovare l'ultimo della Innocenti-Laudadio?» dissi io stupidamente. Lui mi guardava di traverso e fissava la mia borsa, la cui cerniera era ancora aperta.

«Innocenti-Laudadio, sì, certo, aspetti che guardo sul computer».

Pezzo di scemo, ce n'erano delle pile alte come un letto a castello e tu, tu devi controllare sul computer… Mi condusse davanti alla catasta di libri e me la indicò. Eccolo qui. Non aveva terminato di guardarmi con sospetto.

«Ah, grazie…» dissi, e afferrai il volume cartonato simulando entusiasmo. «È la mia scrittrice preferita… Ce ne sono altri?».

«Sì, guardi in quello scaffale lì, sono messi per dritto, in ordine alfabetico…» disse quel demente, poi andò a parlottare con la cassiera. Io trovai i libri della Innocenti e cominciai a sfogliarne uno, come fanno quelli che si leggono una dozzina di pagine di un libro e poi non lo comprano.

Dunque, si trattava di quattro milioni di euro. Quattro milioni di euro. Non avrei mai detto che una simile cifra potesse prendere così poco posto. Ero sconvolta, paralizzata ed elettrizzata al tempo stesso, possibile? Per un verso mi sentivo come se mi mancasse la terra sotto i piedi, per l'altro era come se un barlume di lucidità si stesse impossessando di me. Come non pensare che ci potesse essere un nesso con «quei» quattro milioni di euro? Che potesse trattarsi di una coincidenza? Che fosse una macchinazione ai miei danni? Sia per l'emozione in sé per quella enorme cifra nella mia borsa, sia per l'inquietudine, sia per lo stato di eccitazione che può produrre il trovarsi nella borsa contante allo stato puro, nella mia testa cominciarono a correre immagini, pensieri, che non riuscivo a trattenere. Stavo vaneggiando? Stavo sognando?

Tenevo gli occhi sbarrati su una pagina de *Il segreto del profumo del gelsomino*, ma i miei deliri non riguardavano quel romanzo, bensì andavano a concentrarsi in un'unica domanda. Per quale straordinario motivo i soldi del riscatto di Ranieri erano finiti nella mia borsa?

Cercai di respirare profondamente, con la pancia, immaginandomi qualsiasi scenario possibile. Non mi reggevo in piedi. Mi appoggiai a una pila di libri, rischiando di farli crollare tutti a terra.

Allora le mie idee turbinanti si coagularono attorno a un'altra domanda. Che ci faceva la signora Reperti su quell'aereo? E qualche vago ricordo mi faceva pensare che potesse avere una borsa uguale a quella che avevo io (che mia non era). E se quando abbiamo passato il controllo ci fosse stato uno scambio di borse? Frugai nella Vuitton, cercando di non farmi vedere dal commesso, per avere qualche indizio, poi trovai qualcosa che io non sapevo potesse esistere, ma che può esistere. Certe persone che si comprano la Vuitton si fanno stampare a fuoco, dentro la borsa o in un'apposita etichetta di pelle o di metallo, i loro dati identificativi. Uno scherzetto da 2 o 300 euro. Saldata all'interno della tasca interna c'era una piccola targhetta di ottone: «Questa borsa appartiene a Annalisa Reperti», c'era scritto.

I miei pensieri frenetici, cominciarono a saltare passaggi e si approssimarono all'unica conclusione logicamente possibile: i signori Reperti avevano organizzato il rapimento del figlio per estorcere i soldi alla nonna e, una volta ottenutili, avevano fatto in modo che il figlio risultasse liberato!

Oddio! «Che pensiero orribile! Che infami!».

Queste ultime conclusioni le espressi a voce alta, non avevo saputo trattenermi. Così, con quel libro in mano, sembrò che le mie esclamazioni fossero determinate dalla lettura. Il commesso si avvicinò di nuovo, questa volta più che indispettito era deciso a buttarmi fuori.

«Signora, noi non abbiamo problemi se i nostri clienti sfogliano i libri in vendita, ma questa non è una biblioteca, se vuole continuare nella lettura il volume lo deve acquistare» e mi fece cenno di avvicinarmi alla cassa. Io ero talmente stravolta che alla prima non capii nemmeno che cosa mi stesse dicendo, poi afferrai il concetto e andai a pagare i libri, li presi tutti e due.

Però, 18 euro per un libro di 198 pagine (*Il trionfo sulla vita*), e 20 per uno di 224 (*Il segreto del profumo del gelsomino*), che ladrocinio. La cassiera mi guardava un po' di traverso, forse si chiedeva se nella mia borsa, una finta Vuitton – questo sicuramente pensava – avessi nascosto qualche volume trafugato. Ma andiamo... avevo l'aspetto di quella che va in libreria, toglie la targhetta magnetica dell'antitaccheggio ai libri e poi se li frega, per rivenderli a una bancarella e rimediarci cinque o sei euro in totale? Oddio. Forse avevo proprio quell'aspetto, pur avendo quattro milioni di euro nella borsa. Che avrei dovuto fare, mostrare il contante a quella morta di fame? E se mi avessero intimato di aprire la borsa? Pagai con il bancomat.

Dovevo togliermi subito di lì, perché la signora Reperti poteva essersi accorta dello scambio e allora mi avrebbe immediatamente cercato e identificato.

Andai a nascondermi nella toelette, come avrebbe fatto chiunque. Mi chiusi dentro, cercando di calmarmi e di pensare.

Per esempio mi venne in mente che le cose potevano essere andate in un altro modo: i Reperti si erano fatti dare i soldi della nonna per pagare il riscatto, poi il ragazzo era stato liberato, o perché i rapitori erano stati costretti a farlo, dalle cosche dell'Anonima o dalla Polizia, o da tutte e due, o perché era stato Ranieri a liberare se stesso, una volta capito che il suo tentativo era fallito.

Ma allora perché i soldi non renderli alla nonna e invece trasportarli di soppiatto verso Milano? Ma no, ma no, non era possibile, quei soldi i Reperti se li volevano tenere, perché loro del rapimento lo sapevano anche prima. E se no perché sarebbero venuti al ricevimento dei genitori, con quell'aria umile, ad informare che Ranieri per un po' non sarebbe venuto a scuola? Quanto dura una regata? Ah, loro sapevano, erano loro la mente del piano.

Quello che non riuscivo a immaginarmi era se Ranieri fosse d'accordo, oppure se i suoi genitori lo avevano fatto rapire veramente, pensando che era troppo pericoloso se lo avessero semplicemente nascosto da qualche parte, magari in un residence. Sì, con ogni probabilità quei criminali dei suoi genitori lo avevano effettivamente sequestrato, con l'aiuto di qualcuno.

Non so se stessi semplicemente cercando di convincermi di un'ipotesi nella quale ci fossero dei distinguibilissimi cattivi, che per uno scherzo del destino avevano perso il malloppo criminalmente estorto. Ma non avevano detto che il Reperti era senza una lira, mentre invece la vecchia era straricca? Il movente era sotto gli occhi di tutti.

Ma a proposito della nonna, come avrebbe preso la notizia diffusa sui giornali che non era stato pagato nessun riscatto, visto che lei aveva pagato? Mah, probabilmente l'avevano convinta a confermare questa versione. E poi, anche se un giorno fosse venuto fuori che un riscatto era stato pagato veramente, chi avrebbe potuto biasimare i Reperti per aver aggirato i dettati della Polizia? Loro avevano fatto il possibile per liberare il ragazzo, nonostante si cercasse di impedirglielo. L'avevano pensata bene davvero. E se il figlio rapito moriva di paura? E quali conseguenze avrebbe patito lui in futuro? Un trauma probabilmente irrisolvibile...

E il tutto per? Niente, perché i soldi adesso li avevo io. Mi girava la testa.

Dovrei andare alla Polizia, subito! pensavo. Questi sono dei criminali! Devono andare in galera! La verità verrà fuori, eccome se verrà fuori! pensavo seduta sul water.

Già, ma che succederà se vado davvero alla Polizia e consegno i soldi? Mi crederanno? Quali sono le prove di cui dispongo? Chi crederà alla mia versione? Pare una storia plausibile? E che ci facevo io in Sardegna? Per un tema in classe? Come avrei potuto spiegare ciò che era accaduto?

No, nessuno mi avrebbe creduto. Al massimo avrebbero pensato che la mia era una specie di confessione, che non avevo retto e che andavo a dichiarare la mia colpevolezza, inventandomi una storia che non stava in piedi.

Santo cielo! Provavo a immaginarmi scenari di ogni tipo.

Per esempio, ammettiamo che la Polizia potesse credere alla mia storia. Poniamo che si convincesse che i soldi io li avevo in mano per uno scambio fortuito. E ammettiamo anche che i poliziotti si chiedessero come mai quei soldi li aveva la signora Reperti. Se fosse venuto fuori che i Reperti erano i responsabili del rapimento – e io ero certa che le cose erano andate così – con o senza l'assenso e la corresponsabilità di Ranieri, allora sì che era un bel guaio per i Reperti, sarebbero finiti in galera, con i soldi sequestrati. E in più che cosa sarebbe stato di Ranieri? Corresponsabile o meno la sua vita era rovinata per sempre.

Ma ammettiamo invece che la signora Reperti dichiarasse che quei soldi erano stati solo preparati per pagare il riscatto e che poi non c'era stato bisogno di pagarli. E allora, a parte che pagare un riscatto è un reato, in particolar modo se i soldi sono di contrabbando, ecc., quei soldi che fine avrebbero fatto? Forse sarebbero stati sequestrati e bloccati per sempre, o forse sarebbero rientrati nelle tasche della nonna e magari qualche guaio lo avrebbe avuto anche lei, in ogni caso quei quattro milioni non sarebbero finiti dove dovevano finire, ovvero in tasca ai genitori di Ranieri...

Ma che la Polizia potesse credere a tutto ciò era assolutamente impossibile. Mi avrebbero chiesto quale fosse il mio ruolo. Perché in Sardegna avevo contattato i Reperti? Quali erano i miei rapporti con Michele, il primo indiziato come basista della banda di rapitori? E nel terzo millennio, chi sarebbe stato disposto a credere alla storia dello scambio delle borse? E soprattutto, ci avrebbero creduto quelli dell'Anonima?

Oddio! Oddio! Mi sentivo mancare... non avevo scampo. Forse, per paradosso, l'unica via d'uscita che avevo era quella di... mamma mia, non ci volevo pensare... ma almeno per un po', fino a che non si fossero chiarite tante cose... forse era meglio se...

Bussarono alla porta del gabinetto. «Signora, si sente bene? È più di mezz'ora che è lì. Tutto bene?».

«Sì, sì, tutto bene... esco subito» e tirai lo sciacquone.

Lasciai due euro di mancia alla signora della toilette e uscii di nuovo allo scoperto.

Mi infilai in un altro negozio dentro l'aeroporto, un negozio di borse e valigie, dove mi comprai uno zainetto schifoso da 13 euro. Non so se il negoziante si era accorto che avevo una Vuitton originale. Lui, a differenza della cassiera della libreria, forse ne sarebbe stato capace. Comunque misi la Vuitton dentro lo zainetto ed uscii dall'aeroporto, con molta circospezione. Non sembrava esserci nessuno ad aspettarmi. Presi l'autobus per Milano, direzione San Babila.

Lungo il tragitto ebbi modo di pensarne ancora, ma non riuscii a trovare un'ipotesi alternativa. I Reperti avevano rapito loro figlio per estorcere denaro alla vecchia. Probabilmente in precedenza il signor Reperti ci aveva provato in tutti i modi a farsi elargire un po' di soldi dalla madre, ma evidentemente non c'era riuscito. Quella era una che sapeva il fatto suo. E allora com'è che era caduta nell'inganno? Non è che avevano mostrato alla nonna le prove irrefutabili del rapimento, per esempio un orecchio? Ma cosa vado a pensare, cosa vado a pensare. Certo, da qualcuno che rapisce il proprio figlio c'è da aspettarsi di tutto. Pensavo alla mia antipatia naturale per i Reperti e la gente come loro. Un pregiudizio, niente di più. Però mi pareva di ricordare qualcosa di quando da giovane avevo sostenuto un esame di filosofia, materia della quale peraltro non sono mai stata appassionata, c'era qualcuno che sosteneva che senza pregiudizio non si può arrivare ad un giudizio critico. Mah... Stringevo a me lo zainetto come fosse il mio bambino. E se mi avessero scippata?

Scesa dal bus entrai nell'ennesimo bar, ordinai un caffè e chiesi le chiavi della toilette. Ma quanto caffè avrò bevuto quel giorno? E in quanti gabinetti avevo messo piede? Nel bagno feci il trasferimento del contenuto della borsa e una volta fuori buttai in un cestino la Louis Vuitton della Reperti, accidenti, una Vuitton originale che valeva un sacco di euro! Mi ero ripromessa quella borsa, non esattamente quella, quell'altra che avevo sottratto alla scrittrice, di farla riavere alla legittima proprietaria, così come i vestiti che avevo preso in prestito, ma la borsa... eh, ormai era andata... e i vestiti, erano ridotti veramente male.

Già, ma cosa c'era nella mia borsa (cioè quella della scrittrice) che potesse identificarmi? Ci pensai bene: non c'era niente, perché il portafoglio lo avevo con me e gli occhiali da sole in faccia. Nella borsa c'erano solo le mutande sporche, un tramezzino, il sapone e altre cose che mi ero comprata all'aeroporto di Olbia. E anche dei ritagli di giornale. Curioso, che avrebbero pensato i Reperti trovando quella roba al posto di quattro milioni di euro? Lo avrebbero preso come un messaggio? Avrebbero pensato che chi aveva sottratto loro il malloppo era al corrente di tutto? No, la mia mente vacillava...

E poi, una volta resisi conto che nella borsa c'erano delle mutande sporche, che potevano fare i Reperti, denunciare il fatto alla Polizia, sostenendo che al loro posto ci dovevano essere quattro milioni di euro?

Non mi ricordavo bene se nella borsa era rimasto qualcosa che apparteneva alla scrittrice. Forse anche in quella c'era la targhetta col nome della proprietaria. E allora, adesso, in quel preciso momento, forse un gruppo di persone stava cercando la scrittrice Innocenti-Laudadio, che guarda caso in quel periodo si trovava in Costa Smeralda? La scrittrice era nei guai, perché coinvolta in un rapimento? Grasso che cola per lei – mi rassicurai – tutta pubblicità. Ma che avrebbero potuto affermare i Reperti, che quella là gli aveva sottratto il riscatto non pagato?

Ci pensavo e ci ripensavo, mentre ero sul tram alla volta di casa mia, cioè, quella che era stata casa mia.

Improvvisamente, violentemente, mi ritrovai precipitata nella realtà, la mia realtà, ovvero quella di Milano, della mia famiglia, di mio marito, del mio lavoro... una situazione che non si sarebbe esagerato a definire tragica, anche a partire dai particolari che potrebbero sembrare i più insignificanti.

Per esempio, quella sera dove sarei andata a dormire? Stavo dimenticando che non avevo più casa e sotto ogni prospettiva nessuna voglia di chiedere la carità a Gianni, di farmi dormire sul divano almeno per quella notte.

Scesa dal tram mi rivolsi alla concierge di un alberghetto per rappresentanti di commercio che non era tanto lontano da casa. Prenotai una stanza, per una notte sola. Dissi che nel giro di un'ora sarei tornata con i bagagli.

«I bagagli?» mi chiese esterrefatto il portiere, intendendo chissà cosa. Probabilmente dato il mio aspetto tumefatto e sanguinolento pensava che fossi una prostituta che era stata malmenata dal suo protettore, che adesso cercavo la via di un'impossibile fuga.

«Sì, i bagagli...». Gli allungai la carta d'identità. Professoressa...

E adesso... la prima tappa della resa dei conti.

Tenendomi stretto lo zainetto suonai il campanello di Gianni.

«Chi è?».

«Sono io».

Gianni tentava di mantenere un ridicolo atteggiamento di freddezza e di superiorità.

«Ma come ti sei conciata?» disse infatti quando mi vide, con vestiti e accessori, la borsa, non miei. «E cos'hai in faccia. Ti hanno picchiato? Ti ha picchiata lui?».

«Prendo qualcosa per stanotte, mi arrangio, poi domani porto via tutto quello che posso e nel giro di un po' di tempo, lì è una cosa più complicata, trasloco anche i libri».

«E il gatto?».

«Certo, viene con me anche il mio gatto... ma dov'è?».

Lui arrivò con passo breve ed elegante dal soppalco e mi regalò una strusciata alle gambe...

Continuai a mostrarmi risoluta: «Domattina ripasso con un taxi... un furgone... e Giulia?».

«Giulia non c'è».

Tirai giù due grosse valigie dall'armadio e le riempii frettolosamente con alcune delle mie cose, quelle che usavo più spesso. Gianni se ne stava in salotto, facendo l'indifferente. In bagno raccolsi un po' di flaconi, inghiottii due pasticche da 500 di ibuprofene. Me ne uscii senza neanche salutarlo. Ero una specie di Ecce homo, se si può dire anche per una donna, avevo ferite e dolori dappertutto e quello neanche mi chiedeva che mi era successo. Bastardo!

Quando arrivai all'Hotel ** ero stremata. Il portiere mi vide con quelle due grosse valigie e trasecolò.

In camera, una camera anonima arredata stile moderno ma illuminata da tre fievoli abat-jour, aprii le valigie, poi, con un certo timore, estrassi i milioni dalla borsa e li distribuii sul letto.

Per fortuna in bagno c'era la vasca. Feci un bagno caldissimo che quasi mi ci addormentai dentro. Non avevo per niente appetito.

Poi telefonai a casa di Sebastiano e finalmente riuscii a parlare con Giulia.

«Pronto, Giulia, sono la mamma, sono tornata a Milano. Come stai?».

«Ah... mamma, sei tu? Ma da dove chiami?».

La telefonata fu durissima, perché Giulia, che mi assicurava che mi capiva benissimo e che non dovevo preoccuparmi per lei, mi fece preoccupare moltissimo, perché improvvisamente mi resi conto che comunque ci sarebbe stato un percorso di dolore e di sacrificio per tutti, in particolar modo per lei. E fino a quel momento non ci avevo pensato. Ma di Giulia qui non voglio dire altro perché...

Mentre parlavo con lei mi ero addirittura dimenticata dei quattro milioni, che se ne stavano allineati sul letto a due piazze. Li guardavo ma non li vedevo.

Mi prese un'amarezza travolgente e un senso di sconfitta, e anche un po' di fame. Uscii dall'albergo, ripresi i soldi perché non mi fidavo a lasciarli lì e quello che riuscii a trovare per mangiare un boccone fu un kebabbaro di uno squallore infinito, all'interno del locale ovviamente l'unica donna ero io, ma con quattro milioni di euro nello zainetto.

Erano circa le undici quando provai ad andare a letto. Ero ancora tutto un sussulto, sfinita, depressa. Come sarei riuscita a dormire? Non avevo neanche niente da leggere... no... effettivamente un paio di libri li avevo, presi *Il trionfo sulla vita*, della Innocenti-Laudadio. Cominciai a leggerlo e nel giro di poche pagine il sonno mi travolse. Dormii dodici ore filate.

Il mattino dopo mi ci volle un bel po' prima di riuscire a riepilogare la situazione, ammesso che fosse possibile. Lo zainetto era sempre lì e i soldi anche. Mi venne il terrore che fossero falsi. Ammettendo anche solo per ipotesi che quei soldi li avessi tenuti per me, che mi sarebbe accaduto se erano falsi? O se erano marcati? Lo sanno tutti che le banconote utilizzate per pagare i riscatti vengono segnate, oggi come oggi ci sono sicuramente dei modi di contraddistinguerle che a occhio nudo non si vedono, magari sostanze fluorescenti visibili solo se illuminate con luci particolari, o altri sistemi elettronici. E se cerco di utilizzare un po' di quei soldi, anche una piccola parte, e mi prendono?

La colazione a buffet dell'albergo mi rimise un po' in sesto, la giornata si presentava come una vera battaglia.

Per prima cosa mi comprai un telefonino Nokia e mi liberai di quello della bionda. Lo infilai nel paraurti di un camion che sopra mostrava una scritta: «SacroPuglia». Mi immaginavo che sarebbe stato ritrovato a un migliaio di chilometri da Milano.

Pensai di passare dalla mia banca, per capire quale fosse la mia situazione. Evidentemente la cassiera sapeva già quello che c'era da sapere sulle mie disavventure e che l'avevo fatta grossa. Sul mio conto corrente c'erano ancora 2.500 euro, fortunatamente, perché avevo incassato una piccola polizza di assicurazione. Normalmente sul mio conto non c'era mai una cifra superiore al mio stipendio. Questo perché io e Gianni avevamo stabilito un'interessante modalità per provvedere alle spese comuni: io e Gianni, conti assolutamente e democraticamente separati, versavamo mensilmente la stessa cifra su un altro conto per il mantenimento della famiglia, solo che lui guadagnava il doppio. Ritirai 500 euro per le spese e dissi che avevo bisogno per qualche giorno di una cassetta di sicurezza, dove dovevo mettere al sicuro certi documenti. Ci infilai lo zainetto.

Stranamente mi venne in mente la Jaguar. Chissà a quanto ammontava il danno che avevo provocato, facendola precipitare nel burrone. E se mi chiedono di ripagarla? Vabbè, quanto potrà valere, 30-40.000 euro?

Poi presi il coraggio a due mani e andai a casa di mia madre. Era in lacrime. Diceva che soffriva tanto per la situazione che si era venuta a creare, pur assicurando che mi comprendeva, che queste cose possono anche succedere, succedono, mi condannava aspramente, sebbene contemporaneamente mi implorasse di ripensarci e di tornare con Gianni. Ma che ne sapeva lei? Mi disse anche che aveva parlato a lungo con mia sorella e con mio fratello e che entrambi convenivano che la cosa migliore, aspettando che le acque si calmassero un po', sarebbe stata che io mi trasferissi dalla mamma, nella stanza normalmente occupata dalla colf. Ma che bravi, l'avevano fatta bella la pensata. Non si erano fatti scappare l'occasione di risparmiare i soldi della colf, della quale avrei preso il posto a tutti gli effetti, visto che ero la figlia del peccato. Se lo potevano scordare!

In fondo lo sapevo che l'unica cosa che li terrorizzava veramente era che io, nel mio delirio d'amore, smettessi di occuparmi della mamma, perché avevo perso la testa.

Da casa della mamma, chiamai prima mio fratello e poi mia sorella. Anche loro mi imploravano di ripensarci, che il tempo avrebbe risolto tutto, che si poteva ritornare alla normalità. E in quella normalità includevano che mi occupassi della mamma, perché loro proprio non potevano.

«Perché» risposi a entrambi «nei confronti della mamma io ho dei doveri diversi dai vostri? Le cose cambiano. Se la mamma ha bisogno ci siamo tutti e tre. Io sto per trasferirmi. Ci incontriamo e stabiliamo un piano concordato, dove ognuno fa la sua parte». Non avrei potuto dire niente di più agghiacciante per loro. Prima la risolvevano cercando di istillarmi sensi di colpa, ma adesso capivano che non ci riuscivano e allora sarebbero stati problemi amari. Che vantaggio avrebbero avuto ad infamarmi, sostenendo che mi sottraevo ai miei doveri? Ma quali cazzo di doveri... e soprattutto, perché erano diversi dai loro?

Mia madre non la smise un attimo di piangere, io cercai di rassicurarla, che sarebbe andato tutto a posto, ma come, questo proprio non lo sapevo.

Nel primo pomeriggio avevo appuntamento con la Carla, una delle poche colleghe di cui avessi fiducia.

«L'hai fatta grossa sai?» mi disse.

Dall'incontro non ne venne fuori nulla di buono, se non la sua micidiale curiosità: «Ma chi è, lo conosco? E com'è?».

«Vabbè» le dissi «domani vado a parlare con la preside».

«Guarda che quella mica te l'ha perdonata, ha iniziato le procedure... bisognerà che...».

«Bisognerà che la mandi a fare in culo» le dissi. «Ora devo andare».

«Ma che cosa ti è successo? Non ti riconosco...» fu tutto quello che ebbe da dire.

Affittai un appartamentino in un residence dove era consentito alloggiare anche un gatto. Dichiarai che per il momento mi volevo trattenere due settimane o tre. Scaricai nell'armadio il contenuto delle valigie, dopo poco ripassai da casa a caricarle di nuovo.

Gianni non c'era e nemmeno Giulia. A fatica convinsi il gatto a entrare nella gabbietta. Poi si sarebbe visto.

Alle sette di sera avevo trasferito i miei bagagli al residence.

«Separazione?» mi chiese furbescamente il portiere.

«Si faccia i cazzi suoi» fu quello che gli replicai.

Ma non avevo molto tempo per stare a polemizzare con lui.

Il quadro della giornata era stato desolante, un bagno di realtà.

Quali erano le reali possibilità che avevo davanti a me? Strisciare davanti a Gianni, perché mi riaccogliesse a casa, promettendogli di continuare a genuflettermi e a pagare le mie colpe (ma quali poi?) per tutta la vita. Magari lui alla lunga avrebbe anche acconsentito, per il bene di Giulia (ma era veramente così?). Poi avrei dovuto strisciare con la preside o chi per lei, con la prospettiva, nel migliore dei casi di essere lo zimbello delle amatissime colleghe. Poi avrei dovuto strisciare con mia madre e l'intera famiglia per...

No, non ne avevo voglia, non ce l'avrei fatta mai.

Ero a terra, la mia avventura era finita.

O forse no? Forse era appena cominciata? In fondo c'era un'unica cosa che mi teneva in piedi e non era una cosetta da poco. Anzi, per la verità ce n'erano due, c'era anche il gatto. Adesso l'idea di restituire tutti quei soldi non mi passava neanche per la testa, cercavo solo di raccogliere gli elementi a mio favore e quelli a mio sfavore. Erano stati i Reperti a organizzare il rapimento. Quei soldi erano rubati, ed erano miei, nessuno poteva neanche lontanamente immaginare fossero nelle mie mani.

Su ciò che accadde nelle settimane successive farò quello che si chiama tecnicamente un riassunto. Il grisbi lo lasciai dov'era, senza intaccarlo. Lo sanno tutti che l'errore più grave che possano commettere gli autori di un colpo è quello di mettersi a spendere e spandere, come accadde in «Rififi». Intanto avevo il tempo per organizzarmi e per tenere le orecchie aperte.

A scuola mi licenziai. La preside, a proposito di orecchie, non ci poteva credere. Chi è che lascia un posto statale privilegiato a tempo indeterminato, con due mesi di ferie e una docenza di diciassette ore frontali alla settimana? La sua idea era quella di farmi inginocchiare, per sempre. Ma io non mi inginocchiai. Doveva pensare che l'uomo che mi ero trovata fosse molto ricco. Moriva anche lei di curiosità.

«E la pensione? Lo sai che in questo modo rinunci per sempre a qualsiasi diritto? Rischi di buttare via ventidue anni di insegnamento?».

«Non sono fatti che ti riguardino» dissi alla preside, con lei non avevo abbastanza confidenza per mandarla direttamente a fare in culo.

Sia mio fratello che mia sorella cercarono di farmi recedere dalle mie posizioni, che vigliacchi. Volevano che... mi offrirono addirittura dei soldi, pensando che fossi con le pezze al culo, dissero «vista la tua situazione siamo disposti a dare la nostra quota a te invece che alla colf, visto che hai bisogno anche di un posto e non vediamo come tu possa fare fronte alle spese per vivere, visto che...».

«Lo so io come posso fare fronte, non vi preoccupate di questo».

Ma di loro mi interessava poco.

Quello che mi interessava era Giulia, ma del mio rapporto con mia figlia non voglio parlare qui. Semmai un'altra volta. L'unica cosa importante è che lei non mi ha colpevolizzata per niente. E abbiamo avviato una relazione molto diversa. Ci sono voluti parecchi mesi, ma adesso le cose vanno per il verso giusto, almeno credo. Chi può mai dirlo?

Certe volte mi è venuto da ripensare all'accaduto, soprattutto a Michele e ad Alberto. Cercai di prendere informazioni su Alberto Toddu. Chi era?

Googleando un po' trovai qualche notizia. A quanto pareva era nel consiglio di amministrazione di una catena alberghiera e per giunta era anche consigliere regionale, in forza al... Ripensai a lungo anche a Michele e a quale potesse essere stato il suo destino. Provai a cercare notizie, se aveva ripreso il suo posto di lavoro presso la villa Reperti. Ma alla villa nessuno mi rispose. Provai a chiamare al numero di cellulare che gli avevo comprato io, ma non era più attivo. Lui non si è mai più fatto vivo con me. Bella riconoscenza.

Peraltro pareva che i Reperti avessero cambiato residenza e che avessero abbandonato la villa, addirittura che la stessa fosse in vendita. Forse l'esperienza era stata troppo dura e probante e c'era bisogno di cambiare vita? O forse perché la villa era di proprietà della nonna che li aveva sbattuti fuori? Venni a sapere che Ranieri a scuola non c'era tornato. Aveva cambiato liceo, dicevano che si era trasferito nella Svizzera italiana.

Per l'appunto i soldi li portai a Lugano, calmate le acque, ed ebbi tutto il tempo per ragionare su cosa farmene. Fui fortunata. Parlai con un commercialista che sapeva il fatto suo, anche se costoso. Mi consigliò di creare una società immobiliare: ora sui dettagli, caro Amedeo, ti saprebbe spiegare meglio lui. Creai questa società acquistando un lotto immobiliare, sei appartamenti a Milano in una casa di ringhiera che secondo lui erano un vero affare. Nella zona di via Porpora. Alcuni affittati, altri no. Nel giro di pochi mesi ne rivendetti due, di quegli appartamenti, ricavando praticamente la stessa cifra che avevo speso, un appartamento per me e altri tre affittati, a cifre basse, ma con pagamenti regolari. Con tre pigioni a Milano ci vivi e come, il reddito è sicuramente superiore a quello di una insegnante delle superiori. E poi il commercialista aveva studiato un sistema secondo il quale io... boh, non me ne intendo. Erano anni buoni per la Borsa, c'era la bolla speculativa, il tipo mi fece comprare dei titoli bancari che dopo due anni valevano tre volte tanto. Fu solerte anche nel mettermi una certa urgenza quando i titoli andavano venduti. Morale, mi sono ritrovata con un capitale che supera i 5 milioni di euro, ora investito con molta prudenza, ma che mi rende molto più del sufficiente. Con quello pago gli studi a Giulia e talvolta aiuto anche quel coglione di Gianni, con cui adesso sono in buoni rapporti, anche perché lui si è fidanzato. Chissà se un giorno farò leggere anche a lui questo manoscritto. Ma per ora l'ho fatto leggere solo a te, Amedeo, perché solo tu dovevi leggerlo. E tu Amedeo sai che a me dei soldi non importa niente.

Questo Amedeo tu lo sai benissimo. Eppure i soldi mettono in luce le debolezze di chiunque. Io per esempio ne ho una. So che non ci faccio una bella figura, ma tuttora, quando ci penso, non riesco a trattenere un brivido di soddisfazione e una risata interna. Succede quando penso alla faccia che deve aver fatto la signora Reperti una volta aperta la borsa. E come l'avrà spiegato al marito? E che faccia avrà fatto quello? Avrà pensato che i soldi se li era inguattati lei?

dicembre 2009

Epilogo

Seduto sul water, nel corso della sessione mattutina, Consonni voltò perplesso l'ultima pagina del manoscritto di Angela e lo appoggiò sul mobiletto libreria che raccoglieva alcuni numeri della «Settimana Enigmistica», di «Topolino» e di «Ebanisteria oggi».

Che razza di storia si era andata a inventare! Ha pur una bella immaginazione!

Tirò lo sciacquone e si dette alla toeletta. Erano le sette e mezzo.

Secondo i suoi programmi la giornata si sarebbe presentata come molto intensa, e proprio per quello con calma cercava di prepararsi nel migliore dei modi. Per la verità di calma nei giorni precedenti ce n'era stata molto poca. Un susseguirsi di avvenimenti abbastanza stressante e la solita catena di preoccupazioni, oltre alle mille cose che aveva in programma, era indietro su ogni fronte, e il motivo principale del suo ritardo sulla tabella di marcia era che si era dovuto dedicare a quel manoscritto.

Contrariamente alle sue abitudini di lettore debole, si era appassionato alla lettura de *Il segreto*, tanto da non poterlo abbandonare. A leggere quelle 200 pagine ci aveva messo molto meno dei dieci giorni che aveva programmato, considerandola un'impresa titanica. A dire il vero, dopo le prime venti trenta pagine, dove non capiva dove si sarebbe andati a parare, aveva divorato l'elaborato, con curiosità e velocità.

Sotto la doccia Consonni si chiedeva come aveva fatto l'Angela a immaginarsi quelle storie, non erano mica credibili, soprattutto il finale. E la faccenda della morte apparente? Di queste cose un pochino il Consonni se ne intendeva, e nel suo archivio sui crimini d'Italia non c'era niente che riguardasse morti apparenti o gente sepolta viva perché sembrava morta... Mah... Vabbè, l'avventura è l'avventura, ma cosa voleva dirmi, che sarebbe possibile passare attraverso questa valanga di vicissitudini in un colpo solo?

Beh, l'Angela si capiva che voleva fare la scrittrice, e d'altronde era più che giusto, lei ne sapeva di letteratura. Ma io che ne capisco? pensava il Consonni, non sono mica in grado di dare una valutazione, non sono mica la persona adatta. E adesso che le dico? Non voleva in nessun modo offenderla, si trovava nella posizione difficile di chiunque abbia letto un manoscritto di una persona amica o vicina, senza volerne toccare la suscettibilità. Eh sì che l'Angela ha una bella immaginazione, però.

Certo, come fanno tutti quelli che si inventano storie, qualche particolare realistico l'autrice ce l'aveva cacciato dentro.

Per esempio riguardo agli appartamenti della casa di ringhiera. Lo sapeva anche il Consonni che qualche anno prima il Malacarne aveva venduto. Il Malacarne prima di vendere i suoi sei appartamenti della casa di ringhiera era quello che dominava le riunioni di condominio. Su 18 appartamenti ne possedeva sei e in fatto di millesimi faceva il bello e il cattivo tempo. C'era da sistemare un tetto? Il Consonni, il Giorgi, il De Angelis, l'avvocato Menghilatto, la signora Xing, che di appartamenti ne aveva due, sfitti, persino la signorina Mattei-Ferri, che era proprietaria, erano d'accordo, ma alla fine arrivava il Malacarne e diceva no, qualsiasi cifra ci fosse da spendere diceva no.

Poi un giorno il Malacarne aveva venduto. Di preciso non si era mai capito a chi. C'era una società, di mezzo. Una società che i vecchi proprietari li aveva ben terrorizzati, in un primo momento. Adesso questi qui chissà quali innovazioni e quali lavori faranno nella casa di ringhiera. Speculazioni, cessioni, minacce e altre manovre, tanto da spingere i semplici inquilini a vendere il proprio appartamento, per disperazione. La signorina Mattei-Ferri, anni prima, aveva rivelato la notizia che nella casa di ringhiera volevano costruire un outlet, o un fitness center, e che quindi gli inquilini avrebbero dovuto fare le valigie, prima o poi.

Così alla prima riunione di condominio con la nuova proprietà gli altri inquilini erano col coltello fra i denti. Invece comparve un incaricato della società, un certo ragioniere, che disse che la società che aveva comprato i sei appartamenti aveva fatto solo un investimento e che l'obiettivo era che l'intero stabile si valorizzasse, quindi i lavori che da secoli andavano eseguiti sul tetto si sarebbero fatti, al più presto, perché era nell'interesse di tutti, senza alcuno snaturamento. Inoltre il ragioniere disse che alcuni degli appartamenti sarebbero stati affittati a un giusto canone, in particolare uno alla signora Mattioli, che si assumeva anche la delega per partecipare alle future riunioni di condominio, a nome della società immobiliare.

Effettivamente questa faccenda non era mai tornata molto al Consonni. Come mai una semplice affittuaria, in particolar modo una che gode di un canone favorito, veniva delegata a rappresentare la società proprietaria? Il Consonni si era limitato a chiederselo, per la signorina Mattei-Ferri la questione era un vero cruccio, un complotto, un mistero. Tanto che pensava che ci fosse qualcosa sotto e lo disse anche al Consonni. Quando l'Angela Mattioli aveva preso possesso dell'appartamento 12, il migliore di quelli della ex proprietà Malacarne, la signorina Mattei-Ferri non aveva potuto che sospettare che ci fosse qualcosa di strano. Ma non sapeva cosa.

Però da qui a pensare che quella società immobiliare appartenesse all'Angela la strada era lunga.

Proprio lei era anche incaricata di riscuotere gli affitti degli appartamenti, per esempio quello che fino a poco tempo prima era occupato dai signori Antonio ed Erika, oppure quello dove da un po' di tempo abitava un gruppo di peruviani, e anche quello dove non stava nessuno, ma dove ogni tanto arrivava un signore che si dice fosse un professore universitario.

Il Consonni non era un pettegolo, ma la signorina Mattei-Ferri sapeva benissimo cosa ci andava a fare lì il professore universitario, una volta alla settimana.

Eppure Angela aveva la delega per quegli appartamenti. Ma chi sa, forse lei conosceva qualche pezzo grosso di quella società, che le aveva fatto un piacere, magari un canone conveniente; in cambio, di quegli appartamenti se ne occupava un po' lei, seguendo gli inquilini, riscuotendo la pigione, partecipando alle riunioni di condominio.

Inoltre Angela non aveva mai raccontato niente all'Amedeo di come era successo che lei avesse lasciato la professione di insegnante di Lettere. Lui, rispettoso, non glielo aveva neanche mai chiesto, ma certo, come faceva a mantenere il suo standard di vita, parsimonioso ma non misero, se non lavorava più?

Intorno alle otto passò per una una breve visita al Consonni l'inquilino dell'appartamento 5, Luis De Angelis, sì, l'anziano, molto anziano, proprietario della BMW Z3 roadster 3.2 24 valvole posteggiata nella corte della casa di ringhiera. Il Luis si trattenne qualche minuto e gradì un caffè. Doveva essere lucido perché stava andando in un ambulatorio che gli avevano indicato alla Motorizzazione, dove doveva sottoporsi all'esame per il rinnovo della patente. Era inquieto per non dire terrorizzato. Tanto per scaramanzia comunicò al Consonni che avrebbe potuto fargli il piacere che gli aveva chiesto, cioè quello di accompagnarlo in certi posti in macchina – visto che Consonni di auto non ne disponeva –

solo se avesse superato l'esame, il che era molto difficile. In effetti Consonni aveva chiesto al De Angelis un favore, se poteva accompagnarlo in giro per Milano per certe commissioni, e quel favore non poteva certo chiederlo ad Angela...

Il De Angelis si era reso disponibile, a patto che il Consonni pagasse la benzina. Ma lo sapeva il Consonni quanto consuma una BMW Z3 3.2, nel ciclo urbano? Sicuramente no.

Comunque adesso c'era questo problema del rinnovo della patente, che per gli ottuagenari non è mai cosa da dare per scontata. Per il De Angelis fra l'altro la sola ipotesi di non ottenere immediatamente il rinnovo era un dramma: lui per la macchina ci viveva, era sempre stata la sua passione, non per niente per quarant'anni aveva fatto il taxista. E proprio per questi suoi pregressi il Consonni gli aveva chiesto di accompagnarlo... lui che conosceva così bene Milano.

Dopo che De Angelis se ne fu andato Consonni era subito rientrato nel suo stato di indecisione e nervosismo per il manoscritto di Angela. Si aggirava per casa irresoluto. Sapeva che con Angela ci avrebbe dovuto parlare ma per il momento avrebbe preferito rimandare, per via degli impegni che aveva preso, ormai aveva dato la sua parola... Ma con Angela avrebbe voluto rimandare perché proprio non sapeva cosa dirle.

Consonni cominciò, anche solo per gioco, a provare a entrare nell'ordine di idee secondo il quale la storia che Angela gli aveva raccontato fosse vera. E dunque era l'Angela la fantomatica società che possedeva svariati appartamenti nella casa di ringhiera? Così era ricchissima? Ma se tutte le volte che lui lasciava la luce accesa gli faceva una ramanzina.

E poi ricchissima sì, ma con dei soldi in qualche modo sottratti, seppure sottratti a chi li aveva rubati, per giunta ai propri genitori? No, Angela non l'avrebbe mai fatto.

Ma no, ma no, erano soltanto invenzioni letterarie... Non stava proprio in piedi che due terribili cosche – a proposito, e la seconda che fine aveva fatto? – si fossero fatte prendere in giro da un ragazzino oppure dai suoi genitori milanesi, avidi di denaro, ma che idea balenga... Rapire il proprio figlio per farsi dare i soldi dalla vecchia... eh no, questa era pura invenzione. E poi, è normale che l'autore in un racconto di invenzione utilizzi dei fatti che ha preso dalla realtà. Che quel ragazzo milanese, il Reperti, fosse stato rapito e poi liberato, era un fatto noto, che era finito sui giornali. Fra parentesi, con tutto quello che adesso sappiamo, c'era da meravigliarsi se Angela si era sentita in difficoltà quando aveva ricevuto il pacco di riviste di gossip che lanciavano servizi sulla Innocenti-Laudadio, sulla Kakoiannis-Sforza e su Ranieri Reperti stesso?

Certo che... i pensieri del Consonni si confondevano un po', mentre beveva un altro caffè.

Non aveva mai chiesto niente ad Angela a proposito delle sue risorse economiche. Eppure manteneva la figlia agli studi all'estero e una volta le era scappato detto: «Ho saputo che c'è un appartamento carinissimo a Lerici, con vista sul golfo: e se ce lo comprassimo?».

Amedeo aveva pensato, un po' vergognandosene, che Angela ritenesse che i suoi risparmi, quelli di Amedeo, fossero consistenti. Ma se invece...

E poi Angela spendeva delle cifre ragguardevoli per comprarsi dei servizi di tazzine da caffè, costosissimi. Dove li trovava i soldi?

Amedeo era certo che avesse qualche proprietà, magari proveniente dalla famiglia, e la chiudeva lì.

Ma io adesso che le dico? Lei mi interrogherà, come a scuola, vorrà sapere se mi è piaciuto, vorrà sapere quali capitoli in particolare mi hanno interessato, cosa ne penso, se potrebbe diventare un successo, se...

Ma c'era dell'altro. Perché Angela continuava ad asserire che la storia non era di fantasia, ma aveva attinenza con la realtà? Che grado di attinenza? Quali erano le storie vere all'interno del romanzo? E soprattutto, perché aveva voluto che lui lo leggesse a ogni costo, comprese le vicende sentimentali e gli incontri erotici, proprio lui? Che cosa gli voleva comunicare? Che non era soddisfatta? Che il suo uomo ideale era fatto in maniera diversa? Che lo voleva lasciare per un altro, che magari non esisteva ancora, ma che presto avrebbe potuto profilarsi all'orizzonte, così, all'improvviso, come si profilavano gli uomini in quella storia che gli aveva raccontato per iscritto?

E poi, tutte quelle parolacce. In questo l'Amedeo non riusciva a riconoscere lo stile di Angela. Lei le parolacce non le diceva mai.

Improvvisamente la porta si aprì, e Caterina, la figlia del Consonni, si gettò all'interno dell'appartamento: «Papà, io non ce la faccio più, non ce la faccio proprio più». Era sconvolta.

Consonni cercò di non dare a vedere le sue preoccupazioni e fece entrare in casa anche un bambino sui quattro anni, che avanzava come una mummia, infagottato com'era nel suo giaccone, con cappello, due sciarpe, guanti di lana. A stento riusciva a muoversi.

«E alura, cosa ci fai qui Cipolla? Non sei andato a scuola?».

Cipolla era il nomignolo del nipotino di Consonni, Enrico.

Caterina era nervosissima e aveva voglia di sfogarsi.

«Chiudi... chiudi la porta, no? Non vedi come è sistemato?».

«Ma cosa è successo di nuovo?».

«Di nuovo? Di nuovo proprio niente...».

«E alura?».

«E allora c'è che non ci si capisce più niente, Enrico ha sempre la febbre, ogni mattina, e io non so più cosa devo fare, lo posso mica mandare a scuola?».

«Ma l'hai portato dal dottore?».

«Ma certo che ce l'ho portato... Cosa credi, che sia una madre snaturata? Certamente... ma il dottore gli ha guardato la gola... lo ha visitato in due minuti e ha detto che non c'era niente di cui preoccuparsi. Che doveva essere una "alterazione...", una influenza, probabilmente, la città è piena, e poi è insidiosa perché non se ne vuole andare, bisogna riguardarsi. Mi ha detto di tenerlo in casa ben caldo e riposato...».

Enrico era rimasto in piedi immobile nello stesso punto, forse perché non riusciva a muoversi o forse perché non gli era ancora chiaro quale sarebbe stato l'esito.

«E tu allora perché l'hai portato fuori?» chiese inavvertitamente Consonni, facendo infuriare sua figlia.

«Ma non te ne rendi conto? Sono tre giorni che non vado a lavorare, ma come faccio? E la baby-sitter mi costa un sacco di soldi, che non ho. Hai mai provato a metterti nei panni degli altri?».

Consonni aveva già capito dove si andava a parare. Per la verità aveva altri programmi e arretrati, oltre a una lunga lista di preoccupazioni, però di fronte a Enrico tutto ciò andava in second'ordine.

«Ma cos'è che ha, vomito? Diarrea? Tosse? Mal di testa?».

«Mah, diarrea e vomito no. Neanche la tosse. Il mal di testa lui dice di sì, che ce l'ha, ma vai a sapere. A me sembra più vispo del solito. E poi il fatto strano è che questa febbre ce l'ha solo la mattina e il pomeriggio, il resto della giornata no... insomma, il fatto è che io non ce la faccio a tenerlo in casa e ti volevo chiedere se... e se te lo lasciassi per un paio di giorni?».

Consonni pensò ai guai in cui era e al suo incarico, che gli avrebbe richiesto di stare fuori casa per diverse ore al giorno, ma sapeva che non poteva rifiutare.

Di solito Caterina alle otto del mattino portava Enrico a scuola e poi andava a lavorare, molto spesso finiva alle sette, anche alle otto, la gestione del bambino, per lei, sola in casa, era un problema. Inoltre, a parte le questioni economiche, Enrico di baby-sitter e compagnia bella non ne voleva sapere, piantava delle grane infinite. Stava bene solo dal nonno, che per tre o quattro giorni la settimana lo andava a prendere a scuola e lo teneva con sé fino a sera, quando la mamma lo veniva a riprendere. Anche per quel giorno era prevista questa evenienza, anzi Enrico aveva addirittura invitato già da tempo tre suoi amici a casa del Consonni. Enrico dal nonno ci andava volentieri perché gli lasciava fare quello che gli pareva, il che non accadeva con Caterina e nemmeno con le babysitter, che quando c'era la mamma erano tanto gentili, ma appena lei se ne andava diventavano istantaneamente delle stronze.

Così il Consonni non poté dire di no, una volta ancora. Prima di Natale l'Enrico era stato malato, la solita febbre, ed era rimasto a casa dell'Amedeo per un po'.

Dunque all'Enrico fu tolta l'intera montura invernale, suo nonno nell'appartamento amava mantenere una temperatura intorno ai 21 gradi, infatti Caterina, ancora con il cappotto indosso, stava morendo di caldo. Se ne andò in fretta e furia sibilando un «Grazie».

Enrico prese immediatamente posto sul divano, dette alcuni colpi di tosse – meno male che non aveva la tosse! – e chiese al nonno di mettergli un film, anzi, per la verità pronunciò solo il titolo del film: «Naitmer bifor Crismas».

Consonni cercava di raccogliere le idee, lui normalmente con Enrico ci sarebbe stato anche 24 ore su 24, ma oggi, oggi che doveva uscire, come poteva organizzarsi? Poteva chiamare lui, a sua volta, la baby-sitter, bastava che Enrico non lo andasse a raccontare alla mamma. Ma in altre occasioni l'Enrico era stato perentorio e irremovibile: «Se chiami la baby-sitter io lo dico alla mamma».

Ma che cosa aveva il Consonni di così importante da fare?

Angela entrò nell'appartamento di Consonni, mentre lui stralunato rifletteva sulle questioni.

«Amedeo, Amedeo, aiutami che mi cade tutto per terra».

«Cos'è che ti cade per terra?».

«Aiutami, dai, muoviti, non vedi?».

Angela portava tre vassoi di biscotti che aveva preparato nel pomeriggio, sapendo che più tardi, dopo la scuola, cioè la materna, sarebbe arrivato Enrico, questa volta con tre compagni, di cui uno si diceva che fosse cinese. Angela scaricò quella quantità di biscotti, ancora caldi.

«Non li mangiare, sai? Non sono per te. E poi fa male mangiare i biscotti caldi appena fatti, ti viene mal di pancia» disse al Consonni.

Poi si accorse che Enrico era già lì: «Ma cosa è successo? Enrico, che ci fai qui?».

Consonni, contrariamente al solito, aveva un'aria meditabonda e severa.

«Eh, ha la febbre».

«E i biscotti?».

«Eh, li mangeremo un'altra volta».

Ci fu un lungo attimo di indecisione, e i due rimasero immobili l'uno davanti all'altra, come se Consonni si aspettasse che Angela se ne potesse andare e come se Angela invece si aspettasse qualcos'altro.

«Hai finito di leggere?».

«Beh, sì, giusto stamattina».

«Ah... dunque... e l'hai letto tutto?».

«Sì, certo, tutto».

«Compreso il finale?».

Amedeo era terrorizzato che Angela gli facesse qualche domanda tecnica o sulla trama, che lo avrebbe messo in difficoltà. Poi lei se la sarebbe presa.

«Eh... sì».

Angela cominciava a far ballare una gamba.

«Ah, e non mi dici niente?».

Amedeo sembrava irretito, paralizzato, e Angela interpretò questo fatto come segno di grande emozione. Però quello non disse niente salvo: «E di che cosa?».

«Ma della mia storia, che diamine, e di che altro?».

Amedeo faceva finta di sistemare certi fogli sul tavolo.

«Insomma» disse Angela tentando di mostrare indifferenza «e che ne pensi?».

Fece questa domanda semplice, ma nel suo intimo si struggeva.

«Eh... non è mica facile a dirsi... e inoltre... non è cosa da poco leggere un libro che sai che non potrà mai leggere nessun altro...».

«Ah, allora l'hai letto davvero… e dunque?».

«Eh… e dunque… Mettiti nei miei panni… a parte il fatto che non sono un esperto di letteratura… non mi chiedere un parere su come è scritto perché non lo saprei dare…».

«Sì, no… che c'entra… ma, il contenuto, hai capito quello di cui si parla? Qui si parla di cose che mi riguardano, non pensi che sia assurdo?».

Consonni non sapeva da che parte guardare.

«Eh, assurdo sì… so mia mè».

«Ti capisco, non sono cose che capitano tutti i giorni».

«Se c'è una cosa che non ti manca è l'immaginazione, no? Certo che ne hai di fantasia… io mi aspettavo una cosa proprio diversa ed ecco che ti trasformi in una… una…».

«In una che?».

«In una… come si dice?».

Angela si stava innervosendo perché cominciava a capire due cose: una che Amedeo stava menando il can per l'aia, due che quel demente pensava che fosse un racconto di fantasia. Ah, ma allora era stato tutto inutile?

«Insomma… questo è quello che hai da dire, quando io ti ho raccontato il mio segreto!».

«Eh, beh…».

«Ma allora tu…».

Proprio in quel momento squillò il telefono e Consonni, visto anche l'imbarazzo della situazione, si affrettò a rispondere.

«Oh, buongiorno signora, come sta?... Sì, no, non ancora... certo che ho visto la fotografia... sì, no, ma... Lo so che è importantissimo, lo so... Ci sto lavorando signora, ci sto lavorando, ma gli elementi sono pochi... e ho avuto certe giornate... sì, certo, al più presto... ma guardi che... io... d'accordo, buonasera, a domani... le faccio sapere...».

Angela non aveva capito assolutamente di che cosa Consonni stesse parlando al telefono, ma aveva capito perfettamente chi fosse all'altro capo.

«Beh, mi stavi dicendo? Ammesso che colui che ti ha parlato al telefono non sia estremamente più importante di me. E chi era, se posso chiedertelo, che ti chiamava?».

«Mah, no, sì, certo, era la signora...».

«La signora?».

«La signora Kakoiannis-Sforza». Sì, proprio quella delle riviste gossip.

«Ah... questioni di lavoro. Ma, se non sono indiscreta, cosa vuole da te la signora Kakoiannis-Sforza? Sono giorni e giorni che ti vedo strano, e sembra che per te sia molto più importante l'incarico che ti ha dato quella donna che la storia della mia vita... Potrei sapere di quali questioni di lavoro si tratta? E sono forse queste più importanti della mia vita?».

«Ma no, Angela, che cosa vai a pensare, è solo che... una mia vecchia cliente... ora dice che... si fida solo di me...».

«Ah, si fida solo di te... e io devo fidarmi di te? Ti ho messo in mano un manoscritto che molte persone pagherebbero per leggere e tu che fai, pensi ai tendaggi? O ti sei fatto irretire dalla celebrità di quella decerebrata?».

«Ma no, Angela, cosa vai a pensare. Pensi che non sia rimasto impressionato dal tuo romanzo? Guarda che ogni tanto ne rileggo dei pezzi perché non so se ho capito tutto. E poi scrivi così bene... Hai mai pensato di fare la scrittrice? Di idee eccome se ne hai, e sai anche scrivere a dovere».

«A dovere? A dovere! È così che ti esprimi. Sono troppo superiore per dirti che queste parole potrebbero offendermi profondamente...».

«Ma offendersi di che? Se ti ho detto che secondo me sai scrivere proprio bene... e poi sai, io non sono un esperto... non ho letto molto in vita mia... ho letto solo qualche libro... te l'ho detto che io coi libri che raccontano le storie non ci ho mai preso confidenza. Io...».

«Tu... tu non cambiare discorso... allora, mi vuoi dire che cosa ti ha chiesto quella "signora"? Ancora non me l'hai detto, è un segreto? E dunque ci sono segreti fra noi?».

Amedeo fece passare troppo tempo prima di rispondere. Si vedeva benissimo che stava prendendo tempo senza trovare una risposta. Perché in effetti di un segreto si trattava, cioè di una cosa che non poteva spifferare. La signora Kakoiannis-Sforza glielo aveva detto con tutta la forza della sua argomentazione: quello che gli aveva chiesto doveva restare su un piano assolutamente confidenziale, e non doveva essere reso noto a nessuno, neanche alla persona di cui il Consonni aveva la massima fiducia. E il Consonni non era di quelli che quando conoscono un segreto lo vanno subito a raccontare a qualcun altro intimando di non dirlo a nessuno. Una cosa che non si deve dire non si deve dire. Quindi come poteva metterla con Angela, che si faceva insistente? E dunque mentì, anche se in quello che disse una parte di verità c'era.

«Ma niente... per me è soltanto una rogna. Vedi, quella signora lì le avevo restaurato dei divani e delle poltrone nel salotto del suo appartamento, un lavoro di fino con una seta indiana che lei aveva pagato una fortuna... ecco, adesso vuole che gliela rimetta a posto, perché il gatto ha rovinato tutto... perché sui divani e sulle poltrone il gatto ci si rifà le unghie, ha distrutto tutto, e allora io devo recuperare le parti di stoffa che si possono riutilizzare, risistemare il salvabile, e poi rivestire le poltrone che rimangono fuori con un'altra stoffa simile che mi era avanzata».

Angela rimase interdetta. Credette a questa storiella in una minima percentuale. Ma anche se fosse stata vera non le piaceva lo stesso.

«Ah, prendi lavori di tappezzeria al nero... ma non avevi detto che per te era un capitolo chiuso? E allora perché quando ti ho chiesto, con gentilezza, se mi davi una mano a sistemare l'imbottitura della testiera del mio letto hai detto che tu queste cose non le facevi più, che non avevi l'attrezzatura, che oggi come oggi le cose conviene comprarle nuove?».

Consonni era confuso, non sapeva che cosa rispondere.

«Sai... quella signora ha tanto insistito... sono dovuto andare nel suo appartamento a Lugano per rendermi conto di persona... e non sono riuscito...».

Angela era una furia, adesso era veramente incazzata. Quel bruto anteponeva una fodera distrutta da un gatto al suo grande segreto?

«Basta, non dire altro. Restituiscimi immediatamente il mio manoscritto...».

«Ma Angela... dai... non te la prendere... per quanto riguarda quella testiera possiamo...».

«Dammi il manoscritto, e non se ne parli più».

«... Beh, è là, sul tavolo... dentro una busta arancione...».

Angela prese la busta, recuperò due vassoi su tre con i biscotti, uno lo lasciò a Enrico, che se ne stava a guardare la televisione assolutamente indifferente nei confronti di quell'acceso dialogo. Lei se ne uscì sbattendo la porta e quando fu nel suo appartamento, sentiva un formicolio alle mani. Decise di uscire immediatamente. Immediatamente!

Fuori pioviscolava neve, ma la ex professoressa voleva prendere una boccata d'aria. Come aveva potuto quello stronzo... Indossò l'impermeabile e decise che per andare in banca avrebbe preso la Doblò, anche se la banca era a dieci minuti di distanza a piedi.

Consonni la vide uscire nella pioggia guardando dalla finestra, e si sentiva morire. Angela aveva come al solito frainteso, aveva creduto che la sua incertezza, il suo scarso entusiasmo fossero prova di disinteresse, di incapacità di comprendere! E inoltre... aveva dovuto mentirle!

Perché di fatto la Kakoiannis-Sforza gli aveva conferito un ben altro incarico, al quale il Consonni avrebbe dovuto lavorare già da qualche giorno. Ma aveva fatto ben poco e quel poco aveva portato a risultati scarsi, se non nulli.

Ma chi era veramente la signora Kakoiannis-Sforza?

Per avere informazioni complete ed esaustive su chi fosse la signora Luisa Kakoiannis-Sforza sarebbe bastato chiederle alla signorina Mattei-Ferri, l'inquilina dell'appartamento 12, la pettegola del casamento, una vera enciclopedia vivente del pettegolezzo. Proprio lei, quella del pacco che per errore era finito nelle mani di Angela. La Mattei-Ferri si teneva informatissima, disponendo delle annate complete di «Chi», «Vip», «Vero», «Eva 3000», «Diva e donna», «Novella 2000», «Oggi» e numeri sparsi di varie altre riviste specializzate, che leggeva avidamente.

Così la signorina Mattei-Ferri sarebbe stata in grado di produrre una scheda completa sulla Kakoiannis-Sforza che più o meno avrebbe potuto assomigliare a quanto riportato qui sotto.

Luisa Kakoiannis-Sforza, Sforza dal cognome del marito (non era un nobile, era un figlio di emigrati pugliesi), Kakoiannis da quello del nonno materno di evidenti origini greche (e perché del nonno – si chiedeva la Mattei-Ferri – non aveva padre?) era una delle signore più note della Milano VIP. Sempre al centro di ogni festa importante, frequentava tutti i personaggi della televisione, dello sport e della politica. La sua notorietà, oltre alla sua bellezza e alla sua classe, era dovuta alle sue attività nel campo della moda, dell'arte e del buon gusto.

Possedeva due importanti gallerie nel centro di Milano, dalle parti di via della Spiga. Nella stessa zona alcuni anni prima aveva gestito delle lussuose boutique, e anche avviato alcune linee di produzione, nella lingerie, nell'oggettistica e nel leisure.

Proprio qualche anno prima c'era stato il picco della sua popolarità, quando aveva presentato una serie televisiva che si intitolava «Moda e mode (Tutti da Luisa il sabato sera)» per una rete generalista. Con i suoi capelli alla Crudelia De Mon, col suo accento milanese chic parlava d'arte, di moda e di quello che voleva andando a intervistare personaggi più o meno famosi nelle loro prestigiose residenze. Si intrufolava nei guardaroba, parlava degli oggetti lussuosi, inquadrava le automobili di una serie di personaggi che volevano farsi un po' di pubblicità, e che talvolta pagavano profumatamente. Ad ogni puntata solo uno dei personaggi intervistati era un vero VIP, quello non pagava, anzi, bisognava pagarlo, ma la pubblicità la voleva lo stesso. Il tutto condito con suggerimenti di bon-ton, con marchette per ditte produttrici di orologi e gioielli, gossip e amorazzi.

Il fatto è che era ancora molto ricca, essendo rimasta vedova del signor Oliviero Sforza che le aveva lasciato in eredità il suo enorme patrimonio (e quello noto probabilmente era solo la punta dell'iceberg, chissà quanti soldi ci dovevano essere in Svizzera o altrove). E il capitale doveva essere rimasto cospicuo, nonostante le grandi capacità della Kakoiannis-Sforza di spendere denaro in attività che, almeno sotto il profilo economico, non garantivano il necessario ritorno.

La Kakoiannis aveva sposato lo Sforza, un grosso imprenditore nel settore dei trasporti su gomma, che aveva fatto i miliardi. Era un uomo di quasi sessant'anni quando si sposarono, mentre Luisa doveva averne poco più di venti. Poi lo Sforza era morto nel 1994, quando Luisa era ancora molto giovane e brillante. Nel frattempo era diventata una donna ambitissima, sempre al centro di pettegolezzi su chi fosse il suo ultimo amante.

Sulle sue origini la Kakoiannis stessa aveva sollevato una cortina di mistero.

La signora era nata a Trezzano sul Naviglio da famiglia modesta, pare che la madre facesse la bidella in un istituto professionale, del padre non si avevano molte notizie, anzi nessuna. Fin da giovane mostrava di essere in possesso di un gran bel fisico, che l'aveva portata, sotto la spinta della madre (questo l'aveva raccontato in un'intervista la Kakoiannis stessa), a partecipare a numerosi concorsi di bellezza a livello locale, provinciale e anche regionale. Sembra che avesse guadagnato un terzo posto al concorso di Miss Lomellina nel 1978, il che dava anche degli indizi sul suo anno di nascita, rigorosamente ignoto. Presupponendo che la candidata a Miss Lomellina avesse circa 18 anni, si poteva desumere che fosse nata attorno al 1960, anno più anno meno. Come si fosse trasformata in una donna di classe lei diceva che lo avrebbe raccontato nella sua biografia (già pronta?).

Fra i suoi amori, prima e dopo che diventasse vedova, si annoveravano grossi nomi, dal mondo dello spettacolo, a quello dell'arte, a quello politico. Pare che per un semestre avesse vissuto anche una storia d'amore travolgente con un filosofo.

Negli ultimissimi tempi la popolarità della Kakoiannis-Sforza aveva perso un po' di smalto.

Eh, ormai ha cinquant'anni anche lei, pensava amara la Mattei-Ferri, e se non ci fossero le creme e la chirurgia plastica... Di fatto la Kakoiannis era ancora una donna molto bella, ma già l'espressione «era ancora» non le sarebbe piaciuta affatto. Ma non era tanto questo il motivo del suo appannamento: fra i fatti salienti ci fu quello dell'affare della Merda d'artista, che tanto rilievo aveva avuto sulla stampa nazionale e che l'aveva un po' squalificata come gallerista ed esperta d'arte contemporanea. Ma soprattutto c'era sua figlia, Marilou Sforza, che uscendo dall'adolescenza si era messa subito in mostra e si era piazzata al centro dei riflettori del gossip, facendo certamente un po' di ombra alla madre, grazie a una serie di comportamenti eversivi e ribelli, droga, alcol e relazioni pericolose.

Diciamo che ciò che precede è la breve scheda che la Mattei-Ferri avrebbe potuto velocemente e sinteticamente produrre relativamente alla Kakoiannis-Sforza, così come di molti altri personaggi importanti. D'altronde, è il caso di dirlo, era stato il Consonni a chiedere informazioni sulla Kakoiannis-Sforza.

Ci sarebbe peraltro da domandarsi come mai la signorina Mattei-Ferri, così come altri milioni di persone, per la verità quasi tutte donne, aveva un interesse così marcato per il gossip contemporaneo, tanto da seguire da vicino i destini affettivi, sentimentali ma anche professionali di alcuni personaggi pubblici, soprattutto del mondo dello spettacolo, ma non solo. Un interesse un po' nascosto, non professato e sbandierato, ma vissuto assiduamente e intensamente nell'intimità. Qual è lo scopo di queste persone, e quale la remunerazione, quale il rinforzo alla base di una simile compulsione? Si fa presto a liquidarla come un'idiozia, come era stata tentata di fare l'Angela Mattioli alla sola vista dei rotocalchi di pettegolezzi. I sociologi e gli psicologi sociali sapranno bene le motivazioni profonde del fenomeno e ci lavoreranno sopra, alcuni per stigmatizzarlo, altri, probabilmente la maggioranza, per tirarci su qualche soldo anche loro, ma nel caso della signorina Mattei-Ferri, l'unico del quale possiamo parlare, ci sono delle difficoltà e dei misteri.

Le donne di una certa età è difficile che si abbandonino alla dimensione del sogno: ovvero, vedo un personaggio famoso, ricco, bello, che fa una vita meravigliosa, e allora vorrei essere come lui, o lei. Sembra ovvio, proprio il sogno: se il personaggio è una donna la lettrice sognerà di essere come lei e al posto suo, godendone dei vantaggi. Se il personaggio è un uomo la lettrice sognerà che quello diventerà il proprio uomo, godendone anche in questo caso dei vantaggi. Ma se questi personaggi hanno 30-40, financo 50 anni, e la lettrice 70, come può esserci immedesimazione?

La dimensione del sogno tende a scomparire, con l'età, semplicemente perché non c'è più tempo per realizzarla. Ok, posso giocare al super gratta e vinci (cosa che molte donne anziane fanno) e sperare di vincere un milione e passare dalla parte dei ricchi. Ma altri tipi di sogni sono preclusi: sesso, bellezza, vanità, successo, ti puoi immedesimare quanto vuoi ma quelli non arrivano più.

Se la settantenne ha dei figli, diciamo fra i trenta e i quarant'anni, potrà sognare che siano loro ad avere un colpo di fortuna e di entrare nel mondo dei VIP, ma se non ce li ha, come nel caso della signorina Mattei-Ferri?

Bisognerebbe disporre di strumenti analitici che purtroppo qui non ci sono. Fra l'altro la signorina Mattei-Ferri, solo a parlare di figli, andava nei matti. Forse nella sua mente c'era una gran confusione di rimpianto e di rancore, ma allora che gusto poteva provare a vedere che ricche signore di oltre cinquant'anni non demordevano dalla tentazione di avere figli così tardivamente, come era il caso della famosa scrittrice Innocenti-Laudadio? In realtà la Mattei quando leggeva di queste notizie non poteva altro che inacidirsi, e il sentimento principale che provava era l'odio. Si augurava che a quei VIP capitassero degli incidenti aerei, o in motoscafo, o in elicottero. Ma dunque la Mattei-Ferri spendeva dei soldi nella carta stampata per arrivare a questo?

Forse non c'era solo odio, c'era anche amore o forse un misto delle due cose, che produceva un'irresistibile attrazione.

Nel caso della Mattei-Ferri, ma non vorrei che il suo caso fosse inteso come un esempio, l'odio era privilegiatamente per le donne, l'amore per i maschi, anche se qualche volta le posizioni si invertivano. Per esempio, sul caso della gravidanza indotta della scrittrice Innocenti-Laudadio i suoi sentimenti erano confusi: per un verso la invidiava e si immedesimava in lei, pur dovendo far finta di avere venti anni di meno, ed è difficile lasciarsi andare a fantasticherie ripensando a se stessi molti anni prima, punto dal quale partire per stabilire un nuovo futuro per se stessi cinquantenni (o ventenni, o trentenni): i sogni ad occhi aperti à rebours non funzionano per una legge fisica. Per l'altro verso la odiava e si augurava che perdesse tragicamente il figlio, in un incidente, per caso, durante una trasmissione televisiva, ma non subito, non durante la gravidanza, il figlio doveva esser nato, bello cicciotto, se no che dolore è.

Anche il personaggio di Luisa Kakoiannis-Sforza era di quelli che si meritavano odio: in fondo la sua principale fortuna era stata quella di avere un bell'aspetto, e di essere una gran puttana, e di essere riuscita a incastrare un vecchio ricco a suon di...

Fra l'altro la signorina Mattei-Ferri aveva avuto un mezzo infarto, dopo che aveva visto la Kakoiannis-Sforza entrare di sfuggita nella corte della casa di ringhiera, quella volta che tutta impellicciata era corsa nell'appartamento del Consonni. Proprio in quell'occasione la Mattei aveva compilato mentalmente la scheda precedente e si era sforzata di riepilogare le sue conoscenze sulla VIP, cercando di capire per quale straordinario motivo una persona così nota era andata dall'ex tappezziere. Avrebbe voluto essere una mosca per saperlo, aveva anche chiesto di sfuggita al Consonni: «Ma che onore, ma che personaggi famosi che conosce lei, e come mai?».

Il Consonni però se ne era rimasto muto, senza darle alcuna soddisfazione, aumentando a dismisura la sua curiosità.

Ma come si è detto a incuriosire la Mattei-Ferri non erano soltanto i fattacci privati delle celebrities. Si occupava molto anche dei fatti delle persone che le vivevano intorno, nel quartiere e in particolar modo quelli degli inquilini della casa di ringhiera, dei quali sapeva vita e miracoli. Dal suo punto di osservazione, una finestra che dava sul ballatoio e che le garantiva un'ampia visione della corte e delle finestre di quasi tutti gli appartamenti della casa di ringhiera, nulla le sfuggiva. Per esempio sapeva benissimo dove si trovasse in quel momento l'inquilino Luigi De Angelis.

Il Luis si stava recando alla visita medica per il rinnovo della patente come se stesse andando al patibolo. Teneva con sé una busta arancione con dentro i numerosi referti medici che era riuscito a procurarsi negli ultimi tempi, per circostanze in parte fortuite in parte volontarie.

Voleva dimostrare a quello stronzo del medico che lui era perfettamente in forma, e si portava dietro le pezze d'appoggio. Era terrorizzato e sicuro che il medico gli facesse delle storie, per via che lui aveva 82 anni e che nei confronti delle generazioni meno giovani c'è un pregiudizio: che al volante siano pericolosi. Ma le analisi mediche parlavano chiaro.

Il dottore non parve molto interessato alla documentazione che il De Angelis gli aveva portato. Gli disse di appoggiarla lì. Fece una prova dell'udito con strumenti veramente rudimentali, vale a dire pronunciò una frase a voce molto bassa chiedendo al De Angelis dove fosse nato. Naturalmente quello non intuì la trappola e chiese: «Eehhh?» perché non aveva capito.

«Veniamo alla prova dei riflessi, signor De Angelis».

«La prova dei riflessi?» questa volta il De Angelis aveva capito benissimo.

«Quando sente il beep lei deve premere questo pulsante, ha capito? Se invece si accende una di queste luci lei deve comportarsi così: se si accende la luce verde non deve fare niente, se si accende quella rossa deve premere questo bottone, invece se si accende quella arancione deve premere quest'altro. Non le dico di prendersela con calma perché qui si misurano i tempi di reazione».

De Angelis non si aspettava questo test e andò nel pallone. Premeva i pulsanti senza controllo, temendo di mostrare tempi di reazione troppo lenti.

«Mmhhh» fu quello che disse il dottore registrando i risultati su un foglio, tenendo la mano sinistra a coprire quello che scriveva, come fanno a scuola quelli che non vogliono essere copiati.

Si passò all'esame della vista.

«Signor De Angelis, questi che indossa sono gli occhiali che utilizza normalmente per guidare?».

«Beh, sì...» rispose titubante, non riuscendo a intuire quale fosse la trappola insita nella domanda.

«Che lettera è questa?».

Luis fece mente locale e rispose: «Zeta!».

Il dottore fece una faccia stupita.

«E questa?».

Riflessione.

«Acca!».

«Questa?».

«Bi!».

Il dottore non sapeva che pesci pigliare, il De Angelis non ne azzeccava una.

«Senta, mi legge cosa c'è scritto qui? Si metta in piedi a questa distanza» indicando una frase di tre o quattro righe scritta su un foglio A4 appiccicato sul muro.

SI PREGA DI GETTARE LA CARTA NELL'APPOSITO CONTENITORE RECANTE LA SCRITTA «CARTA». SI PREGA DI NON UTILIZZARE IL MEDESIMO CONTENITORE PER ALTRI TIPI DI RIFIUTI SOLIDI E LIQUIDI.

De Angelis, colto di sorpresa, lesse comunque con gran facilità la scritta.

Il dottore scuoteva la testa. Ma come è possibile, pensava. Il vecchietto ci vedeva bene, e allora perché sbagliava le lettere da un decimo di vista sul tabellone?

Il fatto era semplice. Era dovuto all'ansia del De Angelis, che per paura di sbagliare si era fatto prestare da un ottico una tabella oculistica e l'aveva imparata a memoria. Ma a parte il fatto che all'età del De Angelis se c'è un problema è quello della memoria, il fatto era che la tabella utilizzata dal dottore era diversa. Sono sempre diverse.

Dopo aver preso altri appunti il dottore estrasse una scatoletta piatta cui tolse il coperchio.

«Signor De Angelis, mi dice che cosa vede qui?».

De Angelis fiutava l'ennesimo trabocchetto. Quello che vedeva era un rettangolo composto di tanti pallini, o chiodini, che non dicevano molto, almeno a lui.

«Vedo dei chiodini».

«Ma la sagoma, non la vede una sagoma, dentro i chiodini?».

«Una sagoma?».

«Sì, non lo vede l'animale?».

«L'animale?».

«Sì, andiamo, non lo vede il topolino?».

De Angelis non sapeva proprio come comportarsi, il topolino non lo vedeva, tuttavia disse: «Certo che lo vedo il topolino».

«Ma De Angelis, lei è daltonico, oppure è strabico, ci vede solo da un occhio? Lei ce l'ha la vista binoculare? Qui c'è un gattino, non un topolino».

De Angelis lo sapeva benissimo che per guardare usava un occhio solo, l'aveva sempre fatto, fin da quando aveva 12 anni, perché aveva un occhio pigro. Ma non se ne era mai accorto nessuno, dopo quarant'anni che aveva guidato per le strade di Milano...

«Qui, signor De Angelis, io non so..., la situazione va valutata. Non vorrei che fossero necessari esami supplementari. Non è tanto per i riflessi, che sono abbastanza scarsi, quanto per questo problema della vista. Soffre di cataratta? Mi faccia un po' vedere...».

«Ma le analisi... le analisi che le ho portato...».

«Ne terremo conto. Torni fra quindici giorni con un campo visivo».

«E che cos'è un campo visivo?».

«È un esame per stabilire come ci vede lei... e che ne so io che lei non ha un glaucoma, alla sua età?».

«Un glaucoma? Ma io ci vedo benissimo...».

«Questo lo vedremo... comunque si faccia preparare una richiesta dal suo medico... ecco qua» e scrisse il nome dell'esame in questione.

«Ma l'esame lo devo pagare io?».

«Mah, alla sua età sarà esente, no? Comunque appena ha il risultato si faccia vivo».

De Angelis era stordito, per non dire KO.

«Quindici giorni? Ma io nel frattempo posso guidare? Ne ho estrema necessità».

«Senta, non si potrebbe, le faccio un foglio sostitutivo che le permette di guidare per quindici giorni. Ma se il campo visivo...».

De Angelis era talmente depresso che neanche tentò di combattere un pochino. Tornò a casa sicuro che fosse tutto un complotto e per un attimo pensò perfino a un gesto estremo. Nella corte della casa di ringhiera lanciò uno sguardo furtivo alla BMW 3.2 24 valvole, come avrebbe fatto un evirato di guerra di ritorno dall'ospedale militare guardando la sua giovane moglie che stava preparando la cenetta, vogliosa di una notte di sesso.

Per essere alla metà di gennaio non faceva molto freddo, c'era un clima umido e piovigginoso che pareva di essere a novembre, anche se la pioggia a tratti si trasformava in nevischio. Il cielo era grigio e il traffico caotico, come sempre succede a Milano quando piove. Questo accade perché tutti prendono la macchina anche se devono raggiungere un posto che è dietro l'angolo. Lo stesso aveva fatto Angela con la sua Doblò per andare in banca. Doveva versare i canoni degli affitti: quello dei peruviani e quello del professore, visto che quello dell'appartamentino numero 9 non era stato pagato. Ma lì la faccenda era complicata, l'appartamentino adesso era vuoto, anche se Erika, l'occupante, ufficialmente non aveva dato alcuna disdetta, si era limitata ad andarsene e a lasciare le chiavi alla signorina Mattei-Ferri. Quindi Angela aveva in borsa 1.450 euro in contanti, e non le piaceva tenere in casa quel denaro liquido, non si sa mai. La banca era in via Vallazze ma arrivarci pareva impossibile e soprattutto trovare un posto dove parcheggiare. Anche in seconda fila. Così Angela dovette proseguire e si ritrovò a mezzo chilometro dalla banca, praticamente la stessa distanza che c'era da casa sua, procedendo piano piano alla ricerca di un buco dove posteggiare.

«No, non può essere lui...» commentò quando scorse sul marciapiede un uomo sui trent'anni, tutto bagnato e malconcio, col cappuccio della felpa in testa, che camminava senza guardarsi intorno. Tirò giù il finestrino e lo chiamò.

«Signor Antonio! Signor Antonioooo!... Sono io, sono Angela...».

Quello che Angela riteneva fosse il signor Antonio si voltò di scatto, accelerò la camminata facendo finta di niente, con lo sguardo torvo.

La signora si ostinava a procedere alla stessa velocità del pedone, senza smettere di chiamarlo: «Signor Antonio, venga qua... salga in macchina...».

Il presunto signor Antonio sembrava assai infastidito da quella donna che lo chiamava. L'aveva riconosciuta, era la signora Angela, quella dell'appartamento 2. Fece finta di non sentirla, ma quella insisteva. Si infilò in una strada laterale, quasi correndo.

Angela continuò ad andargli dietro. Mamma mia come si è ridotto, pensava. Ma almeno è vivo.

Il signor Antonio, uno degli inquilini della casa di ringhiera, era scomparso da diverse settimane. Nessuno ne aveva più saputo niente. L'ultima volta che era stato visto era indaffarato al suo furgone nella corte della casa di ringhiera. Stava cercando di sostituire le gomme anteriori perché le aveva forate tutte e due. Poi, a quanto raccontava la signorina Mattei-Ferri, se ne era andato via a piedi con una ruota in mano, probabilmente alla ricerca di un gommista. In seguito doveva anche aver fatto ritorno, perché vicino al furgone era stata ritrovata la gomma sostitutiva con un copertone nuovo. Ma evidentemente lì doveva essere successo qualche cosa, perché Antonio non aveva fatto in tempo a rimontare la ruota. E da quel momento non se ne era saputo più niente. Neanche la moglie Erika ne aveva avuto notizie. A meno che Antonio non l'avesse contattata in segreto, quella faceva la parte della moglie il cui marito scompare da un momento all'altro. Non sembrava essere in pensiero. Forse sapeva dov'era suo marito? E ora eccotelo lì, vivo e vegeto, anche se non tanto, a un chilometro da casa. Che gli era successo?

Antonio procedeva sempre più svelto, con lo sguardo a terra, e non si accorse di quello che aveva davanti, tre agenti di PS che sostavano davanti a una filiale della Banca Intesa, ci andò quasi a sbattere. Gli agenti lo guardarono storto, stavano per chiedergli i documenti, aveva un aspetto veramente losco e disperato.

Rimase bloccato davanti a un agente con i baffi che lo fissava in modo inquisitivo.

«Signor Antonio, monti in macchina che si bagna tutto» ripeteva Angela.

Così il signor Antonio si decise, in fondo era l'unica sua via di fuga. Che poteva fare, mettersi a correre? E per di più quella deficiente aveva anche fatto il suo nome. Vide due dei tre agenti che parlottavano fra di loro.

Allora si decise, si avvicinò alla Doblò, aprì lo sportello e ci entrò dentro. Angela partì, e i tre poliziotti tornarono alle loro faccende.

Antonio grondava acqua nell'abitacolo e Angela proseguiva imperterrita.

«Ma signor Antonio... ma che le è successo? Lo sa che eravamo preoccupati che le fosse accaduto qualcosa? Sparire così, da un momento all'altro... pensavamo che le fosse capitato qualcosa di brutto... e poi col furgone lasciato lì in mezzo alla corte con le ruote sgonfie... una disgrazia... un incidente... si pensava... un delitto... una qualche brutta faccenda... non posso dire di vederla bene, ma almeno la vedo in salute... sa, di questi tempi, se ne sentono di tutti i colori... e poi... dopo quello che è successo... sua moglie... pensavamo che... anche l'Amedeo, che è uno che di queste cose se ne intende... non ci vedeva mica chiaro... e io...».

Angela continuava a parlare, mentre Antonio non diceva niente. Ma quella lì era andata di cervello? Ma perché gli faceva quei discorsi del cazzo? Ma che andava cercando?

Antonio pensava che ormai non aveva scampo, e che a un omicidio ne sarebbe seguito necessariamente un altro. Adesso che questa mi ha visto lo andrà a raccontare in giro, e io sono definitivamente nella merda. Come la metto con questa qui, adesso? Mi faccio portare alla fabbrica e poi lì la stendo e le prendo quello che ha con sé. Magari ha dei soldi e le ciulo anche la Doblò. Ma quanto tempo ho? Quanto ci metto ad arrivare al Brennero con questo cazzo di macchina? La cercheranno subito.

La signora non faceva una piega.

«E adesso dove la porto? Ma perché non mi racconta? Guardi che di me si può fidare, sa? Non sono quello che sembro, ne ho viste tante in vita mia...».

In effetti quella situazione, lei in macchina con un giovane con la barba lunga, puzzolente e sporco, distrutto... forse in pericolo... le ricordava qualche cosa.

«Ma che, signora, ma lei mi prende per il culo? Giri a destra, vada verso Parco Lambro».

«Beh, certo, sì, la porto dove lei preferisce, ma non vorrebbe fermarsi un po' al bar, potremmo prenderci un cappuccino e qualche brioche, e lei magari mi potrebbe raccontare che cosa le è capitato, sa, se non ci aiutiamo un po' fra noi... Ha avuto un tracollo economico? Ha avuto dei problemi col lavoro? Qualche cosa è andata storta? Se ha bisogno di aiuto io posso venirle incontro, per esempio se non si è fatto più vivo perché non aveva i soldi per pagare il canone, si figuri, ci possiamo venire incontro, ci parlo io con la proprietà, si immagini, al massimo l'ultimo mese non pagato lo anticipo io... figuriamoci».

«Ma lei è scema? Giri a sinistra e si infili dentro quel cancello. E stia zitta».

Anche questo modo di parlare non le era sconosciuto, ma erano passati tanti anni... Il signor Antonio sembrava proprio nei guai, chissà che cosa...

«Ecco, si infili dentro quel capannone lì».

Antonio l'aveva portata in una fabbrica abbandonata in rovina, l'acqua colava per terra dal tetto semidistrutto.

«Si fermi qui».

«D'accordo, mi dica pure. Aveva bisogno di un luogo appartato per parlare con me? Sono tutta orecchi, ma c'era bisogno di venire in un posto così desolato? Mamma mia che abbandono! Ed è lugubre anche, santo Cielo, quante cose potrebbero succedere qua dentro, e chi se ne accorgerebbe, non c'è nessuno in giro, santa Madonna, ci potrebbero girare un film».

Antonio la guardò strabiliato, poi uscì dalla macchina, aprì il portellone posteriore e si mise a rovistare nel vano bagagli. Estrasse la ruota di scorta bestemmiando fra sé e sé.

«Ma dove cazzo...».

«Beh, signor Antonio, non mi dica che tutto quello di cui ha bisogno è una ruota di scorta, e poi, sa, il furgone l'hanno portato via, l'ha fatto portare via il De Angelis, sa com'è geloso lui della sua piazzuola, e inoltre... veda... credo che la mia ruota di scorta non vada mica bene per il suo furgone...».

«Ma dove cazzo è il cric in questa macchina di merda?».

«Le serve il cric? Ah, non avevo capito... Aspetti che l'aiuto io, guardi una volta che ho forato una gomma ci ho messo delle ore a trovare dove i fabbricanti avevano nascosto il cric, sembra che si ingegnino per renderti la vita difficile...».

Antonio guardava allibito quella signora che si adoperava per fornire il suo killer dello strumento idoneo a romperle la testa.

«Eccolo qua» disse Angela, porgendo ad Antonio il cric, rimanendo in piedi di fronte a lui, come in attesa di capirci qualche cosa di più.

Antonio era piuttosto destabilizzato ma provò lo stesso ad alzare il cric in modo tale da poterlo abbattere sulla testa della Mattioli. Cercò di caricarsi a parole: «Adesso ti sistemo io brutta stronza», ma non bastò.

Angela lo guardava incuriosita.

«Ma come, se le ho detto che l'affitto non lo voglio, si vede a occhio nudo che lei è in brutti frangenti, ma che le viene in mente, su, lasci stare quel crick, io lo so che lei è una brava persona, un lavoratore, non mi vorrà mica mettere paura. Le ripeto, per quanto riguarda l'affitto...».

A scappare neanche ci provava. Se solo ci avesse provato magari Antonio avrebbe rimediato un po' di aggressività, l'avrebbe agguantata e l'avrebbe colpita, ma quella se ne stava ferma immobile, e non sembrava provare alcuna paura.

«Io adesso ti faccio vedere... puttana merdosa» ma era troppo stanco, era al limite, non aveva forze morali né materiali e quella poi gli disse: «Senta signor Antonio, io capisco che lei sia in una situazione di profondo disagio, ma che fa? Io so che lei è un uomo buono, io posso aiutarla. È un problema di soldi? Ci sono dei creditori che la inseguono? Se solo mi racconta quello che è successo vedrà che tutto si può accomodare, almeno un po'».

Antonio si guardò in giro, per sincerarsi che non ci fosse nessuno degli altri occupanti della fabbrica abbandonata. In effetti qualcuno c'era, in lontananza. Una coppia di senza tetto molto anziani che dormivano uno sopra l'altra, in mezzo a dei cartoni. Probabilmente si erano addormentati così, mentre tentavano di intavolare un rapporto sessuale, ma quelli non si sarebbero svegliati neanche se fosse partito un colpo di pistola. Antonio si lasciò sgomentare dalla tristezza del paesaggio post-industriale degradato.

«Accomodare? Almeno un po'? Ma non lo sa che io sono un omicida? Cosa pensa che si possa accomodare?».

«Un assassino?». Questa Angela non se l'aspettava.

«Sì, un assassino, sa cosa vuol dire?».

«... un assassino... oh santa Madonna... un assassino... è per quello che è fuggito via... oh Signur... ma io...».

Antonio buttò il cric. Tanto a che sarebbe servito. Si mise a sedere per terra, disperato.

Si riscosse.

«Soldi, lei mi deve dare tutti i soldi che ha! Non l'ho uccisa solo per questo. Adesso lei mi porta a casa e mi dà i soldi che ha!».

«I soldi? Ma io qui...».

«Stia zitta e mi porti immediatamente a casa sua...».

«Ma, veramente, io a casa di soldi... però qui...».

«Ah, a casa di soldi ne ha pochi? Questo lo vedremo. Tutti tengono nascosti dei soldi in casa!».

«Io no, sa, li tengo in banca, stavo appunto andando in banca per...».

«Ah, e così lei mi vorrebbe portare in banca?».

«No, io le volevo solo dire che...».

«Sì, e io la lascio andare in banca e magari la aspetto anche fuori, così lei mi fa arrestare...».

«Le giuro che non lo farei mai...».

Antonio ci pensò un attimo e disse: «Ok, andiamo a casa sua. Ma se prova a fare la furba...».

Così rimontarono in macchina e si diressero alla volta della casa di ringhiera.

Antonio pensava a come comportarsi dopo che Angela gli avesse dato i soldi.

L'avrebbe fatta fuori? Ma con che cosa? Si poteva portare il cric dietro. Oppure l'avrebbe solo imbavagliata e legata a una sedia?

Subito dopo pranzo, in casa Consonni, mentre Enrico era spaparanzato sul divano a guardarsi per la terza volta consecutiva «Nightmare before Christmas», Amedeo stava rimettendo a posto le cose del nipotino nella cameretta, che poi era la ex camera di Caterina, da quando era bambina fino a quando era uscita di casa, a venticinque anni. In verità aveva ancora un aspetto di camera prepuberale, pur se in uno stile risalente a una trentina di anni prima. Estraendo dallo zainetto il pigiamino, lo spazzolino da denti, Bubu, l'orsetto di peluche, vari giochi, figurine, pezzetti di legno, pile elettriche, un paio di occhiali da sole e mille altre cose, trovò qualcosa che non si aspettava, vale a dire un sigaro. Oh, santa Madonna, pensò Consonni, e questo dove lo ha pescato?

Avrebbe voluto chiederlo all'interessato, ma nell'immediato non disse niente e ripose il sigaro dove l'aveva trovato, insieme ai ninnoli. Tuttavia quando fu in salotto annunciò al nipotino che bisognava prendere il termometro e misurare la febbre. Enrico non fece una piega, ma disse che prima doveva fare la pipì. Scivolò giù dal divano, fece un salto in cameretta e andò in bagno. Consonni quatto quatto lo seguì e da uno spiraglio della porta del bagno si mise a spiarlo. Enrico, con fare esperto, si era messo il sigaro sotto l'ascella. Ah!

L'operazione richiedeva un po' di tempo. Il nonno dopo dieci minuti chiese dal salotto: «Ma Enrico, cos'è che fai, l'uovo?».

«Vengo, nonno, un attimo».

Dopo altri minuti Enrico tornò al suo posto, sul divano, ed ebbe un accesso di tosse.

«Allora Enrico, ci misuriamo la febbre?».

«Sì nonno» rispose il bambino dolcemente.

Amedeo afferrò il termometro.

«Però questa volta la febbre la misuriamo in bocca, è più preciso» disse il nonno. Enrico non ebbe alcuna reazione particolare. Probabilmente non aveva stabilito una associazione fra il fatto che il sigaro andava messo sotto l'ascella e il fatto che la febbre si alzasse solo in quel posto. Pensava che il sigaro la febbre la facesse alzare dappertutto. Così non sollevò obiezioni e si lasciò infilare il termometro in bocca.

«Tienilo sotto la lingua, eh?».

Dopo tre minuti Amedeo, scuotendo il termometro, comunicò la felice notizia.

«Bene, Cipolla, lo sai che non hai più la febbre?».

«Ma nonno, sì che ce l'ho. Ne ho tanta. Me la sento».

A questo punto il nonno non resse più: «Brutto piccolo imbroglione! E così la volevi fare anche al nonno!».

Enrico si guardò un po' in giro, indeciso sul da farsi. Doveva continuare la manfrina a testa bassa? Ci provò: «Aspetta nonno, mi scappa ancora la pipì, poi me la misuri di nuovo».

«Eh no, birbante. Guarda che sono più vecchio di te. Vuoi che non lo conosca il metodo del sigaro? A proposito, ma chi te lo ha insegnato? E chi te lo ha dato il sigaro? E perché lo hai fatto?».

Enrico valutò che non fosse necessario mettersi a dare tante spiegazioni e repentinamente scoppiò in un pianto disperato.

«Uuuhhhh... io a scuola non ci voglio più andare... uuuhhhh, mai più, io a scuola non ci vado...».

«Ma cosa dici Enrico, ti fai venire la febbre per non andare all'asilo?».

«Io a scuola non ci vado più... uh uuuhhh uuhhhh». A Enrico mancava il respiro. Provava a parlare ma i singhiozzi glielo impedivano.

«Dai Cipolla, vieni qui dal nonno». Con pazienza il Consonni riuscì a calmarlo un po', tanto che il piccolo riuscì a dire:

«Perché ci sono i bulli».

«I bulli? E cosa ti fanno i bulli?».

«Mi picchiano sempre».

«Cosa?».

Ah, questa è grossa, pensava Consonni, atterrito all'idea che qualcuno potesse fare del male al suo nipotino, ma anche pronto a recarsi immediatamente alla materna a massacrare di botte chiunque, indipendentemente dall'età, avesse osato alzare un dito su Enrico. Avrebbe menato i bulli, i loro genitori e anche le maestre, se necessario, visto che non sorvegliavano abbastanza e la situazione era sfuggita loro di mano. Lentamente si calmò, rifletté, rendendosi conto che il problema era serio.

«Ma tu come fai a sapere che sono dei bulli?».

Enrico non rispose ma cosa fossero i bulli lo sapeva benissimo.

Dipendeva dal fatto che la maestra, assieme ad un'altra signora che veniva da fuori, in classe aveva spiegato la faccenda dei bulli. Avevano raccontato in forma di favola il tema del bullismo: in un pollaio c'erano delle galline che facevano le bulle e picchiavano le altre galline, soprattutto una, che era la più debole e malaticcia, che si chiamava Minù. Le davano delle gran beccate sulla testa.

«E allora il gallo che cosa ci sta a fare?» aveva chiesto con arroganza il solito Christian, ma le maestre non gli avevano dato retta, passando al finale, in cui la gallina vittima si ribellava, denunciava le violenze eccetera. Alla fine anche le galline bulle capivano i loro errori e si pentivano e chiedevano scusa. In realtà i problemi si erano risolti solo perché la Minù aveva fatto la spia.

Comunque Enrico aveva capito benissimo di che cosa si stava parlando. Parlavano dei bambini. Spesso fra i bambini ci sono i bulli, che sono quelli che picchiano gli altri, si accaniscono in particolare su uno di loro, la vittima designata.

Enrico si era poi chiarito le idee guardando, a casa del nonno, una trasmissione televisiva sul tema. Facevano vedere dei bambini grandi a scuola, uno di loro chiedeva i soldi a un altro per comprarsi le schedine telefoniche. Gli diceva di non dire niente a nessuno, nemmeno ai genitori, se no lo avrebbe ammazzato...

Poi delle persone sedute parlavano, non si capiva niente, ma Enrico una cosa l'aveva ben compresa, e cioè che il bullo picchia per puro divertimento e anche per il ritorno economico.

«Nonno, mi picchiano sempre e mi rubano la merenda» riprese Enrico piangiucchiando. «Io a scuola non ci voglio tornare...».

In quel momento nella corte della casa di ringhiera c'era una certa animazione, inconsueta. Tre o quattro bambini peruviani erano scesi dall'appartamento al secondo piano e si erano messi a giocare a lippa, proprio vicino alla BMW del De Angelis posteggiata nella sua piazzuola riservata. Che avrebbe detto il Luis nel momento in cui se ne fosse accorto? E certamente, a breve, ciò sarebbe accaduto. I ragazzini facevano un baccano abbastanza contenuto, Enrico corse alla finestra, e si mise a osservarli. Ci sarebbe voluto andare anche lui a giocare a ciribè, ma si rese conto che il nonno era troppo preoccupato, così non ebbe il coraggio di chiederlo, e si limitò a gettare sguardi malinconici dalla finestra, che il nonno interpretò in altro modo.

Quei bambini il pomeriggio erano padroni di loro stessi, perché i genitori erano a lavorare e giudicavano che i loro figli fossero abbastanza grandi per non aver bisogno di nessuno che li badasse. Ah, sospirava Enrico.

Intorno alle due e mezzo del pomeriggio Angela e Antonio erano nell'appartamento numero 2, quello della medesima professoressa Mattioli, seduti al tavolo di cucina.

Non vale la pena raccontare come Angela fosse riuscita a convincere Antonio ad accettare un caffè, ma c'era riuscita. Antonio aveva perso un po' di concentrazione e si era messo a pensare a voce alta.

«L'ho uccisa, ma io non l'ho mica fatto apposta! Io le ho dato solo una spinta, ma lei... lei ha picchiato la testa... io non volevo... al massimo le ho dato una sberla, qualche volta un cazzotto... ma nulla di più... e ora sono un assassino... tutti mi cercano... e per me è finita...».

Angela non aspettava altro.

«Ma allora si è trattato di un incidente, no? Non la possono accusare di omicidio premeditato, al massimo è colposo... certo che se lei continua a darsi alla fuga, io credo che nelle sue condizioni le convenga costituirsi... se ha delle colpe le pagherà, ma non certo quella di un omicidio... cioè, l'omicidio c'è stato, ma con un buon avvocato... si potrà dimostrare che lei... insomma lei se la caverà... ci vorrà qualche anno ma se la caverà... invece se continua così dove crede di poter andare a finire? Non può pensare di rimanere nascosto per il resto della sua vita... l'unica strada che le rimane aperta è quella del crimine... e poi la prenderanno, perché lei non è un criminale incallito, è un lavoratore... e se nessuno le ha dato un'educazione, una formazione, è forse colpa sua? E se lei è un po' violento, la responsabilità è sua? Oppure della società che ci circonda?».

Antonio non aveva capito una parola e mentre Angela gli versava un'altra tazza di caffè, lui continuava a ruminare pensieri confusi su come raggiungere la Germania dove aveva certi parenti che forse...

«Fuggire non le sarà utile... non è mai stato utile a nessuno... deve prendersi le sue responsabilità... io credo che sia la cosa migliore per lei, solo chi cade può risorgere...».

«Ma che cazzo dice, signora? Solo chi cade può risorgere? Ma lei sa dire solo stronzate? Secondo lei se io vado alla Polizia quelli mi trattano con i guanti bianchi? Quelli prima mi massacrano, poi mi chiudono in cella e buttano la chiave. E quella gente poi si fanno i cazzi miei e se picchio mia moglie mi condannano».

Angela divenne pensierosa. Forse il suo approccio non era stato quello giusto. Provò a cambiare discorso.

«Ma lei, in fondo, non potrebbe raccontarmi meglio la dinamica dei fatti? Dopotutto io non so niente di come sono andate le cose. Io so solo che lei è scomparso qualche settimana fa e che nessuno ne ha saputo più niente. Tutti si sono chiesti che fine avesse fatto, e hanno temuto il peggio, che qualcosa fosse successo a lei».

«È che sono sfortunato, sono sempre stato sfortunato... una sfiga nera mi perseguita... pensi che stava andando tutto nel migliore dei modi... stavo portando via il cadavere in un posto che conosco solo io... e nessuno l'avrebbe ritrovato mai... tutto andava a posto... dopo avrei avuto il tempo... quando poi ne sono successe di tutte, ci si è messo di mezzo quel bambino del cazzo... e poi il furgone, cosa succede al furgone? Ti vado a forare due gomme, dico due gomme, non lo posso più utilizzare per portare via la morta, e allora? Se poi le racconto dove sono stato per una settimana intera subito dopo il fatto, non ci crederebbe...».

Angela capì dal vago accenno che Antonio aveva ucciso una donna, ecco come erano andate le cose. Purtroppo Antonio era un tipo molto manesco, un violento, e probabilmente aveva alzato le mani su una donna, provocandone la morte. Ecco perché era scomparso dalla mattina alla sera. Aveva cercato la fuga, e non si era più fatto vedere a casa, sicuro che lì la Polizia lo avrebbe rintracciato. Ma chi era quella donna? Angela non sapeva se fosse il caso di domandare ragguagli ad Antonio sull'identità della donna assassinata. Sul giornale non aveva letto niente. Consonni sicuramente aveva registrato il caso di un ammazzamento di una donna, che aveva picchiato la testa dopo una colluttazione. Che valesse la pena di chiederglielo? Ma Angela voleva tenere Consonni fuori da questa storia, e inoltre quello scemo era insopportabile, non aveva nessuna intenzione di fare la pace con lui.

«Senta, visto che sono passate le due e mezzo e io ho un grande appetito, che ne direbbe se buttassi due spaghetti, non ha fame? Ho un ragù già pronto, con salsiccia e funghi, ci metto un attimo, che ne dice?». E già cominciò ad armeggiare in cucina, estraendo dal frigorifero una serie di contenitori sterili. «Ho anche un avanzo di cotolette fritte di agnello, che ne dice se le passo nel microonde? Oppure preferisce qualche uova di quaglia? Sono buonissime, sa? Secondo me molto meglio di quelle di gallina. E qua, non dovrei dirglielo, guardi che cos'ho. Una cremina di tartufi fatta apposta per le uova di quaglia al tegamino...».

Antonio non disse niente, nelle settimane precedenti aveva mangiato solo kebab, e non tutti i giorni.

«Lo vuole intanto un goccio di vino? È un Dolcetto, le piace?».

Angela si mise al lavoro, Antonio almeno per quanto riguarda i complimenti si dimostrò una persona educata, non facendone. Apprezzò anche il Dolcetto che c'era nella bottiglia scolandosela per intero e mostrò il suo gradimento finale all'orientale, con un enorme rutto.

«Vediamo i soldi» disse alla fine, mentre mangiava l'ultimo cantuccino di Prato intinto nel Vinsanto («Me li ha portati mia figlia Giulia l'ultima volta che è andata in Toscana»).

Angela estrasse il denaro dalla borsa ed Antonio avrebbe voluto sbattere la testa contro il muro. I soldi li aveva con sé?

«Lei quando eravamo nel capannone non mi ha chiesto di darle i soldi che avevo con me. Altrimenti glieli avrei dati... ho provato a dirglielo ma lei non mi ha lasciato parlare!».

Pensò di strozzarla, ma in fondo era in un luogo asciutto, e aveva finalmente mangiato.

«Eh, mia moglie col cazzo che cucinava in questo modo. Solo Quattro salti in padella, quando andava bene, e poi uno si lamenta se a qualcuno gli prende il nervoso...».

Ecco, pensò Angela, siamo arrivati al punto.

Mentre Antonio contava e ricontava le banconote, senza mostrare l'intenzione di andarsene via in tutta fretta, Angela si decise ad affrontare la questione più spinosa. La moglie di Antonio, Erika.

«Ma lei con la signora Erika, poi, ci ha più parlato?».

Antonio si scosse dalle sue meditazioni.

«Ehh? Ma che fa, mi prende per il culo? E poi sono io quello che ha perso la testa!».

Angela capì che aveva toccato un argomento che non avrebbe dovuto toccare... Probabilmente Antonio si sentiva in colpa per aver abbandonato da un giorno all'altro la moglie, ma forse voleva tenerla completamente fuori dal suo contorcimento interiore, forse una strada verso il pentimento?

«Quella troia!» inveì Antonio. «Tanto voi donne siete tutte uguali, vi lamentate tanto se uno vi picchia, poi è quello che volete!».

Angela restò in silenzio, valutava che il cammino della redenzione per Antonio fosse più lungo di quello che avrebbe potuto immaginare.

La signorina Mattei-Ferri non era rimasta per nulla indifferente nei confronti di ciò che aveva visto, ovverosia la signora Angela Mattioli che entrava nel suo appartamento insieme a un uomo, apparentemente sui trenta, robusto ma malvestito, che teneva celato il viso con il cappuccio della felpa come fanno i marocchini e gli spacciatori.

Oh bella, e quello chi è? E perché sembra così circospetto, tanto che non vuole farsi riconoscere? La Mattei-Ferri guardò la sveglia in cucina, erano le 14 e ventidue. Registrò il dato. Voleva cronometrare per quanto tempo quel tipo virile si sarebbe trattenuto dalla Mattioli. Ah, questa poi... e se lo fosse venuto a sapere il Consonni? Ma quello, quello si crede tanto furbo però poi... quella là gliele fa sotto il naso, ne sono certa.

Il bello fu che quell'individuo non se ne usciva più. La Mattei avrebbe avuto un bel piantonare la porta di casa della ex professoressa, ma quello si sarebbe trattenuto a lungo.

La signorina se ne stava seduta vicino alla finestra, mantenendo la sedia a rotelle a portata di mano per catapultarcisi sopra nel caso che qualcuno le avesse suonato alla porta. Qualcuno qualsiasi, ormai non si fidava più di nessuno, neanche del Consonni, figuriamoci della Mattioli, che stava dando prova di comportamenti fuori controllo. Non solo manteneva una relazione semiclandestina col Consonni stesso, che tanto faceva imbestialire la povera figlia dell'Amedeo, che vedeva suo padre perso in mezzo alle oscure trame erotiche di quella donna, ma adesso si portava a casa anche dei giovani e malmessi stalloni. Chissà dove l'aveva rimediato, certamente dalle parti di via Padova. Aveva tirato su quel tipo extracomunitario sporco e miserabile, ma probabilmente arrapato come un porco, magari con la promessa di una decina di euro. A meno che... a meno che non fosse un ennesimo giochetto orgiastico col Consonni, una specie di recita. Tipo che il porco era uno cui piaceva guardare, e allora lei aveva trovato un soggetto disponibile a qualsiasi prestazione, anche a farsi guardare mentre aveva rapporti sessuali con la donna del guardone. Mamma mia che schifo! Eppure la Mattei-Ferri sapeva che in certi mondi di depravati queste cose succedono e come. E le possibilità sono infinite. Per esempio poteva anche essere che a voler guardare fosse la signora Angela. E chi poteva escluderlo? Secondo lei la tappa successiva era quella in cui il Consonni avrebbe raggiunto i due nell'appartamento dell'Angela, oppure viceversa, sarebbero stati i due a raggiungere l'altro nel suo. Ma come, c'era anche Enrico. Avrebbero fatto le loro porcherie davanti al piccolino? Eh no, questo era troppo!

Per l'appunto il Consonni nel giro di pochi minuti si mosse davvero, tuttavia, stranamente, non andò a bussare ad Angela, ma si diresse verso l'appartamento della Mattei-Ferri stessa. Suonò il campanello.

La signorina si gettò immediatamente sulla sedia a rotelle e arrancò verso la porta d'ingresso. Il Consonni era con l'Enrico e le chiedeva se poteva affidarle il bambino per una mezzoretta o poco più, perché aveva una cosa urgentissima da fare e non poteva lasciarlo solo in casa.

Come pensavo... trionfava nel suo intimo la Mattei-Ferri. «Va bene, basta che stia buono, sa, io, immobilizzata come sono, posso aiutare ben poco...». La Mattei-Ferri non aveva nessuna voglia di badare quel monello di Enrico, ma la sua curiosità di capire se le sue previsioni erano esatte era troppo forte.

Così Enrico fu ammesso e la Mattei riguadagnò rapidamente la sua finestra, questa volta in sedia a rotelle, non si fidava nemmeno di Enrico, per sbirciare dove andasse Consonni. Ma dove altro poteva andare se non alla porta della sua sgualdrina!

Il fatto strano fu che Angela non gli apriva, nonostante i suoi reiterati tentativi.

«Dai Angela, non metterla così, non mi tenere il muso, posso spiegare... è successa una cosa seria con l'Enrico».

Dall'appartamento non sembrava arrivare nessuna risposta.

«Su Angela, aprimi, solo per un minuto».

Che porco! Temeva di esser lasciato fuori dai giochetti? E se quella donna nel frattempo ci avesse preso gusto, e del fatto che il Consonni li guardasse mentre si davano da fare non gliene fregasse più niente? In fondo qualche depravato può anche provar soddisfazione a guardare, ma a esser guardati che gusto ci può essere? Oddio, una volta su una delle sue riviste di gossip aveva letto che... c'è anche gente cui piace esser guardata mentre lo sta facendo.

La ex professoressa Mattioli non aprì e Consonni nel giro di un quarto d'ora tornò a riprendersi Enrico.

«La ringrazio molto, ho già fatto» disse Amedeo.

Ma cosa hai fatto... non hai fatto un bel niente di quello che volevi, ghignava fra sé la signorina.

Quando furono usciti la Mattei-Ferri controllò che rientrassero nell'appartamento. L'occhio le cadde sulla corte della casa di ringhiera dove era posteggiata la spider fuori serie del De Angelis.

E lui era lì. Girava intorno alla sua BMW Z3 3.2 24 valvole, dandole sommessamente qualche spolverata malinconica, con un atteggiamento simile a colui che vede partire la sua promessa sposa su un traghetto che la porterà dal suo amante segreto.

Alle 17.30 in punto Consonni, Caterina ed Enrico erano seduti su una panca nel corridoio della scuola materna Montessori.

Furono fatti entrare nell'aula insegnanti, dove li aspettavano le due maestre.

«Enrico! Come stai? Sei guarito?».

Caterina cominciò freneticamente ad esporre il problema, accusando la classe insegnante in toto di non essere minimamente preparata ad affrontare problemi come quello del bullismo, e che lo si dovrebbe sapere che ormai questo flagello si presenta assai precocemente, addirittura alle scuole materne, e che suo figlio era vittima di minacce, pestaggi, estorsioni e ricatti, voleva sapere subito i nomi di coloro che lo bullizzavano.

«Dai papà, racconta cosa ti ha detto Enrico... forza...».

Consonni riferì, mentre Enrico se ne stava in silenzio.

Le maestre seguivano esterrefatte.

Caterina cercò anche di far parlare Enrico ma quello manteneva il suo mutismo, la madre non insistette per paura di traumatizzarlo e di rinverdire in lui ricordi troppo crudeli.

«Voglio il nome o i nomi dei bambini che picchiano mio figlio, e subito!».

Le maestre si guardavano l'un l'altra allibite. Poi chiesero il permesso di assentarsi un momento. Dovevano andare in classe a prendere qualcosa.

Quando tornarono in aula professori Caterina era sempre più infuriata.

«Allora, questi nomi? Voglio avere i nomi di questi bambini perché qui parte una denuncia, e se voi non sapete niente la denuncia parte contro di voi, che non sapete fare il vostro mestiere di educatrici ma anche di sorveglianti. Allora, questi nomi?».

«Calma signora, calma, i nomi... se vuole eccoli qui, i nomi».

Estrassero da una busta dei fogli, alcuni scritti a mano, altri a macchina. Ciascuno recava una firma.

«Legga signora».

«La presente è per comunicarle che mio figlio Giacomo in data odierna è tornato a casa pieno di lividi. Racconta che è stato picchiato da un suo compagno, di nome Enrico. La preghiamo di darci informazioni al riguardo, e in caso di riscontro positivo dell'accaduto, di provvedere immediatamente».

Un'altra lettera faceva uso di modi un po' meno urbani.

«Mio figlio Paolo dice che è stato picchiato da Enrico. Ha le labbra gonfie. Chiediamo l'espulsione immediata di quel bambino dalla scuola».

E ce n'erano altre.

«Signora Consonni, noi tendiamo a non dare molto credito a queste lettere, sa, i bambini di oggi si sono fatti furbi e sanno che se fanno le vittime i genitori faranno quello che vogliono».

«Non diciamo che se c'è un bullo quello è Enrico, è un bambino bravo ed educato, forse in certe situazioni si lascia trasportare un po' dalla sua irruenza. Ma diciamo anche che escludiamo a priori che Enrico sia vittima di atti di bullismo, impossibili qui e a quell'età. Forse si è lasciato trascinare un po' dalla sua immaginazione, vero Enrico?».

Enrico non aveva compreso proprio tutto ma si era già messo a piangere appena la maestra aveva cominciato a parlare.

Piangeva disperato, questa volta per davvero, per l'umiliazione di essere stato scoperto e per lo sconforto.

Mentre piangeva cercava di ricapitolare mentalmente tutte le situazioni di disagio che provava e che potevano in qualche modo scagionarlo dalle sue colpe, i genitori separati, il nuovo uomo della madre che lui detestava, i quartieri degradati, un regalo non arrivato ecc., ma non gli venne in mente niente, era troppo piccolo.

Caterina guardava Consonni e gli intimava: «Insomma, dì qualcosa... ti sembra possibile adesso perché questi genitori sono iperprotettivi che Enrico da vittima si sia trasformato in carnefice?».

«Beh…».

«Io voglio stare dal nonno!» urlava Enrico, senza sapere più a cosa attaccarsi, arrivando finalmente alla verità.

«Eh… lo sappiamo che Enrico al nonno ci vuole tanto bene…».

«Il nonno mi dà lo sciroppino e a scuola non me lo danno!».

«Lo sciroppino?».

«Sì, il nonno mi dà lo sciroppino per la tosse». Per la verità Enrico pronunciò "tosce" per infantilizzare il suo linguaggio e muovere a pena.

«Che sciroppino?».

«Ma no, è solo uno sciroppo per la tosse, a lui piace tanto, e lui ha sempre la tosse…».

«La tosse?» esclamò Caterina. «Ma se a casa non ce l'ha!».

«Che tenero, vuole stare dal nonno perché si prende cura di lui» disse una delle due maestre «allora domani ci vediamo in classe? Se la tua mamma ce lo porta te lo diamo noi lo sciroppino».

Enrico parve meravigliato e positivamente sorpreso. Cessò istantaneamente di piangere.

«Posso avere lo sciroppino anche in classe ("clasce")?».

«Ma certo, tesoro… che tenerone…».

Le maestre volevano dimostrarsi affabili ma in realtà Enrico era una bella gatta da pelare.

«Va bene, allora ci vediamo domani» e in un «a parte» con Caterina: «Signora, non si preoccupi, oramai è diventata una moda denunciare atti di bullismo. Che vuole... Comunque quella di Enrico è evidentemente una richiesta di attenzione, non la sottovaluti. Sa, il disagio della separazione...».

Caterina le avrebbe spaccato volentieri la testa, ma non disse niente.

Lei, il Consonni ed Enrico tornarono nella casa di ringhiera un po' sollevati e un po' preoccupati.

«Enrico, se vengo a sapere che fai a botte con i tuoi compagni ti rompo la testa!». A qualcuno evidentemente la voleva rompere.

Giunti a casa Caterina raccolse gli oggetti di Enrico, esasperata. Comunque l'indomani l'Enrico a scuola ci sarebbe andato in ogni caso, anche se per ventura avesse preso la malaria.

«A casa io e te facciamo i conti...».

Poi andò in bagno a prendere lo sciroppino.

«Quale sarebbe questo famoso sciroppino magico del nonno, che è tanto bravo?».

Consonni glielo indicò. È quello lì, si chiama Latto qualcosa, lattol, lattolo,... eccolo».

Caterina lo agguantò e strabuzzò gli occhi leggendone la composizione.

«Cosa??? Principi attivi: codeina (come resinato) 222,2 mg, feniltoloxamina (come resinato) 73,3 mg».

Da quanto era furiosa Caterina scagliò lo sciroppo per terra, con tutta la forza che aveva.

«Codeina! Codeina! Nello sciroppino c'è la codeina! Ma lo sai cretino di un cretino, pazzo criminale che cos'è la codeina?».

«Mah, boh, sarà, come si dice, un eccipiente...».

«Un eccipiente? È un oppioide, assassino, pazzo furioso, bestia schifosa! Hai dato all'Enrico la morfina, ne hai fatto un tossicodipendente! Ecco perché lo voleva sempre! Ecco perché non voleva andare a scuola, criminale, delinquente!!!».

Urlava talmente tanto che si poteva sentire da tutti gli appartamenti della casa di ringhiera e forse anche da molto più lontano.

«Io ti ammazzo, pezzo di merda! Io ti denuncio! Io ti...» continuava a inveire anche per le scale, trascinandosi dietro Enrico.

«La morfina! La morfina! Ah, vorrei morire...».

Alcuni inquilini si affacciarono per vedere cos'è che stava succedendo, fra questi la signorina Mattei-Ferri. Morfina? Aveva captato la parola. Ah, di bene in meglio!

Consonni naturalmente se ne restò basito, abbattuto, orripilato: «Oddio cosa ho fatto! Cosa ho fatto!».

Anche Angela aveva sentito qualche urlo del furibondo litigio. Ma non si era affacciata fuori di casa, sulla balconata, perché non era una pettegola e perché aveva altro da fare.

Nel corso del pomeriggio era quasi riuscita a convincere Antonio, a suon di chiacchiere, a costituirsi. Era difficile parlare con calma con lui, perché puzzava come una capra, ma d'altronde andava capito e la sua vita era a una svolta.

«Se lei si costituisce apprezzeranno la sua buona volontà».

Antonio era un po' inebetito dalla mangiata e dalla

bevuta, si sarebbe fatto volentieri una pennichella, magari in un letto, ah, quanto tempo era che non dormiva in un letto. Sarebbe andato bene anche un divano. Gli si chiudevano gli occhi.

A un certo punto Angela tornò su un argomento delicato. Come si chiamava la donna uccisa. Pensava di chiederlo al Consonni – pur rimanendo glaciale per quanto riguardava loro due – se aveva conservato il ritaglio di giornale relativo a quell'omicidio. Comunque cercò di farsi dire il nome da Antonio.

Questi sembrò stupito: «E come cazzo vuole che si chiami?».

«Mi scusi sa signor Antonio, ma forse sono stata importuna, se non vuole dirmelo non me lo dica, in fondo io non c'entro niente, sto solo cercando di farle capire quale sia la cosa migliore per il suo bene...».

Era quasi offesa.

«Ma lei mi prende per il culo o cosa?».

«No, per l'amor del cielo, le ho chiesto forse sbagliando un nome, ma guardi che...».

«Ma come cazzo vuole che si chiami? Erika, no? E come altro cazzo si deve chiamare?».

«Erika? Davvero? Come sua moglie?».

«Lei sì che mi prende per il culo e adesso comincio ad averne le palle piene. Erika, sì, mia moglie».

Angela stentava a capire. «Ma come, vorrebbe dire che lei ha ucciso sua moglie? Ma dove? A Sesto San Giovanni? E quando sarebbe accaduto?».

Insomma, nel giro di pochi secondi venne fuori che Antonio era convinto di aver ucciso Erika, e secondo lui l'aveva uccisa lo stesso giorno in cui era scomparso. Per forza che era scomparso. L'aveva uccisa! Insomma si risaliva all'undici dicembre e da quel momento in poi Antonio si era dato alla macchia.

Angela insisteva che non era possibile, perché nei giorni successivi alla storia del furgone Erika era viva e vegeta, anche se dopo qualche tempo se ne era andata via da certi suoi parenti a Sesto San Giovanni.

Visto che Antonio non ci credeva Angela gli disse di domandarlo a qualcun altro.

«Lo può chiedere al Consonni, lo sa che Erika ha fatto anche da baby-sitter per il nipotino del Consonni? Lo può chiedere al De Angelis (no a lui no, se no era capace di volere indietro i soldi che aveva speso per il carro attrezzi per rimuovere il furgone); al signor Claudio (mah, forse anche lui, per certi motivi era meglio lasciarlo da parte); alla signorina Mattei-Ferri. Ecco, lo chieda alla Mattei-Ferri, a lei non sfugge mai niente, oppure lo può chiedere anche agli altri inquilini».

«Lei lo dice solo perché ha paura che io l'ammazzi, allora sta cercando di fare la furba».

«Ma no, è vero, mi creda, senza contare che se le cose stanno così lei alla Polizia non ci deve proprio andare».

Antonio non si fidava per niente. Ma allora cosa ho fatto, ho sognato? Ho avuto le allucinazioni? Eppure l'ho ben vista l'Erika, l'ho anche messa dentro un saccone grigio di plastica che avevo preso al cantiere. Ma allora...

«Forse lei ha creduto di farlo, in modo tanto forte che le è sembrato la realtà. O forse, chissà, avrebbe voluto che succedesse».

Questa interpretazione di carattere psicoanalitico era troppo complessa per Antonio.

Poi ad Angela venne un'idea. Forse la Mattei-Ferri aveva il numero di telefono dei parenti dell'Erika di Sesto.

«Le dispiace se esco un attimo e lo vado a domandare?».

Ecco, ci siamo, pensò Antonio, ecco che scatta la trappola, quella con la scusa di tutte queste fantasie se la fila via, e io qui come un cretino.

«Non se ne parla nemmeno».

«Allora le telefono...».

Fu così che Angela ebbe il numero, chiamò i parenti, si fece passare Erika e la passò ad Antonio. Il quale non disse neanche una parola. Si limitò ad ascoltare Erika che diceva: «Sì, chi è? Allora, chi è, non sento una minchia. Ma chi cazzo sei, ma ti diverti a fare gli scherzi? Ma vaffanculo, fatti una sega, frocio».

Era lei. Era viva.

Antonio era stravolto ma la signora riuscì a calmarlo e lo convinse che queste cose capitano (a chi?) e che era stata una fortuna che le cose si fossero chiarite prima che Antonio si mettesse nei guai per davvero. Magari avrebbe potuto parlare con un dottore...

«Dal dottore non ci vado per un cazzo» fu la risposta di Antonio.

Non si reggeva in piedi, esausto, e convinto di essere diventato pazzo.

«Adesso io l'accompagno nel suo appartamentino, signor Antonio. Si faccia una bella doccia e una bella dormita, ecco qua, le do io un pigiama (apparteneva al Consonni) e quello che le serve».

Poco prima dell'ora di cena la signorina Mattei-Ferri vide uscire dall'appartamento della Mattioli quell'uomo che si era introdotto a casa sua nel primissimo pomeriggio. Ah, sei ore ci ha passato da quella poco di buona! Ne devono aver fatte delle belle! E neanche si vergogna!, pensava, visto che quella svergognata camminava tranquilla accanto allo sconosciuto sul ballatoio.

Questa volta lui era a capo scoperto ma la Mattei non riuscì a vederlo in viso perché era buio.

L'Angela lo stava accompagnando nell'appartamentino n. 9, quello che prima occupavano Antonio ed Erika, ma di cui, non si sa perché, l'Angela aveva le chiavi. I due ci entrarono, poi, dopo qualche minuto, lei uscì fuori per tornare a casa sua. Era esausta? Per oggi poteva bastare? Ma che bel quadretto di famiglia.

La Mattei-Ferri era talmente scossa dai fatti che non riuscì a leggere con tranquillità l'ultimo numero di «Vero».

Il proprietario del pigiama, nel frattempo, era un uomo distrutto. Angela era invelenita con lui e nel pomeriggio non solo non si era fatta vedere, ma non lo aveva nemmeno voluto ricevere, permettendogli di chiedere scusa, scusa e ancora scusa. E aveva la sensazione che questa volta ci sarebbe voluto un bel po' di tempo e di attenzioni speciali per ricucire. Caterina poi gli aveva giurato guerra e questo significava ancora una volta un periodo d'astinenza da Enrico. Ma che ne sapeva lui che in quello sciroppo c'era la codeina? Era tanto tempo che lo aveva nell'armadietto in bagno, il medico gliel'aveva prescritto l'inverno precedente, quando si era preso una brutta tosse convulsa. Ma meglio non accampare questa scusante, che lo sciroppo era tanto che era lì, perché Caterina si sarebbe inasprita ancora di più in quanto suo padre somministrava farmaci scaduti a suo figlio. E poi c'era la faccenda della Kakoiannis-Sforza, accidenti a me e a quando ho accettato, pensava. Ma non era uno scherzo nemmeno quello, l'indomani avrebbe... ma se Angela avesse scoperto in che cosa consisteva l'incarico allora sì che si sarebbe arrabbiata. E dunque cosa fare? Per fortuna il Consonni non vide passare Angela con Antonio, sarebbe stato troppo.

La sera era scesa sulla casa di ringhiera. Non pioveva più e si era alzata una nebbiolina leggera e pallida, appena colorata di giallo dalla scarsa illuminazione dei ballatoi, solo un po' di umidità nell'aria. Intorno alle otto cominciò il rientro dei peruviani dell'appartamento al secondo piano. Uno dopo l'altro facevano ritorno a casa dalle loro diversificate occupazioni. Tornavano le donne, con qualche borsa della spesa, spese fatte in fretta. Perlopiù svolgevano lavori domestici. I maschi non si sa che lavoro facessero, forse nessuno. Più che un ritorno a casa sembrava una processione, un esodo, una transumanza. Ma quanti erano? La signorina Mattei-Ferri se lo era chiesto spesso. Fra l'altro quei numerosi peruviani sembravano sempre diversi, ma il nucleo fisso doveva ammontare ad almeno una decina di persone. Ma come facevano a starci tutti in un appartamento di quattro stanze? Però a quei tipi piaceva la musica. L'intera casa di ringhiera cominciò a risuonare di melodie sudamericane, a volume molto alto. Probabilmente i peruviani si erano messi a cucinare.

Anche dagli altri appartamenti arrivavano i tradizionali e rassicuranti rumori di stoviglie e di posate, di gente che apparecchia la tavola e dice «È pronto...» e di altra gente che dice «Arrivo subito» oppure «Un attimo». Poi si sentiva anche dire «Ma quante volte ti devo chiamare?» e «Arrivo, arrivo. Solo un attimo».

Anche nell'appartamento 2 di Angela Mattioli era tornata la tranquillità.

«Finalmente un po' di pace... che giornata!» diceva a se stessa, ripensando alle vicende di Antonio, che pensava di essere un criminale e invece... ma se uno pensa di essere responsabile di un atto criminale, indipendentemente dal fatto che lo abbia eseguito veramente, allora si tratta di un vero criminale? Facciamo il caso che io creda di aver messo sotto con la macchina qualcuno e poi scappo senza prestare aiuto, sono innocente solo per il fatto che non era una persona, ma un sacco della spazzatura? Mah?

Angela per cena si era preparata soltanto un consommè, dopo si era ripromessa di rilassarsi un po', magari dedicandosi a un progetto di rieducazione completa di Antonio. In fondo, che colpa aveva lui?

Ma le venne un'altra idea. Ripensando al suo manoscritto, voleva controllare se l'Amedeo aveva lasciato qualche appunto sullo stampato, se c'era qualche segnale, un commento, anche un angolo piegato di un foglio. Che troglodita! E che insensibile!

Estrasse il manoscritto dalla busta gialla e lo appoggiò sulla scrivania. Si fece una tisana e mentre la sorbiva riaccese il computer. Poi notò una cosa strana. Il manoscritto non assomigliava a un manoscritto. Era una pila di fogli di dimensioni diverse: non il suo manoscritto! Si trattava di analisi mediche ospedaliere, che riguardavano il signor De Angelis Luigi.

«Ma che deficiente!».

Angela velocemente si mise sulle spalle il cappotto e a grandi passi raggiunse l'appartamento di Consonni. Entrò senza bussare, la porta si poteva aprire anche da fuori se non era chiusa a chiave, e trovò l'imbecille intento a leggere alcuni quotidiani. Stava passando in rassegna le cronache locali, soprattutto quelle relative all'alta Brianza.

In quel momento aveva davanti a sé la cronaca del Lodigiano e quella di Crema. «Non demordi, eh? Ma non avevi giurato che di queste schifezze criminali non te ne occupavi più?».

«Ma no... Angela... è che...».

Angela non pareva interessata a giustificazioni.

«Tieni questa roba – buttò sgarbatamente le analisi del De Angelis sul tavolo da pranzo – e dammi il mio manoscritto! Presto!».

«Ma... Angela... te l'ho pur dato... il tuo libro... non l'hai preso?».

«No, mi hai dato una busta con gli esami del De Angelis».

«Il De Angelis?».

Angela non ci mise molto a capire che cos'era successo e si fiondò sul ballatoio e poi giù per le scale. Tuttavia durante il tragitto, caricando i toni, si liberò di quello che aveva contro il Consonni: «E comunque Amedeo, sappi che fra di noi è finita! Io di te non ne posso più, a te di me non importa niente, non ti importa della mia vita, del mio passato, di niente. Sei una bestia. E guarda in che guai mi hai cacciato! Io ti odio!».

La sceneggiata fu così roboante che ancora una volta alcuni inquilini si affacciarono sui ballatoi. Uscirono di casa la Mattei-Ferri («Oh santa Madonna, non bastava la morfina, adesso che cosa hanno fatto?»), il signor Claudio dell'appartamento 15, perfino i peruviani, che in qualche modo con quell'animazione da festa di piazza si sentirono più vicini al paese loro.

La Mattioli suonò ripetutamente alla porta del De Angelis, che si intimorì un po' dopo tutto quello strepito, ed era incerto se aprire.

«Apra Luis, apra, sono l'Angela, faccia presto!».

«Ma cosa c'è? Chi è? A quest'ora...».

Angela raccontò trafelata che ci doveva essere stato uno scambio di buste – quella con le analisi mediche la restituì al De Angelis – e che aveva urgenza di recuperare la sua, di busta.

«Ma io non ce l'ho più... quella busta, l'ho lasciata in ambulatorio dal medico... io...».

Piombarono tutti e due nello sconforto. Angela perché il suo manoscritto in quel momento era nelle mani di chi sa chi, e quel chi sa chi poteva anche leggerlo. Luis perché si rendeva conto che il suo lavoro era stato inutile: il dottore non aveva potuto trarre dai documenti elementi volti a supportare l'evidenza che l'aspirante al rinnovo della patente, pur se anziano, era in perfetta salute e condizioni.

Parlarono per qualche minuto, nessuno dei due fece troppo caso alle necessità dell'altro, ma si misero d'accordo, l'indomani mattina alle sette in punto sarebbero corsi all'ambulatorio, per portare le vere analisi mediche e per recuperare il manoscritto scomparso.

Consonni era rimasto paralizzato sul ballatoio. Aspettava che la sua donna uscisse dalla casa del De Angelis, per un chiarimento, chiarimento che non ci fu. Angela, di ritorno nel suo appartamento, pareva infuriata e nonostante il Consonni avesse tentato di fermarla con un «Angela, non precipitare le cose...» o anche «Angela, ascolta...» o «Angela, non fare così...», quella non gli rivolse nemmeno la parola.

L'Amedeo era mortificato. Ah, ma cosa ho fatto di male? Possibile che niente vada per il verso giusto oggi?

Tornato in casa si abbatté sulla poltrona. Avrebbe voluto morire.

Il suo sguardo vagante incontrò lo schermo della televisione, che era sempre acceso, ma ormai la cassetta che guardava Enrico era finita da un pezzo, si vedevano soltanto strisce bianche e grigie. Ah, sentì come una fitta al colon, pensando al suo nipotino adorato Enrico. Dopo quello che ho combinato quando mai verrà più dal nonno a guardarsi il suo film preferito? Come avrebbe potuto perdonarlo Caterina?

No, questa volta le cose non si sarebbero messe a posto da sole. Questa volta l'aveva fatta veramente grossa. E poi, povera Caterina, con i problemi che ha, mi ci metto anch'io? In che posso sperare adesso?

E Angela? Era possibile che fosse successo quello che era successo? Era finita?

Praticamente i due principali capisaldi della vita del Consonni erano crollati, nel giro di pochi minuti, per la sua insipienza. Ma Angela... come era possibile che se la fosse presa tanto? Consonni capiva che si era offesa proprio perché lui non arrivava a capire che cosa ci fosse di così offensivo nel suo comportamento. Tutto per il suo romanzo.

Caspita come ci tiene al suo manoscritto! Si vede proprio che vuole pubblicarlo. Ma non può ristamparsene un'altra copia? O forse ha paura che qualcuno glielo rubi e lo presenti alla casa editrice a nome suo? O mamma mia, e adesso come faccio?

O che si sia offesa per la storia della Kakoiannis-Sforza? Ma come fa a offendersi se non sa neanche di che cosa si tratta? E domani come posso fare il lavoro che ho promesso, con che coraggio? Ah, se Angela sapesse... ah, Angela mia... ma come faccio a capire cos'è che non capisco se non lo capisco? Come posso vivere senza di te?

Consonni non sapeva con chi prendersela.

Ma chi è che mi vuole male? E perché? Che cosa ho fatto di così terribile per meritarmi tutto ciò, perché io sia ridotto così? Ma chi è che ha stabilito tutte queste coincidenze negative? È colpa mia se avevo in casa quello sciroppo? Ed è colpa mia se il De Angelis ha preso la busta sbagliata? Ma che c'entro io? Io non ho fatto niente di male!

Povero Consonni, era veramente disperato, e come fanno sempre coloro che sono disperati cercava in sé, o in qualcun altro, una colpa primitiva, qualcosa che aveva fatto infuriare gli dèi e il fato, che si erano accaniti contro di lui. Insomma se la prendeva con un destino avverso, o un artefice maligno. Io personalmente non raccolgo. Posso solo dire che il Consonni qualche responsabilità ce l'aveva, soprattutto in termini di disattenzione. Si somministra forse uno sciroppo ad un bambino senza sapere che cosa contiene? Si trascurano i sentimenti della persona amata, mostrando una certa indifferenza per le sue emozioni?

Dal canto suo Angela nel suo appartamento rifletteva terrorizzata. Ma non pensava a Consonni. La sparizione del manoscritto era qualcosa di devastante, e il fatto che Consonni non capisse perché, a questo punto era del tutto secondario. Chi aveva il romanzo?

E se il medico che si era ritrovato fra le mani il suo *Segreto* lo avesse letto? Se fosse stato avvinto dalla lettura e fosse arrivato fino alla fine? E come poteva non ricordarsi che il rapimento Reperti aveva effettivamente avuto luogo? E se avesse pensato di comunicare la notizia a qualcuno, che so, alla Polizia, oppure alla famiglia Reperti stessa?

Oddio, sono rovinata, sono rovinata! pensava. E non tanto per il timore di essere accusata dalla Polizia di appropriazione indebita, furto, o tantomeno di essere coinvolta nel rapimento. A questo proposito il suo racconto era chiaro. Temeva invece che la notizia arrivasse proprio agli interessati, cioè coloro che ci avevano rimesso i quattro milioni di euro, e che avrebbero voluto a tutti i costi recuperarli, ora che sapevano dov'erano, con le buone o con le cattive. Anzi, togliamo le buone, perché una volta capito che lei conosceva la verità, che se ne sarebbero fatti di lei? Potevano lasciare in vita qualcuno che sapeva che il rapimento falso lo avevano organizzato loro? No, la notizia avrebbe dovuto morire con Angela. Beh, certo, potevano temere che la prof. Mattioli avesse depositato la sua testimonianza da un notaio, o che quantomeno fosse registrata nel suo computer, ma che ci vuole a far sparire un computer?

Non riusciva a stare ferma e percorreva freneticamente gli 81 metri quadri del suo appartamento. Guardava quasi con nostalgia le vetrinette dove custodiva la sua collezione di pregiati servizi da caffè. Roba di lusso: Richard Ginori, Rosenthal, Wedgwood. Ah, era tutto da dimenticare? Se il contenuto del manoscritto fosse diventato di dominio pubblico non avrebbe avuto neanche il tempo di impacchettare le sue tazzine con cura. Forse di lì a qualche ora tutto sarebbe finito.

Angela immaginava i termini della sua fuga, in Svizzera, in Lichtenstein, in Messico o in qualche isola tropicale. Ma come posso? Come posso abbandonare tutto quello che ho? E forse che quella gente di pochi scrupoli non sarebbe in grado di trovarmi anche lì? Non sarà allora il caso di andare direttamente alla Polizia? Almeno loro mi proteggeranno. Restituirò i soldi e nei guai ci finiranno i veri colpevoli, no?

Cercava di ragionare, ma questo tumulto di pensieri non le dava pace. Continuava a immaginarsi scenari futuri, nel contempo spingendosi anche ad amare riflessioni filosofiche.

La vita è fatta di corsi e di ricorsi. La sua avventura era iniziata quando aveva cominciato a prendersi cura di un giovane uomo braccato, Michele, che lei aveva cercato di tirare fuori dai guai. E anche in quel momento lei, per pura generosità, si stava prendendo cura di un giovanotto braccato, almeno a quello che credeva lui. Non era braccato affatto, ma questo Angela quando aveva deciso di aiutarlo non lo sapeva, quindi era come se lo fosse, perciò il coraggio e l'altruismo di Angela, con un assassino poi, era comprovato.

In più la sua avventura aveva raggiunto il suo apice a causa di uno scambio fortuito di borse. La sua vita era totalmente cambiata, da quel momento. E ora rischiava di cambiare di nuovo, anzi, di precipitare nel baratro, per uno scambio di buste! Ah, gli atroci scherzi del fato!

In mezzo a queste angosce Angela quella notte non riuscì a dormire, nell'attesa di recarsi di primo mattino all'ambulatorio, col De Angelis.

Neanche De Angelis riuscì a dormire. Era sicuro che il dottore, senza il supporto delle analisi che gli aveva portato, non gli avrebbe rinnovato la patente. Anzi, magari nel trovare nella busta roba che non c'entrava niente, un romanzo!, si sarebbe sentito preso in giro e indispettito: e quindi, ammesso che gli fosse rimasto qualche dubbio, lo avrebbe risolto con una decisione netta: parere negativo!

Quello che né il De Angelis né Angela si immaginavano era che il dottore il contenuto della busta gialla non l'aveva neanche guardato. Aveva preso la busta e l'aveva ineducatamente ma civicamente gettata in una scatola dove sopra c'era scritto CARTA, per una dovuta raccolta differenziata. Quindi in questo momento il manoscritto giaceva in quella scatola e presto sarebbe finito in un impianto di macerazione e riciclo della carta. Tuttavia questa circostanza, anziché essere rassicurante, avrebbe potuto trasformarsi in un'ulteriore fonte di preoccupazione per Angela, perché il dottore, anche se sottoposto a domande incalzanti, non avrebbe mai ammesso di aver cestinato la busta contenente, secondo quello che sapeva lui, le analisi del De Angelis. Si sarebbe limitato a dire che lui la busta l'aveva lasciata lì, sul tavolo, perché gli esami non li aveva ancora guardati ma si riprometteva di farlo al più presto. E che non era colpa sua se la busta era scomparsa e non si trovava più.

Indice

Il segreto di Angela

Questo volume è stato stampato
su carta Palatina
delle Cartiere Miliani di Fabriano
nel mese di giugno 2013

Stampa: Officine Grafiche soc. coop., Palermo

Legatura: LE.I.MA. s.r.l., Palermo

La memoria

Ultimi volumi pubblicati

601 Augusto De Angelis. La barchetta di cristallo
602 Manuel Puig. Scende la notte tropicale
603 Gian Carlo Fusco. La lunga marcia
604 Ugo Cornia. Roma
605 Lisa Foa. È andata così
606 Vittorio Nisticò. L'Ora dei ricordi
607 Pablo De Santis. Il calligrafo di Voltaire
608 Anthony Trollope. Le torri di Barchester
609 Mario Soldati. La verità sul caso Motta
610 Jorge Ibargüengoitia. Le morte
611 Alicia Giménez-Bartlett. Un bastimento carico di riso
612 Luciano Folgore. La trappola colorata
613 Giorgio Scerbanenco. Rossa
614 Luciano Anselmi. Il palazzaccio
615 Guillaume Prévost. L'assassino e il profeta
616 John Ball. La calda notte dell'ispettore Tibbs
617 Michele Perriera. Finirà questa malìa?
618 Alexandre Dumas. I Cenci
619 Alexandre Dumas. I Borgia
620 Mario Specchio. Morte di un medico
621 Giorgio Frasca Polara. Cose di Sicilia e di siciliani
622 Sergej Dovlatov. Il Parco di Puškin
623 Andrea Camilleri. La pazienza del ragno
624 Pietro Pancrazi. Della tolleranza
625 Edith de la Héronnière. La ballata dei pellegrini
626 Roberto Bassi. Scaramucce sul lago Ladoga
627 Alexandre Dumas. Il grande dizionario di cucina
628 Eduardo Rebulla. Stati di sospensione
629 Roberto Bolaño. La pista di ghiaccio
630 Domenico Seminerio. Senza re né regno
631 Penelope Fitzgerald. Innocenza

632 Margaret Doody. Aristotele e i veleni di Atene
633 Salvo Licata. Il mondo è degli sconosciuti
634 Mario Soldati. Fuga in Italia
635 Alessandra Lavagnino. Via dei Serpenti
636 Roberto Bolaño. Un romanzetto canaglia
637 Emanuele Levi. Il giornale di Emanuele
638 Maj Sjöwall, Per Wahlöö. Roseanna
639 Anthony Trollope. Il Dottor Thorne
640 Studs Terkel. I giganti del jazz
641 Manuel Puig. Il tradimento di Rita Hayworth
642 Andrea Camilleri. Privo di titolo
643 Anonimo. Romanzo di Alessandro
644 Gian Carlo Fusco. A Roma con Bubù
645 Mario Soldati. La giacca verde
646 Luciano Canfora. La sentenza
647 Annie Vivanti. Racconti americani
648 Piero Calamandrei. Ada con gli occhi stellanti. Lettere 1908-1915
649 Budd Schulberg. Perché corre Sammy?
650 Alberto Vigevani. Lettera al signor Alzheryan
651 Isabelle de Charrière. Lettere da Losanna
652 Alexandre Dumas. La marchesa di Ganges
653 Alexandre Dumas. Murat
654 Constantin Photiadès. Le vite del conte di Cagliostro
655 Augusto De Angelis. Il candeliere a sette fiamme
656 Andrea Camilleri. La luna di carta
657 Alicia Giménez-Bartlett. Il caso del lituano
658 Jorge Ibargüengoitia. Ammazzate il leone
659 Thomas Hardy. Una romantica avventura
660 Paul Scarron. Romanzo buffo
661 Mario Soldati. La finestra
662 Roberto Bolaño. Monsieur Pain
663 Louis-Alexandre Andrault de Langeron. La battaglia di Austerlitz
664 William Riley Burnett. Giungla d'asfalto
665 Maj Sjöwall, Per Wahlöö. Un assassino di troppo
666 Guillaume Prévost. Jules Verne e il mistero della camera oscura
667 Honoré de Balzac. Massime e pensieri di Napoleone
668 Jules Michelet, Athénaïs Mialaret. Lettere d'amore
669 Gian Carlo Fusco. Mussolini e le donne
670 Pier Luigi Celli. Un anno nella vita
671 Margaret Doody. Aristotele e i Misteri di Eleusi
672 Mario Soldati. Il padre degli orfani
673 Alessandra Lavagnino. Un inverno. 1943-1944
674 Anthony Trollope. La Canonica di Framley
675 Domenico Seminerio. Il cammello e la corda
676 Annie Vivanti. Marion artista di caffè-concerto

677 Giuseppe Bonaviri. L'incredibile storia di un cranio
678 Andrea Camilleri. La vampa d'agosto
679 Mario Soldati. Cinematografo
680 Pierre Boileau, Thomas Narcejac. I vedovi
681 Honoré de Balzac. Il parroco di Tours
682 Béatrix Saule. La giornata di Luigi XIV. 16 novembre 1700
683 Roberto Bolaño. Il gaucho insostenibile
684 Giorgio Scerbanenco. Uomini ragno
685 William Riley Burnett. Piccolo Cesare
686 Maj Sjöwall, Per Wahlöö. L'uomo al balcone
687 Davide Camarrone. Lorenza e il commissario
688 Sergej Dovlatov. La marcia dei solitari
689 Mario Soldati. Un viaggio a Lourdes
690 Gianrico Carofiglio. Ragionevoli dubbi
691 Tullio Kezich. Una notte terribile e confusa
692 Alexandre Dumas. Maria Stuarda
693 Clemente Manenti. Ungheria 1956. Il cardinale e il suo custode
694 Andrea Camilleri. Le ali della sfinge
695 Gaetano Savatteri. Gli uomini che non si voltano
696 Giuseppe Bonaviri. Il sarto della stradalunga
697 Constant Wairy. Il valletto di Napoleone
698 Gian Carlo Fusco. Papa Giovanni
699 Luigi Capuana. Il Raccontafiabe
700
701 Angelo Morino. Rosso taranta
702 Michele Perriera. La casa
703 Ugo Cornia. Le pratiche del disgusto
704 Luigi Filippo d'Amico. L'uomo delle contraddizioni. Pirandello visto da vicino
705 Giuseppe Scaraffia. Dizionario del dandy
706 Enrico Micheli. Italo
707 Andrea Camilleri. Le pecore e il pastore
708 Maria Attanasio. Il falsario di Caltagirone
709 Roberto Bolaño. Anversa
710 John Mortimer. Nuovi casi per l'avvocato Rumpole
711 Alicia Giménez-Bartlett. Nido vuoto
712 Toni Maraini. La lettera da Benares
713 Maj Sjöwall, Per Wahlöö. Il poliziotto che ride
714 Budd Schulberg. I disincantati
715 Alda Bruno. Germani in bellavista
716 Marco Malvaldi. La briscola in cinque
717 Andrea Camilleri. La pista di sabbia
718 Stefano Vilardo. Tutti dicono Germania Germania
719 Marcello Venturi. L'ultimo veliero
720 Augusto De Angelis. L'impronta del gatto

721 Giorgio Scerbanenco. Annalisa e il passaggio a livello
722 Anthony Trollope. La Casetta ad Allington
723 Marco Santagata. Il salto degli Orlandi
724 Ruggero Cappuccio. La notte dei due silenzi
725 Sergej Dovlatov. Il libro invisibile
726 Giorgio Bassani. I Promessi Sposi. Un esperimento
727 Andrea Camilleri. Maruzza Musumeci
728 Furio Bordon. Il canto dell'orco
729 Francesco Laudadio. Scrivano Ingannamorte
730 Louise de Vilmorin. Coco Chanel
731 Alberto Vigevani. All'ombra di mio padre
732 Alexandre Dumas. Il cavaliere di Sainte-Hermine
733 Adriano Sofri. Chi è il mio prossimo
734 Gianrico Carofiglio. L'arte del dubbio
735 Jacques Boulenger. Il romanzo di Merlino
736 Annie Vivanti. I divoratori
737 Mario Soldati. L'amico gesuita
738 Umberto Domina. La moglie che ha sbagliato cugino
739 Maj Sjöwall, Per Wahlöö. L'autopompa fantasma
740 Alexandre Dumas. Il tulipano nero
741 Giorgio Scerbanenco. Sei giorni di preavviso
742 Domenico Seminerio. Il manoscritto di Shakespeare
743 André Gorz. Lettera a D. Storia di un amore
744 Andrea Camilleri. Il campo del vasaio
745 Adriano Sofri. Contro Giuliano. Noi uomini, le donne e l'aborto
746 Luisa Adorno. Tutti qui con me
747 Carlo Flamigni. Un tranquillo paese di Romagna
748 Teresa Solana. Delitto imperfetto
749 Penelope Fitzgerald. Strategie di fuga
750 Andrea Camilleri. Il casellante
751 Mario Soldati. ah! il Mundial!
752 Giuseppe Bonarivi. La divina foresta
753 Maria Savi-Lopez. Leggende del mare
754 Francisco García Pavón. Il regno di Witiza
755 Augusto De Angelis. Giobbe Tuama & C.
756 Eduardo Rebulla. La misura delle cose
757 Maj Sjöwall, Per Wahlöö. Omicidio al Savoy
758 Gaetano Savatteri. Uno per tutti
759 Eugenio Baroncelli. Libro di candele
760 Bill James. Protezione
761 Marco Malvaldi. Il gioco delle tre carte
762 Giorgio Scerbanenco. La bambola cieca
763 Danilo Dolci. Racconti siciliani
764 Andrea Camilleri. L'età del dubbio
765 Carmelo Samonà. Fratelli

766 Jacques Boulenger. Lancillotto del Lago
767 Hans Fallada. E adesso, pover'uomo?
768 Alda Bruno. Tacchino farcito
769 Gian Carlo Fusco. La Legione straniera
770 Piero Calamandrei. Per la scuola
771 Michèle Lesbre. Il canapé rosso
772 Adriano Sofri. La notte che Pinelli
773 Sergej Dovlatov. Il giornale invisibile
774 Tullio Kezich. Noi che abbiamo fatto La dolce vita
775 Mario Soldati. Corrispondenti di guerra
776 Maj Sjöwall, Per Wahlöö. L'uomo che andò in fumo
777 Andrea Camilleri. Il sonaglio
778 Michele Perriera. I nostri tempi
779 Alberto Vigevani. Il battello per Kew
780 Alicia Giménez-Bartlett. Il silenzio dei chiostri
781 Angelo Morino. Quando internet non c'era
782 Augusto De Angelis. Il banchiere assassinato
783 Michel Maffesoli. Icone d'oggi
784 Mehmet Murat Somer. Scandaloso omicidio a Istanbul
785 Francesco Recami. Il ragazzo che leggeva Maigret
786 Bill James. Confessione
787 Roberto Bolaño. I detective selvaggi
788 Giorgio Scerbanenco. Nessuno è colpevole
789 Andrea Camilleri. La danza del gabbiano
790 Giuseppe Bonaviri. Notti sull'altura
791 Giuseppe Tornatore. Baarìa
792 Alicia Giménez-Bartlett. Una stanza tutta per gli altri
793 Furio Bordon. A gentile richiesta
794 Davide Camarrone. Questo è un uomo
795 Andrea Camilleri. La rizzagliata
796 Jacques Bonnet. I fantasmi delle biblioteche
797 Marek Edelman. C'era l'amore nel ghetto
798 Danilo Dolci. Banditi a Partinico
799 Vicki Baum. Grand Hotel
800
801 Anthony Trollope. Le ultime cronache del Barset
802 Arnoldo Foà. Autobiografia di un artista burbero
803 Herta Müller. Lo sguardo estraneo
804 Gianrico Carofiglio. Le perfezioni provvisorie
805 Gian Mauro Costa. Il libro di legno
806 Carlo Flamigni. Circostanze casuali
807 Maj Sjöwall, Per Wahlöö. L'uomo sul tetto
808 Herta Müller. Cristina e il suo doppio
809 Martin Suter. L'ultimo dei Weynfeldt
810 Andrea Camilleri. Il nipote del Negus

811 Teresa Solana. Scorciatoia per il paradiso
812 Francesco M. Cataluccio. Vado a vedere se di là è meglio
813 Allen S. Weiss. Baudelaire cerca gloria
814 Thornton Wilder. Idi di marzo
815 Esmahan Aykol. Hotel Bosforo
816 Davide Enia. Italia-Brasile 3 a 2
817 Giorgio Scerbanenco. L'antro dei filosofi
818 Pietro Grossi. Martini
819 Budd Schulberg. Fronte del porto
820 Andrea Camilleri. La caccia al tesoro
821 Marco Malvaldi. Il re dei giochi
822 Francisco García Pavón. Le sorelle scarlatte
823 Colin Dexter. L'ultima corsa per Woodstock
824 Augusto De Angelis. Sei donne e un libro
825 Giuseppe Bonaviri. L'enorme tempo
826 Bill James. Club
827 Alicia Giménez-Bartlett. Vita sentimentale di un camionista
828 Maj Sjöwall, Per Wahlöö. La camera chiusa
829 Andrea Molesini. Non tutti i bastardi sono di Vienna
830 Michèle Lesbre. Nina per caso
831 Herta Müller. In trappola
832 Hans Fallada. Ognuno muore solo
833 Andrea Camilleri. Il sorriso di Angelica
834 Eugenio Baroncelli. Mosche d'inverno
835 Margaret Doody. Aristotele e i delitti d'Egitto
836 Sergej Dovlatov. La filiale
837 Anthony Trollope. La vita oggi
838 Martin Suter. Com'è piccolo il mondo!
839 Marco Malvaldi. Odore di chiuso
840 Giorgio Scerbanenco. Il cane che parla
841 Festa per Elsa
842 Paul Léautaud. Amori
843 Claudio Coletta. Viale del Policlinico
844 Luigi Pirandello. Racconti per una sera a teatro
845 Andrea Camilleri. Gran Circo Taddei e altre storie di Vigàta
846 Paolo Di Stefano. La catastròfa. Marcinelle 8 agosto 1956
847 Carlo Flamigni. Senso comune
848 Antonio Tabucchi. Racconti con figure
849 Esmahan Aykol. Appartamento a Istanbul
850 Francesco M. Cataluccio. Chernobyl
851 Colin Dexter. Al momento della scomparsa la ragazza indossava
852 Simonetta Agnello Hornby. Un filo d'olio
853 Lawrence Block. L'Ottavo Passo
854 Carlos María Domínguez. La casa di carta
855 Luciano Canfora. La meravigliosa storia del falso Artemidoro

856 Ben Pastor. Il Signore delle cento ossa
857 Francesco Recami. La casa di ringhiera
858 Andrea Camilleri. Il gioco degli specchi
859 Giorgio Scerbanenco. Lo scandalo dell'osservatorio astronomico
860 Carla Melazzini. Insegnare al principe di Danimarca
861 Bill James. Rose, rose
862 Roberto Bolaño, A. G. Porta. Consigli di un discepolo di Jim Morrison a un fanatico di Joyce
863 Stefano Benni. La traccia dell'angelo
864 Martin Suter. Allmen e le libellule
865 Giorgio Scerbanenco. Nebbia sul Naviglio e altri racconti gialli e neri
866 Danilo Dolci. Processo all'articolo 4
867 Maj Sjöwall, Per Wahlöö. Terroristi
868 Ricardo Romero. La sindrome di Rasputin
869 Alicia Giménez-Bartlett. Giorni d'amore e inganno
870 Andrea Camilleri. La setta degli angeli
871 Guglielmo Petroni. Il nome delle parole
872 Giorgio Fontana. Per legge superiore
873 Anthony Trollope. Lady Anna
874 Gian Mauro Costa, Carlo Flamigni, Alicia Giménez-Bartlett, Marco Malvaldi, Ben Pastor, Santo Piazzese, Francesco Recami. Un Natale in giallo
875 Marco Malvaldi. La carta più alta
876 Franz Zeise. L'Armada
877 Colin Dexter. Il mondo silenzioso di Nicholas Quinn
878 Salvatore Silvano Nigro. Il Principe fulvo
879 Ben Pastor. Lumen
880 Dante Troisi. Diario di un giudice
881 Ginevra Bompiani. La stazione termale
882 Andrea Camilleri. La Regina di Pomerania e altre storie di Vigàta
883 Tom Stoppard. La sponda dell'utopia
884 Bill James. Il detective è morto
885 Margaret Doody. Aristotele e la favola dei due corvi bianchi
886 Hans Fallada. Nel mio paese straniero
887 Esmahan Aykol. Divorzio alla turca
888 Angelo Morino. Il film della sua vita
889 Eugenio Baroncelli. Falene. 237 vite quasi perfette
890 Francesco Recami. Gli scheletri nell'armadio
891 Teresa Solana. Sette casi di sangue e una storia d'amore
892 Daria Galateria. Scritti galeotti
893 Andrea Camilleri. Una lama di luce
894 Martin Suter. Allmen e il diamante rosa
895 Carlo Flamigni. Giallo uovo
896 Maj Sjöwall, Per Wahlöö. Il milionario
897 Gian Mauro Costa. Festa di piazza
898 Gianni Bonina. I sette giorni di Allah

899 Carlo María Domínguez. La costa cieca
900
901 Colin Dexter. Niente vacanze per l'ispettore Morse
902 Francesco M. Cataluccio. L'ambaradan delle quisquiglie
903 Giuseppe Barbera. Conca d'oro
904 Andrea Camilleri. Una voce di notte
905 Giuseppe Scaraffia. I piaceri dei grandi
906 Sergio Valzania. La Bolla d'oro
907 Héctor Abad Faciolince. Trattato di culinaria per donne tristi
908 Mario Giorgianni. La forma della sorte
909 Marco Malvaldi. Milioni di milioni
910 Bill James. Il mattatore
911 Esmahan Aykol, Andrea Camilleri, Gian Mauro Costa, Marco Malvaldi, Antonio Manzini, Francesco Recami. Capodanno in giallo
912 Alicia Giménez-Bartlett. Gli onori di casa
913 Giuseppe Tornatore. La migliore offerta
914 Vincenzo Consolo. Esercizi di cronaca
915 Stanisław Lem. Solaris
916 Antonio Manzini. Pista nera
917 Xiao Bai. Intrigo a Shanghai
918 Ben Pastor. Il cielo di stagno
919 Andrea Camilleri. La rivoluzione della luna
920 Colin Dexter. L'ispettore Morse e le morti di Jericho
921 Paolo Di Stefano. Giallo d'Avola
922 Francesco M. Cataluccio. La memoria degli Uffizi
923 Alan Bradley. Aringhe rosse senza mostarda
924 Davide Enia. maggio '43
925 Andrea Molesini. La primavera del lupo
926 Eugenio Baroncelli. Pagine bianche. 55 libri che non ho scritto
927 Roberto Mazzucco. I sicari di Trastevere
928 Ignazio Buttitta. La peddi nova
929 Andrea Camilleri. Un covo di vipere
930 Lawrence Block. Un'altra notte a Brooklyn